I0584367

HOL VAN DE DUIVEL

MOLOTOV OBSESSIE: BOEK 1

ANNA ZAIRES

♠ MOZAIKA PUBLICATIONS ♠

Copyright © 2021 Anna Zaires
www.annazaires.com/book-series/nederlands/

Uitgegeven door Mozaika Publications, onderdeel van Mozaika LLC.
www.mozaikallc.com

Ontwerp cover: The Book Brander
www.thebookbrander.com

Fotografie van The Cover Lab

Vertaling: Missy Veerhuis

ISBN: 978-1-63142-733-6
Print ISBN-13: 978-1-63142-734-3

1

CHLOE

De uitlaat van een auto geeft een knal en de etalageruit aan mijn linkerkant explodeert en verspreidt in een grote straal glassplinters.

Ik verstijf, zo verbijsterd dat ik nauwelijks het glas in mijn blote arm voel snijden. Dan bereiken de kreten me.

"Er is geschoten! Bel het alarmnummer," roept iemand op straat en adrenaline stroomt door mijn aderen terwijl mijn hersenen de verbinding tussen het geluid en de explosie van glas maken.

Er is iemand aan het schieten.

Op mij.

Ze hebben me gevonden.

Mijn voeten reageren eerder dan de rest van mij en stuwen me in een sprong, net als er weer een scherpe *knal!* mijn oren bereikt en de kassa in de winkel in splinters uit elkaar laat exploderen.

Dezelfde kassa die ik een seconde geleden met mijn lichaam blokkeerde.

Ik proef doodsangst. Het is koperachtig, zoals bloed. Misschien *is* het bloed. Misschien ben ik neergeschoten en ga ik dood. Maar nee, ik ben aan het rennen. Mijn hartslag buldert in mijn oren, mijn longen pompen voor alles wat ze waard zijn terwijl ik het blok af sprint. Ik kan mijn benen voelen branden, dus ik leef.

Voor nu.

Aangezien ze me hebben gevonden. Alweer.

Ik maak een scherpe bocht naar rechts, sprint door een smalle zijstraat en over mijn schouder vang ik een glimp op van twee mannen die zich een half blok achter me bevinden en die op volle snelheid achter me aan rennen.

Mijn longen schreeuwen al om lucht, mijn benen dreigen het op te geven, maar ik geef nog een wanhopige stoot snelheid en ren een steegje in voordat ze de hoek om zijn. Een hek van anderhalve meter hoog met een ketting scheidt de steeg in tweeën, maar ik klim er in een paar seconden op en eroverheen, terwijl adrenaline me de behendigheid en kracht van een atleet geeft.

De achterkant van het steegje komt op een andere straat uit en een snik van opluchting komt uit mijn keel als ik me realiseer dat ik voor het sollicitatiegesprek hier mijn auto heb geparkeerd.

Rennen, Chloe. Je kunt het.

2

Wanhopig naar lucht zuigend, sprint ik de straat af, de weg afspeurend naar een versleten Toyota Corolla.

Waar staat hij?

Waar heb ik die verdomde auto gelaten?

Stond hij achter de blauwe pick-up of achter de witte?

Laat hem er alsjeblieft zijn. Laat hem er alsjeblieft zijn.

Eindelijk zie ik hem, half achter een wit busje verscholen. Ik rommel in mijn zak, haal de sleutels eruit en met hevig bevende handen druk ik op de knop om de auto te ontgrendelen.

Ik zit er al in en steek de sleutel in het contact als ik mijn achtervolgers een blok achter me uit de steeg zie komen, elk met een wapen in de hand.

Vijf uur later tril ik nog steeds als ik een tankstation binnenrijd, het eerste dat ik op deze kronkelende bergweg heb gezien.

Dat was op het nippertje geweest, dat scheelde veel te weinig.

Ze worden brutaler, wanhopiger.

Ze hebben midden op de verdomde straat op me geschoten.

Mijn benen voelen als rubber aan als ik uit de auto stap en mijn lege waterfles vasthoudt. Ik heb een toilet, water, eten en benzine nodig, in die volgorde - en in het ideale geval een nieuw voertuig, omdat ze misschien het kenteken van mijn Toyota hebben gezien. Dat wil zeggen, ervan uitgaande dat ze het nog niet hadden.

Ik heb geen idee hoe ze me in Boise, Idaho hebben gevonden, maar het kan via mijn auto zijn geweest.

Het probleem is dat het weinige dat ik over het ontwijken van criminelen weet die vastbesloten zijn om te moorden, uit boeken en films komt, en ik heb geen idee wat mijn achtervolgers echt *kunnen* volgen. Voor de zekerheid gebruik ik echter geen van mijn creditcards en heb ik mijn telefoon de eerste dag al gedumpt.

Een ander probleem is dat ik precies tweeëndertig dollar en vierentwintig cent in mijn portemonnee heb. De functie als serveerster waar ik vanmorgen in Boise het sollicitatiegesprek voor had, zou mijn redding zijn geweest, aangezien de café-eigenaar ervoor openstond om me zwart contant te betalen, maar ze hadden me al gevonden voordat ik een enkele dienst heb kunnen doen.

Een paar centimeter naar rechts en de kogel zou door mijn hoofd in plaats van door die etalageruit zijn gegaan.

Een plas met bloed op de keukenvloer... Roze badjas op witte tegels... Glazige, nietsziende blik...

Mijn hartslag schiet omhoog en mijn beven wordt heviger, mijn knieën dreigen onder me te bezwijken. Leunend op de motorkap van mijn auto, haal ik huiverend adem, in een poging om het waanzinnige gedreun van mijn hartslag te vertragen terwijl ik de herinneringen diep naar binnen duw, waar ze mijn keel niet als in een bankschroef samen kunnen persen.

Ik kan niet denken aan wat er is gebeurd. Als ik dat doe, dan stort ik in en zullen zij winnen.

Ze zouden alsnog kunnen winnen, omdat ik geen geld heb en geen idee heb wat ik aan het doen ben.

Eén ding tegelijk, Chloe. De ene voet voor de andere.

Mams stem komt bij me boven, kalm en vast, en ik dwing mezelf om recht te gaan staan bij de auto vandaan. Wat dan nog dat mijn situatie van wanhopig naar kritiek is veranderd?

Ik leef nog en dat wil ik ook graag zo houden.

Ik heb een paar uur geleden alle glasscherven uit mijn arm gehaald, maar het T-shirt dat ik eromheen heb gewikkeld om het bloeden te stoppen ziet er vreemd uit, dus pak ik mijn hoodie uit de kofferbak en doe de capuchon op om mijn gezicht voor alle beveiligingscamera's te verbergen die zich mogelijk in het tankstation bevinden. Ik weet niet of de mensen die achter me aanzitten toegang tot die beelden zouden kunnen krijgen, maar het is beter om het niet te riskeren.

Opnieuw, ervan uitgaande dat ze mijn auto niet al volgen.

Focus, Chloe. Stap voor stap.

Ik adem rustig in, loop de kleine supermarkt binnen die zich in het tankstation bevindt en met een kleine zwaai naar de oudere vrouw achter de kassa, ga ik direct naar de toiletten achterin. Zodra aan mijn meest dringende behoeften is voldaan, was ik mijn handen en gezicht, vul ik mijn waterfles met water uit de kraan en haal ik mijn portemonnee tevoorschijn om de biljetten te tellen, voor het geval dat.

Nee, ik heb het niet verkeerd ingeschat of een verdwaald twintigje gemist. Tweeëndertig dollar en vierentwintig cent is al het geld dat ik nog heb.

Het gezicht in de spiegel van het toilet is dat van een vreemdeling, gespannen en dun, met donkere kringen onder overdreven grote bruine ogen. Ik heb vanaf dat ik op de vlucht ben niet meer normaal gegeten of geslapen, en dat is te zien. Ik zie er ouder uit dan mijn drieëntwintig jaar, ik ben de afgelopen maand tien jaar ouder geworden.

Ik onderdruk de nutteloze aanval van zelfmedelijden en concentreer me op het praktische. Stap één: bepaal hoe ik het geld dat ik heb ga besteden.

De grootste prioriteit is benzine voor de auto. Hij heeft minder dan een kwart tank, en het is niet te zeggen wanneer ik in dit gebied een ander benzinestation zal vinden. Als ik hem helemaal vol tank, dan ben ik minstens dertig dollar kwijt, zodat ik nog maar een paar dollar over heb voor eten om de knagende leegte in mijn maag te vullen.

Wat nog belangrijker is, de volgende keer dat ik zonder benzine zit, heb ik een probleem.

Ik loop het toilet uit, loop naar de kassa en zeg tegen de oudere caissière om me voor twintig dollar benzine te geven. Ik pak ook een hotdog en een banaan en verslindt de hotdog terwijl ze langzaam het wisselgeld telt. De banaan stop ik in de voorzak van mijn hoodie voor het ontbijt van morgen.

"Alsjeblieft, lieverd," zegt de caissière met een schorre stem, terwijl ze me het wisselgeld samen met een bonnetje overhandigt. Met een warme glimlach voegt ze eraan toe, "Fijne dag vandaag."

Tot mijn schrik knijpt mijn keel zich dicht en tranen prikken achter mijn ogen; de simpele vriendelijkheid wordt me teveel. "Bedankt. U ook," zeg ik met verstikte stem en terwijl ik het kleingeld in mijn portemonnee stop, haast ik me naar de uitgang voordat ik de vrouw kan alarmeren door in tranen uit te barsten.

Ik ben bijna de deur uit als een lokale krant mijn aandacht trekt. Het ligt in een bak met het label 'GRATIS', dus ik pak het voordat ik naar mijn auto ga.

Terwijl de tank zich vult, krijg ik mijn weerbarstige emoties onder controle en vouw de krant open, rechtstreeks op het gedeelte achterin met advertenties. De kans is klein, maar misschien is iemand hier in de buurt wel naar iemand op zoek om in te huren om ramen te lappen of heggen te snoeien.

Zelfs vijftig dollar kan mijn overlevingskansen vergroten.

In het begin zie ik niets in de trant van wat ik zoek en sta ik op het punt om de krant teleurgesteld op te vouwen wanneer een vermelding onder aan de pagina mijn aandacht trekt:

Inwonende bijlesdocent voor vierjarige gezocht. Moet goed opgeleid zijn, goed met kinderen om kunnen gaan en

bereid zijn om naar een afgelegen berglandgoed te verhuizen.
$ 3K/week contant. E-mail om te solliciteren cv naar
bijleskandidaten459@gmail.com.

Drieduizend per week in contanten? Wat de fuck?

Ik kan mijn ogen niet geloven en lees de advertentie nog een keer.

Nee, alle woorden zijn nog steeds hetzelfde, wat krankzinnig is. Drieduizend per week voor een bijlesdocent? In contanten?

Het is een hoax, dat kan niet anders.

Met een bonzend hart rond ik het tanken af en stap in de auto. Mijn hoofd gaat alle kanten op. Ik ben de perfecte kandidaat voor deze functie. Ik ben niet alleen net afgestudeerd met als hoofdvak Onderwijskunde, maar ik heb op de middelbare school en op de universiteit op kinderen gepast en bijles gegeven. En naar een afgelegen berglandgoed verhuizen? Meld mij maar aan! Hoe verder weg, hoe beter.

Het is alsof de advertentie speciaal voor mij is gemaakt.

Wacht eens even. Zou dit een val kunnen zijn?

Nee, dat is echt paranoïde denken. Sinds de close call van vanmorgen rijd ik doelloos rond met als enig doel zoveel mogelijk afstand tussen mezelf en Boise te creëren, terwijl ik van de grote wegen en snelwegen uit de buurt blijf om verkeerscamera's te ontwijken. Mijn achtervolgers zouden een glazen bol moeten hebben om te raden dat ik in dit afgelegen gebied zou belanden, laat staan dat ik deze plaatselijke krant op zou pakken. De enige manier waarop dit een val zou kunnen zijn, is als ze soortgelijke advertenties in alle kranten in het hele land zouden hebben geplaatst, evenals op alle grote vacaturesites, en zelfs dan voelt het te vergezocht aan.

Nee, het is onwaarschijnlijk dat dit een valstrik is die speciaal voor mij is opgezet, maar het kan toch iets sinisters zijn.

Ik aarzel even, stap dan uit de auto en ga terug naar de winkel.

"Neem me niet kwalijk, mevrouw," zeg ik, terwijl ik naar de oudere caissière toe loop. "Woont u in dit gebied?"

"Jazeker, lieverd." Een glimlach verheldert haar gerimpelde gezicht. "In Elkwood Creek geboren en getogen."

"Geweldig. In dat geval" - ik vouw de krant open en leg hem op de toonbank – "weet u hier misschien iets van?" Ik wijs naar de advertentie.

Ze haalt een leesbril tevoorschijn en tuurt naar de kleine tekst. Huh. "Drieduizend dollar per week voor een bijlesdocent - moeten nog rijker zijn dan ze zeggen."

Mijn pols versnelt zich van opwinding. "Weet u wie deze advertentie heeft geplaatst?"

Ze kijkt op, met tranende ogen knipperend achter de dikke glazen van haar bril. "Nou, ik weet het niet zeker, lieverd, maar het gerucht gaat dat een rijke Rus het oude Jamieson-landgoed ver in de bergen heeft gekocht en daar een gloednieuw pand heeft gebouwd. Heeft hier en daar lokale jongens voor wat willekeurige klussen aangenomen, altijd contant betalend. Niemand heeft echter iets over een kind gezegd, dus misschien is hij het niet - maar ik kan niemand anders in deze omgeving met dat soort geld bedenken, laat staan iets dat in de buurt van een landgoed komt."

Allemachtig. Dit kan echt zijn. Een rijke buitenlander - dat zou zowel het te hoge salaris als het contante karakter ervan verklaren. De man - of waarschijnlijker het stel, aangezien er een kind in het spel is - weet misschien niet wat de gangbare tarieven voor docenten hier zijn of het kan hem niets schelen. Als je rijk genoeg bent, dan betekenen een paar duizend misschien niet meer dan een paar centen. Maar voor mij kan een weekloon het verschil tussen leven en dood betekenen en als ik een maand lang zoveel geld zou verdienen, dan zou ik een andere tweedehandsauto kunnen kopen - en misschien zelfs wat valse papieren, zodat ik het land kan verlaten en voorgoed kan verdwijnen.

Het beste van alles is dat als het landgoed afgelegen genoeg ligt, het een tijdje kan duren voordat mijn achtervolgers me daar zullen vinden - als ze dat ooit zou lukken. Met een contant salaris zou er geen papieren spoor zijn, niets om me met het Russische stel in verband te brengen.

Deze baan zou het antwoord op al mijn gebeden kunnen zijn... tenminste, als ik hem krijg.

"Is er hier ergens in de buurt een openbare bibliotheek?" vraag ik, in een poging om mijn opwinding te temperen. Ik wil niet te hoopvol worden. Zelfs als mijn cv het beste zou zijn dat ze krijgen, dan kan het wervingsproces weken of maanden duren en het is niet veilig om hier zo lang te blijven.

Als ze me in Boise kunnen vinden, dan zullen ze me hier ook vinden.

Het is slechts een kwestie van tijd.

De caissière straalt naar me. "Jazeker, lieverd. Rijd zo'n vijftien kilometer naar het noorden en als je de eerste gebouwen ziet, ga je linksaf, rijd vervolgens langs twee kruispunten en dan is het aan je linkerhand, direct naast het politiebureau."

"Geweldig, dank u. Heeft u een pen voor me?" Als ze hem aan mij overhandigt, noteer ik de aanwijzingen op de voorkant van de krant.

Geen smartphone met GPS hebben is klote.

"Een fijne dag verder," zeg ik tegen de oudere dame en als ik deze keer naar buiten ga, voel ik een duidelijke veerkracht in mijn stap.

De kleine bibliotheek sluit om vijf uur 's middags, dus ik stel op een van de openbare computers snel mijn cv en begeleidende brief op en e-mail beide naar het adres dat in de advertentie stond. In plaats van een telefoonnummer en e-mailadres heb ik alleen mijn e-mailadres op de cv gezet, hopelijk is dat voldoende.

Tegen de tijd dat ik klaar ben, sluit de bibliotheek, dus stap ik weer in mijn auto en rijd het stadje uit, willekeurig smalle, bochtige wegen inslaand totdat ik vind wat ik zoek.

Een open plek in het bos waar ik mijn Toyota achter de bomen uit het zicht van voorbijrijdende personen kan parkeren.

Nu de auto veilig is neergezet, open ik de kofferbak en haal nog een trui uit de koffer die ik gelukkig bij me had toen mijn leven instortte. Ik rol de trui op, strek me uit op de achterbank, leg het geïmproviseerde kussen onder mijn hoofd en sluit mijn ogen.

Mijn laatste gedachte voordat de slaap me overvalt, is de hoop dat ik lang genoeg in leven blijf om iets over de baan te horen.

2

NIKOLAI

Een klop op de deur leidt me af van de e-mail die ik aan het lezen ben, en ik kijk op van mijn laptop terwijl Alina de deur opent en gracieus mijn kantoor binnenstapt.

"We hebben vanavond een veelbelovende sollicitatie gekregen," zegt ze, terwijl ze naar mijn bureau toeloopt. "Hier, kijk eens." Ze geeft me een dikke map.

Ik open het. Een foto van een rijbewijs van een opvallende jonge vrouw staart me vanaf de voorpagina aan. Haar bruine ogen zijn zo groot dat ze haar kleine, ruitvormige gezicht domineren, en zelfs op de korrelige afdruk lijkt haar gebronsde huid te gloeien, alsof ze van binnenuit door een onzichtbare kaars wordt verlicht. Maar het is haar mond die mijn aandacht trekt. Klein maar perfect gevuld, is het een mix tussen een Cupidoboogpruillip van een pop en iets dat je bij een pornoster zou kunnen vinden.

Ze lacht niet op deze foto. Haar uitdrukking is

plechtig, haar haar is naar achteren in een strakke paardenstaart of een knotje getrokken. Op de volgende pagina staat echter een foto van haar waar ze lacht, haar hoofd achterover en haar gezicht omlijst door goudbruine golven die achter haar slanke schouders verdwijnen. Ze is mooi op deze foto, en zo stralend dat ik voel dat iets in mij gevaarlijk stil en rustig wordt, zelfs terwijl mijn hartslag zich met een primaire mannelijke reactie versnelt.

Ik onderdruk de bizarre reactie, sla de pagina om en lees de informatie op het rijbewijs.

Chloe Emmons is drieëntwintig jaar oud, één meter tachtig en woont in Boston, Massachusetts, wat betekent dat ze ver van huis is.

"Hoe heeft ze van deze functie gehoord?" vraag ik terwijl ik naar Alina kijk. "Ik dacht dat we de advertentie alleen in de lokale kranten hadden geplaatst."

Ze schuift de afdrukken met de foto's opzij en tikt met een glanzende rode nagel op de pagina eronder. "Lees de begeleidende brief."

Ik richt mijn aandacht op de pagina. Het lijkt erop dat Chloe Emmons na haar afstuderen een rondreis is gaan maken en toevallig Elkwood Creek passeerde toen ze onze advertentie zag en besloot om voor de functie te solliciteren. De begeleidende brief is goed geschreven en netjes opgemaakt, net als het cv dat volgt. Ik begrijp waarom Alina het veelbelovend vond. Hoewel het meisje net haar bachelor in onderwijskunde aan Middlebury College heeft behaald, heeft ze meer stageplaatsen in het onderwijs en oppaswerk gehad dan de vorige drie kandidaten samen.

Konstantins verslag over haar is het volgende. Zoals gewoonlijk heeft hij zijn team diep in haar social media, straf- en DMV-gegevens, financiële overzichten, schoolafschriften en medische dossiers laten graven en in al het andere over haar leven dat ooit is geautomatiseerd. Het is veel om te lezen, dus ik kijk op naar Alina. "Niets verdachts?"

Ze aarzelt. "Misschien. Haar moeder is een maand geleden overleden - schijnbare zelfmoord. Sindsdien is Chloe in feite onvindbaar: geen berichten op social media, geen creditcardtransacties, geen telefoontjes met haar mobiel."

"Dus ze heeft ofwel moeite om ermee om te gaan of er is iets anders aan de hand."

Alina knikt. "Mijn gok is op de eerste, haar moeder was de enige familie die ze had."

Ik sluit de map en duw hem weg. "Dat verklaart niet het gebrek aan creditcardtransacties. Hier klopt iets niet. Maar zelfs als het is wat je denkt, een emotioneel gestoorde vrouw is het laatste wat we nodig hebben."

Een humorloze glimlach raakt Alina's jadegroene ogen. "Weet je dat zeker, Kolya? Omdat ik het gevoel heb dat ze er wel eens tussen zou kunnen passen."

En voordat ik kan antwoorden, draait mijn zus zich om en loopt naar buiten.

Ik weet niet waarom ik de map een uur later weer oppak - morbide nieuwsgierigheid, hoogstwaarschijnlijk. Door de dikke stapel papieren bladerend vind ik het politierapport over de zelfmoord van de moeder. Blijkbaar werd Marianna Emmons, serveerster, veertig jaar oud, met haar polsen doorgesneden op haar keukenvloer gevonden. Een van de buren heeft het bij de politie gemeld. De dochter, Chloe, was nergens te vinden - en ze is nooit op komen dagen om het lichaam te identificeren of te begraven.

Interessant. Zou de mooie kleine Chloe haar moeder vermoord kunnen hebben? Is ze daarom op haar 'rondreis' waarbij ze onvindbaar is?

Volgens het politierapport was er geen verdenking van een misdrijf. Marianna had een voorgeschiedenis van depressies en ze had al eens eerder geprobeerd om zelfmoord te plegen, toen ze zestien was. Maar ik weet hoe gemakkelijk het is om de plek van een moord te ensceneren, als je tenminste weet wat je doet.

Het enige dat nodig is, is een beetje vooruitziendheid en vaardigheid.

Het is een gok, natuurlijk, maar ik ben niet gekomen waar ik ben door het beste van mensen aan te nemen. Zelfs als Chloe Emmons niet schuldig is aan de moord op haar moeder, dan is ze wel ergens schuldig aan. Mijn instinct zegt me dat er meer achter haar verhaal zit en mijn instinct heeft het zelden mis.

Het meisje gaat problemen geven. Dat weet ik zonder enige twijfel.

Toch weerhoudt iets me ervan om de map te

sluiten. Ik lees het rapport van Konstantin in zijn geheel door en blader vervolgens door de screenshots van haar social media. Verrassend genoeg zijn het niet veel selfies. Voor een meisje dat zo mooi is, lijkt Chloe niet al te gefocust op haar uiterlijk te zijn. In plaats daarvan bestaat het merendeel van haar berichten uit video's van babydieren en foto's van schilderachtige plekjes, samen met links naar blogposts en artikelen over de ontwikkeling van kinderen en optimale lesmethoden.

Zonder dat politierapport en dat ze al maandenlang onvindbaar is, lijkt Chloe Emmons precies te zijn wat ze beweert: een kersverse student met een passie voor lesgeven.

Ik blader terug naar het begin van de map, bestudeer de foto van haar terwijl ze lacht en probeer te begrijpen wat het is dat me aan het meisje intrigeert. Haar mooie gezicht, dat zeker, maar dat is er maar een deel van. Ik heb vrouwen gezien - en geneukt - die op een klassieke manier veel mooier zijn dan zij. Zelfs die pornopop-mond is in het grote geheel van dingen niets bijzonders, hoewel geen enkele man die bij zijn volle verstand is de kans voorbij zou laten gaan om die volle, zachte lippen om zijn pik gewikkeld te voelen.

Nee, het is iets anders dat die magnetische aantrekkingskracht op me uitoefent, iets dat met de uitstraling van haar glimlach te maken heeft. Het is alsof je op een winterdag een zonnestraal ziet die door de wolken breekt. Ik wil het aanraken, zijn warmte voelen... hem vastleggen, zodat ik het voor mezelf kan hebben.

Mijn lichaam verhardt bij de gedachte, donkere, pornografische beelden glijden door mijn geest. Een betere man - een betere vader - zou die map meteen sluiten, al was het maar vanwege de verleiding die het oplevert, maar ik ben die man niet.

Ik ben een Molotov en we hebben nog nooit zoiets prozaïsch als het juiste gedaan.

Ik trommel met mijn vingers op mijn bureau en kom tot een besluit.

Chloe Emmons heeft misschien te veel problemen om bij mijn zoon in de buurt te laten komen, maar ik wil haar toch ontmoeten.

Ik wil die zonnestraal op mijn huid voelen.

3

CHLOE

HET DRIE METER HOGE METALEN HEK SCHUIFT UIT ELKAAR TERWIJL IK NAAR BOVEN RIJD, de motor van mijn Toyota klaagt tegen de steile helling van de onverharde weg die de berg op naar het landgoed leidt. Ik grijp het stuur stevig vast en rijdt door het open hek, en mijn nervositeit wordt met de seconde erger.

Ik kan nog steeds niet geloven dat ik hier ben. Ik was er bijna zeker van dat ik niets in mijn inbox zou hebben toen ik vanmorgen naar de bibliotheek ging. Het was veel te snel om een reactie te verwachten. Maar voor het geval dat wilde ik mijn e-mail checken en dan een paar uur online gaan om naar andere baantjes binnen een halve tank rijafstand te zoeken. Maar de e-mail was er al toen ik inlogde. De mail was gisteren om tien uur 's avonds binnengekomen.

Ze willen me interviewen.

Vandaag om 12.00 uur.

Mijn handpalmen zijn glibberig van het zweet, dus

19

ik veeg eerst mijn ene hand en daarna de andere aan mijn spijkerbroek af. Ik heb niets dat op een outfit lijkt die geschikt is voor een sollicitatiegesprek, dus ik draag mijn enige schone spijkerbroek en een effen T-shirt met lange mouwen - ik heb de mouwen nodig om de schrammen en korstjes van de glasscherven op mijn arm te bedekken. Hopelijk zullen mijn potentiële werkgevers me de vrijetijdskleding niet kwalijk nemen. Ik heb tenslotte een sollicitatiegesprek voor de positie van bijlesdocent in de *middle of nowhere*.

Laat me alsjeblieft de baan krijgen. Laat me alsjeblieft de baan krijgen.

De strakke metalen poort waar ik zojuist doorheen ben gereden, maakt deel uit van een metalen muur van dezelfde hoogte die zich aan weerszijden van de weg tot in het ruige bergbos uitstrekt. Ik vraag me af of dat betekent dat de muur rond het hele landgoed loopt. Het is moeilijk om je voor te stellen - volgens de bibliothecaris die me aanwijzingen heeft gegeven, bestaat het terrein uit meer dan duizend hectare wild bergachtig terrein - maar ik heb niet kunnen zien waar de muur eindigde, dus het is mogelijk. En aangezien de poort bij mijn nadering vanzelf openging, moeten er ook camera's aanwezig zijn - wat, hoewel enigszins alarmerend, ook geruststellend is.

Ik heb geen idee waarom deze mensen zoveel beveiliging nodig hebben, maar als ik deze baan krijg, dan ben ik op hun terrein ook veilig.

De kronkelige onverharde weg waar ik op rij, lijkt eeuwig te duren, maar uiteindelijk, na ongeveer anderhalve kilometer, begint het bos aan de zijkanten dunner te worden en wordt het terrein vlakker. Ik moet de top van de berg naderen.

En inderdaad, als ik de volgende bocht omga, komt het strakke herenhuis van twee verdiepingen in zicht.

Een ultramodern wonder van glas en staal. Het zou tussen al deze ongetemde natuur als een zere duim op moeten vallen, maar in plaats daarvan is het vakkundig in zijn omgeving geïntegreerd, waarbij een deel van het huis in een rotsachtige uitstulping is gebouwd. Terwijl ik ervoor tot stilstand kom, zie ik een volledig glazen terras dat zich om de achterkant wikkelt en ik realiseer me dat het huis op een klif ligt met een uitzicht op een diep ravijn.

De uitzichten moeten binnen geweldig zijn.

Diep ademhalen, Chloe. Je kunt het.

Ik zet de auto uit, strijk met mijn bezwete handpalmen over mijn spijkerbroek, trek mijn shirt recht, controleer of mijn haar nog in een nette knot zit en pak het cv dat ik in de bibliotheek heb uitgeprint. Ik doe het meestal goed tijdens een sollicitatiegesprek, maar er heeft nog nooit zoveel op het spel gestaan. Elke zenuw in mijn lichaam staat op scherp, mijn hart bonst zo snel dat ik duizelig word. Natuurlijk kan ik ook duizelig zijn omdat ik vandaag alleen maar een banaan heb gegeten, maar daar wil ik niet aan denken, of aan het feit dat als ik de baan niet krijg, honger misschien wel het minste van mijn problemen zal zijn.

Met mijn CV in de hand stap ik uit de auto. Ik ben ongeveer een half uur te vroeg, wat beter is dan te laat, maar niet optimaal. Ik was bang dat ik zonder gps zou verdwalen, dus ben ik uit de bibliotheek weggegaan en ben ik zodra de bibliothecaris me had uitgelegd waar ik heen moest en me daarbij een lokale kaart had gegeven, hierheen gegaan. Ik ben echter niet verdwaald, dus nu hoef ik alleen maar naar die strakke, futuristisch ogende voordeur te lopen en aan te bellen.

Terwijl ik mijn rug recht, bereid ik me voor om precies dat te doen wanneer de deur openzwaait en een lange man met brede schouders zichtbaar wordt. Hij is in een donkere spijkerbroek en een wit overhemd met knoopjes gekleed en de mouwen zijn tot aan zijn ellebogen opgerold.

"Hoi," zeg ik en ik zet een stralende glimlach op terwijl ik naar hem toe loop. "Ik ben Chloe Emmons, ik ben hier voor het sollicitatiegesprek voor de..." Ik stop, mijn adem stokt in mijn longen als hij naar buiten in het licht stapt en een paar prachtige lichtbruine ogen de mijne ontmoeten.

Alleen is 'lichtbruin' een te algemene term voor ze. Ik heb nog nooit zulke ogen gezien. Een rijke, donkere amberkleur vermengt met bosgroen, ze zijn door dikke zwarte wimpers omringt en ze glinsteren met een eigenaardige felheid, een intensiteit die bij een roofdier in de jungle niet zou misstaan. Tijgerogen, die aan een man toebehoren die zelf de personificatie van macht en gevaar is - een man die zo wreed knap is dat mijn toch al verhoogde hartslag supersonisch wordt.

Hoge, brede jukbeenderen, een rechte neus, zijn kaak scherp genoeg om marmer te snijden - de pure symmetrie van die opvallende trekken zou genoeg zijn geweest om de omslagen van tijdschriften te sieren, maar in combinatie met die volle, cynisch gebogen mond, is het effect absoluut verwoestend. Net als zijn wimpers zijn zijn wenkbrauwen dik en zwart, net als zijn haar, dat lang genoeg is om zijn oren te bedekken en zo recht dat het op de vleugel van een raaf lijkt.

Met lange, soepele passen de afstand tussen ons verkleinend, strekt hij zijn hand naar me uit. "Nikolai Molotov," zegt hij, terwijl hij de naam uitspreekt zoals een geboren Rus dat zou doen, hoewel er geen spoor van een accent in zijn diepe stem van ruwe zijde te horen is. "Het is een genoegen om kennis met je te maken."

4

CHLOE

Stomverbaasd schud ik zijn hand. Die is groot en sterk, zijn licht gebruinde huid warm terwijl zijn lange vingers zich om de mijne wikkelen en met zorgvuldig ingehouden kracht knijpen. Er loopt bij het gevoel een rilling over mijn rug, mijn lichaam wordt overal warm en het kost me alles wat ik in me heb om niet naar hem toe te zwaaien terwijl mijn knieën onder me in gelei veranderen.

Verman je, Chloe. Dit is een potentiële werkgever. Verman je verdomme.

Met een enorme inspanning trek ik mijn hand weg en reik naar wat er nog van mijn kalmte over is. "Aangenaam kennis met u te maken, meneer Molotov." Tot mijn opluchting klinkt mijn stem stabiel, mijn toon kalm en vriendelijk, zoals het een persoon betaamt die voor een baan solliciteert. Ik doe een halve stap achteruit en glimlach naar mijn gastheer. "Het spijt me dat ik een beetje vroeg ben."

Zijn tijgerogen glanzen feller. "Geen probleem. Ik heb ernaar uitgekeken om je te ontmoeten, Chloe. En noem me alsjeblieft Nikolai."

"Nikolai," herhaal ik, terwijl mijn stomme hartslag verder versnelt. Ik begrijp niet wat er met me gebeurt, waarom ik deze reactie op deze man heb. Ik ben nooit iemand geweest die over een gebeeldhouwde kaak en strakke buikspieren mijn verstand verloor, zelfs niet toen ik een hormonale tiener was. Terwijl mijn vrienden verliefd waren op voetballers en filmsterren, ging ik met jongens uit wiens persoonlijkheden ik leuk vond, wiens geest me meer aantrok dan hun lichaam. Voor mij is seksuele chemie altijd iets geweest dat zich in de loop van de tijd ontwikkelt in plaats van iets wat er vanaf het begin is.

Maar aan de andere kant, heb ik nog nooit een man ontmoet die zulke rauwe dierlijke aantrekkingskracht uitstraalt.

Ik wist niet dat zulke mannen bestonden.

Focus, Chloe. Hij is hoogstwaarschijnlijk getrouwd.

De gedachte is als een plons koud water in mijn gezicht, die me naar de realiteit van mijn situatie terugtrekt. Waar ben ik in godsnaam mee bezig, kwijlend over de vader van een kind? Ik heb deze baan nodig om te *overleven*. De rit van zestig kilometer hierheen heeft me meer dan een kwart tank benzine gekost, en als ik niet snel wat geld verdien, dan zit ik vast, een makkelijk doelwit voor de moordenaars die achter me aan zitten.

Bij die gedachte koelt de hitte in me af en wanneer

Nikolai "Volg me" zegt en naar het huis terugloopt, rinkelen mijn zenuwen van angst in plaats van wat het ook was dat me bezielde toen ik hem zag.

Van binnen is het huis net zo ultramodern als van buiten. Overal om me heen zijn kamerhoge ramen met een prachtig uitzicht, moderne kunst-museumwaardige decoraties en strak meubilair dat eruitziet alsof het rechtstreeks uit de showroom van een interieurontwerper komt. Alles is in grijs- en wittinten uitgevoerd, op enkele plaatsen door natuurlijke hout- en steenaccenten verzacht. Het is mooi en meer dan een beetje intimiderend, net als de man voor me, en terwijl hij me door een open woonkamer naar een wenteltrap van hout en glas achter in het huis leidt, voel ik me een schurftige duif die per ongeluk een vergulde concertzaal is binnengevlogen.

Terwijl ik het verontrustende gevoel onderdruk, zeg ik, "Je hebt een prachtig huis. Woon je hier al lang?"

"Een paar maanden," antwoordt hij terwijl we de trap opgaan. Hij kijkt me even aan. "En hoe zit het met jou? Je zei in je begeleidende brief dat je op een rondreis bent?"

"Dat klopt." Ik voel me steviger in mijn schoenen staan en leg uit dat ik in juni aan Middlebury College ben afgestudeerd en toen heb besloten om het land te zien voordat ik de werkende wereld induik. "Maar toen zag ik natuurlijk je advertentie," concludeer ik, "en het klonk te perfect om te laten gaan, dus hier ben ik."

"Ja, inderdaad," zegt hij zacht als we voor een gesloten deur stoppen. "Hier ben je."

Mijn adem stokt weer, mijn hartslag versnelt ongecontroleerd. Er is iets zenuwslopends in de donkere, sensuele ronding van zijn mond, iets bijna... *gevaarlijks* in de intensiteit van zijn blik. Misschien is het de ongebruikelijke kleur van zijn ogen, maar ik voel me duidelijk niet op mijn gemak als hij zijn handpalm tegen een onopvallend paneel op de muur drukt en de deur als in een spionagefilm voor ons openzwaait.

"Alsjeblieft," mompelt hij en gebaart dat ik naar binnen moet gaan, en dat doe ik, terwijl ik mijn best doe om het verontrustende gevoel te negeren dat ik het hol van een roofdier binnenga.

Het 'hol' blijkt een groot, zonovergoten kantoor te zijn. Twee van de wanden zijn volledig van glas gemaakt en onthullen een adembenemend uitzicht op de bergen, terwijl een strak L-vormig bureau in het midden meerdere computerschermen bevat. Aan de zijkant staat een kleine ronde tafel met twee stoelen en daar leidt Nikolai me naartoe.

Ik verberg dat ik opgelucht uitadem, ga zitten en leg mijn cv voor hem op tafel. Het is duidelijk dat ik gespannen ben, mijn zenuwen zijn na de afgelopen maand zo gespannen dat ik overal gevaar zie. Dit is een sollicitatiegesprek voor een de positie van bijlesdocent, meer niet, en ik moet mezelf vermannen voordat ik het verknal.

Ondanks de waarschuwing gaat mijn hartslag weer

omhoog als Nikolai achteroverleunt in zijn stoel en me met die verontrustend mooie ogen aankijkt. Ik voel de groeiende vochtigheid van mijn handpalmen en het kost me moeite om ze niet weer aan mijn spijkerbroek af te vegen. Hoe belachelijk het ook is, ik voel me ontkleed door die blik, alsof al mijn geheimen en angsten worden blootgelegd.

Hou op, Chloe. Hij weet niets. Je hebt een gesprek om bijlesdocent te worden, meer niet.

"Dus," zeg ik opgewekt om mijn onrust te verbergen, "mag ik naar het kind vragen dat ik bijles zou gaan geven? Gaat het om je zoon of dochter?"

Zijn gezicht krijgt een niet te ontcijferen uitdrukking. "Mijn zoon. Miroslav. We noemen hem Slava."

"Dat is een geweldige naam. Is hij-"

"Vertel eens iets over jezelf, Chloe." Hij leunt naar voren en pakt mijn cv op, maar kijkt er niet naar. In plaats daarvan zijn zijn ogen op mijn gezicht gericht, waardoor ik me als een vlinder voel die onder een microscoop ligt. "Wat is het aan deze functie dat je intrigeert?"

"Oh, alles." Ik haal adem om mijn stem te stabiliseren, ik beschrijf alle keren dat ik heb opgepast en de bijles die ik door de jaren heen heb gegeven en dan bespreek ik mijn stages, inclusief mijn laatste zomerbaan bij een speciaal opvangkamp, waar ik met kinderen van alle leeftijden heb gewerkt. "Het was een geweldige ervaring," besluit ik, "zowel uitdagend als lonend. Mijn favoriete onderdeel ervan was echter rekenen en lezen aan de jongere kinderen geven en daarom denk ik dat ik perfect voor deze rol zou zijn. Lesgeven is mijn passie, en ik zou graag de kans krijgen om een-op-een met een kind te werken, om het lesprogramma op zijn of haar interesses en capaciteiten af te stemmen."

Hij legt het cv neer, nog steeds zonder ernaar te kijken. "En wat vind je ervan om op een plek te wonen die zo ver van de bewoonde wereld verwijderd is? Waar tientallen kilometers in de omtrek niets dan wildernis is en slechts minimaal contact met de buitenwereld?"

"Dat klinkt..." *Als een toevluchtsoord*. "...Geweldig." Ik kijk hem stralend aan, mijn opwinding ongeveinsd. "Ik ben sowieso een grote fan van de wildernis en de natuur. Mijn alma mater - Middlebury College - heb ik zelfs gedeeltelijk vanwege de landelijke ligging gekozen. Ik hou van wandelen en vissen en ik weet hoe ik een kampvuur moet maken. Hier wonen zou een droom zijn die uitkomt." *Zeker gezien alle veiligheidsmaatregelen die ik onderweg tegen ben gekomen, maar dat zeg ik natuurlijk niet.*

Ik moet op niet anders lijken dan een kersverse student die op zoek is naar avontuur.

Hij trekt zijn wenkbrauwen op. "Zul je je vrienden niet missen? Of familie?"

"Nee, ik-" Tot mijn ontsteltenis knijpt door een plotselinge golf van verdriet mijn keel zich samen. Slikkend probeer ik het opnieuw. "Ik ben heel onafhankelijk. Ik heb de afgelopen maand in mijn eentje door het land gereisd en bovendien zijn er altijd telefoons, videoconferentie-apps en social media."

Hij houdt zijn hoofd schuin. "Toch heb je de afgelopen maand niets op je social media-profielen gepost. Waarom is dat?"

Ik staar hem aan, mijn hartslag schiet omhoog. Heeft hij mijn social media bekeken? Hoe? Wanneer? Ik heb de hoogste privacy-instellingen. Hij zou niets over mij moeten kunnen zien, behalve dat ik besta en als een normaal persoon social media gebruik. Heeft hij me laten onderzoeken? Op de een of andere manier in mijn accounts gehackt?

Wie is deze man?

"Ik heb nu eerlijk gezegd geen telefoon." Een straaltje zweet loopt langs mijn ruggengraat, maar het lukt me om mijn toon gelijkmatig te houden. "Ik heb hem weggedaan, omdat ik wilde zien of ik op deze rondreis zonder alle elektronica zou kunnen functioneren. Een soort persoonlijke uitdaging."

"Oké." Zijn ogen zijn in dit licht meer groen dan amberkleurig. "Dus hoe houd je dan contact met familie en vrienden?"

"Voornamelijk via e-mail," lieg ik. Ik kan op geen enkele manier toegeven dat ik met niemand contact heb gehouden en ook niet van plan ben om dat te doen. "Ik ben naar openbare bibliotheken gegaan en heb daar af en toe de computers gebruikt." Ik realiseer me dat mijn vingers stevig om elkaar heen geklemd zitten, ik maak mijn handen los en forceer een glimlach op mijn lippen. "Het is best bevrijdend om niet aan een telefoon gebonden te zijn, zie je. Extreme connectiviteit is zowel een zegen als een vloek, en ik geniet van de vrijheid om door het land te reizen zoals mensen dat in het verleden hebben gedaan, met alleen een papieren kaart om me te begeleiden."

"Een Gen Z-luddiet. Wat verfrissend."

Ik bloos bij de zachtaardige spot in zijn toon. Ik weet hoe mijn uitleg klinkt, maar het is het enige dat ik kan bedenken om mijn gebrek aan recente social media-activiteit te rechtvaardigen en, voor het geval hij mijn cv aandachtig bekijkt, het ontbreken van een mobiel nummer. In feite is het een goed excuus voor alles, dus ik kan er net zo goed mee door gaan.

"Je hebt gelijk. Ik ben een beetje een luddiet," zeg ik. "Dat is waarschijnlijk de reden waarom het stadsleven me zo weinig aanspreekt en waarom ik je vacature zo intrigerend vond. Hier wonen" - ik gebaar naar het prachtige uitzicht buiten – "en bijles geven aan je zoon is het soort baan dat ik altijd al heb gewild, en als je me inhuurt, dan zal ik me er volledig aan toewijden."

Een langzame, duistere glimlach krult zijn lippen. "Is dat zo?"

"Ja." Ik houd zijn blik vast, zelfs als mijn adem oppervlakkig wordt en er warmteprikkels over mijn huid gaan. Ik begrijp echt niet waarom ik op deze man reageer, ik begrijp niet hoe ik hem zo magnetisch kan vinden terwijl hij allerlei waarschuwingssignalen in mijn hoofd af laat gaan. Paranoia of niet, mijn instinct schreeuwt dat hij gevaarlijk is, maar mijn vinger jeukt om naar voren te reiken en de duidelijk gedefinieerde randen van zijn volle, zacht uitziende lippen te volgen. Al slikkend duw ik mijn gedachten weg van dat verraderlijke terrein en zeg met zoveel ernst als ik kan, "Ik zal de meest perfecte docent zijn die je je maar voor kunt stellen."

Hij kijkt me zonder te knipperen aan, de stilte strekt zich tot enkele lange seconden uit en net wanneer ik het gevoel heb dat mijn zenuwen als een overbelast elastiekje zouden kunnen knappen, staat hij op en zegt, "Volg mij."

Hij leidt me het kantoor uit en door een lange gang tot we bij een andere gesloten deur komen. Deze heeft blijkbaar geen biometrische beveiliging, want hij klopt gewoon op de deur en gaat, zonder op antwoord te wachten, naar binnen.

Binnen biedt een ander kamerhoog raam een adembenemend uitzicht. Er is echter niets strak en modern aan deze kamer. In plaats daarvan lijkt het op de nasleep van een explosie in een speelgoedfabriek. Er is overal waar ik kijk kleurrijke chaos, met stapels speelgoed, kinderboeken en LEGO-stukken over de vloer verspreid, en in de hoek staat een kinderbed die met een laken met Superman-thema bedekt is. De kussens en deken met Superman-thema van het bed liggen hoog opgestapeld in een andere hoek, en pas als mijn gastheer op bevelende toon "Slava!" zegt realiseer ik me dat er naast die stapel een kleine jongen een LEGO-kasteel aan het bouwen is.

Bij de stem van zijn vader schiet het hoofd van de jongen omhoog en onthult een paar enorme ambergroene ogen - dezelfde betoverende ogen die de man naast me bezit. Over het algemeen is de jongen Nikolai in het klein: zijn zwarte haar valt rond zijn oren in een recht, glanzend gordijn en zijn ronde kindergezicht vertoont al een hint van die opvallende jukbeenderen. Zelfs de mond is hetzelfde, alleen de cynische, wetende ronding van zijn vaders lippen ontbreekt.

"Slava, *idi syuda*," beveelt Nikolai en de jongen staat op en komt voorzichtig naar ons toe. Als hij voor ons stopt, zie ik dat hij een spijkerbroek en een T-shirt met een afbeelding van Spider-Man op de voorkant draagt.

Nikolai kijkt op zijn zoon neer en begint in snelvuur Russisch tegen hem te praten. Ik heb geen idee wat hij zegt, maar het moet iets met mij te maken hebben, want de jongen blijft me aankijken, zijn uitdrukking zowel nieuwsgierig als angstig.

Zodra Nikolai klaar is met praten, glimlach ik naar het kind en kniel ik op de grond, zodat we op dezelfde ooghoogte zitten. "Hoi, Slava," zeg ik vriendelijk. "Ik ben Chloe. Het is leuk om kennis met je te maken."

De jongen kijkt me wezenloos aan.

"Hij spreekt geen Engels," zegt Nikolai met harde stem. "Alina en ik hebben geprobeerd om het hem te leren, maar hij weet dat we Russisch spreken en hij weigert om het van ons te leren. Dus dat zou jouw taak zijn: hem Engels leren, samen met al het andere dat een kind van zijn leeftijd zou moeten weten."

"Oké." Ik houd mijn blik op de jongen gericht en glimlach hartelijk naar hem, zelfs als er meer waarschuwingssignalen in mijn hoofd afgaan. Er is iets vreemds in de manier waarop Nikolai met en over het kind praat. Het is alsof zijn zoon een vreemde voor hem is. En als Alina - van wie ik aanneem dat het zijn vrouw en de moeder van het kind is - net zo goed Engels als mijn gastheer spreekt, waarom spreekt Slava er dan niet op zijn minst een paar woorden van? Waarom zou hij weigeren om de taal van zijn ouders te leren?

Waarom pakt Nikolai de jongen überhaupt niet op en omhelst hij hem niet? Of gooit hij niet speels zijn haar in de war?

Waar is het warme gemak waarmee ouders gewoonlijk met hun kinderen communiceren?

"Slava," zeg ik zachtjes tegen de jongen, "ik ben Chloe." Ik wijs naar mezelf. "Chloe."

Hij kijkt me enkele lange ogenblikken met de starende blik van zijn vader aan. Dan beweegt zijn mond en vormt hij de lettergrepen. "Klo-ee."

Ik kijk hem stralend aan. "Dat klopt. Chloe." Ik tik op mijn borst. "En jij bent Slava. Ik wijs naar hem. Miroslav, toch?"

Hij knikt plechtig. "Slava."

"Hou je van stripboeken, Slava?" Ik raak zachtjes de foto op zijn T-shirt aan. "Dit is Spider-Man, nietwaar?"

Zijn ogen lichten op. "*Da*, Spider-Man." Hij spreekt het met een Russisch accent uit. "*Ti znayesh o nyom?*"

Ik kijk op naar Nikolai, maar zie dat hij me met een duistere, niet te ontcijferen uitdrukking aankijkt. Een tinteling van een onwelkom gewaarwording trekt langs mijn ruggengraat, mijn adem stokt bij een plotseling gevoel van kwetsbaarheid. Op mijn knieën is niet waar ik bij deze man wil zijn.

Het voelt heel erg alsof ik mijn keel voor een mooie, wilde wolf ontbloot.

"Mijn zoon vraagt of je Spider-Man kent," zegt hij na een moment van gespannen stilte. "Ik neem aan dat het antwoord ja is."

Met moeite wend ik mijn blik van hem af en concentreer me op de jongen. "Ja, ik ken Spider-Man," zeg ik glimlachend. "Ik was toen ik zo zou oud was als jij dol op Spider-Man. Ook op Superman en Batman en Wonder Woman en Aquaman."

Het gezicht van het kind begint bij elke superheld die ik noem meer te stralen, en als ik bij Aquaman aankom, verschijnt er een ondeugende grijns op zijn gezicht. "Aquaman?" Hij trekt zijn kleine neus op. "*Nyet, nye* Aquaman."

"Geen Aquaman?" Ik laat mijn ogen overdreven groot worden. "Waarom niet? Wat is er mis met Aquaman?"

Dat laat hem giechelen. "*Nye* Aquaman."

"Oké, jij wint. Geen Aquaman." Ik slaak een droevige zucht. "Arme Aquaman. Zo weinig kinderen vinden hem leuk."

De jongen giechelt weer en rent naar een stapel stripboeken naast het bed. Hij pakt er een, brengt hem terug en wijst naar de foto op de voorkant. "Superman *samiy sil'niy*," verklaart hij.

"Is Superman de beste?" raad ik. "Je favoriet?"

"Hij zei dat hij de sterkste is," zegt Nikolai gelijkmatig, en schakelt dan over op Russisch, waarbij zijn stem dezelfde bevelende toon aanneemt.

Het gezicht van de jongen betrekt en hij laat het boek zakken, zijn houding neerslachtig.

"Laten we teruggaan naar mijn kantoor," zegt Nikolai tegen me, en zonder nog iets tegen zijn zoon te zeggen, loopt hij naar de deur.

5

NIKOLAI

Als ik de kamer uitstap, hoor ik haar afscheid nemen van mijn zoon, haar stem lief en helder, en het pijnlijke bonzen in mijn borst wordt intenser, woede vermengd met de sterkste lust die ik ooit heb gevoeld.

Zes maanden.

Zes maanden en ik heb nog niet eens een glimlach van de jongen gekregen. Alina heeft dat echter wel en nu ook dit meisje, deze volslagen vreemde.

Slava lachte met haar mee.

Hij heeft haar zijn favoriete boek laten zien.

Hij heeft haar zijn shirt aan laten raken.

En de hele tijd dat ik naar haar met mijn zoon keek, kon ik alleen maar denken aan hoe ze er naakt onder me uit zou zien, haar door de zon gestreepte haar van de strakke knot bevrijd waar het in opgesloten zit en haar grote bruine ogen op me gericht terwijl ik mezelf keer op keer in haar zijdezachte vlees begraaf.

Als ik nog meer bewijs nodig had dat ik ongeschikt ben om vader te zijn, dan heb je het hier in overvloed.

"Ga alsjeblieft zitten," zeg ik tegen Chloe als we weer in mijn kantoor zijn. Ondanks mijn beste inspanningen, is mijn stem gespannen, de kolkende ketel van emoties die in me zit is te krachtig om te beheersen. Ik wil het meisje pakken en haar daar en op dat moment neuken, en tegelijkertijd wil ik haar door elkaar schudden en eisen dat ze me vertelt hoe ze haar magie zo snel op Slava heeft laten werken... waarom mijn zoon binnen enkele minuten op haar reageerde terwijl ik al maanden niet meer dan een paar woorden uit hem heb kunnen krijgen.

Ze gaat in dezelfde stoel zitten als voorheen en ze zit zo fijntjes op de rand van de stoel als een vlinder op een bloem zou zitten. Haar ogen zijn nieuwsgierig op mijn gezicht gericht, haar uitdrukking is perfect beheerst, en als haar kleine handjes niet samengeknepen op tafel hadden gelegen, dan zou ik gedacht hebben dat ze net zo cool is als ze lijkt. Maar ze is nerveus, dit mooie mysterie van een meisje, nerveus en meer dan een beetje wanhopig.

Ik weet niet waarom dat is, maar ik ga het uitzoeken.

"Wat vond je van mijn zoon?" vraag ik, terwijl mijn toon zachter wordt als ik in mijn stoel achteroverleun. Nu we weg zijn van Slava, neemt de vreemde beklemming die ik vaak bij hem in de buurt in mijn ribbenkast voel af, de irrationele woede en jaloezie vervagen tot het slechts een zwakke pulsering in mijn achterhoofd is.

Nou en als de jongen deze vreemdeling leuker vindt?

Dat betekent dat ze misschien het werk kan doen waarvoor ik haar ga inhuren.

Ik weet niet precies wanneer ik tot deze beslissing ben gekomen, op welk punt ik heb besloten dat mijn fascinatie voor Chloe Emmons het gevaar rechtvaardigt dat ze voor mijn familie zou kunnen vormen. Misschien was het op het moment dat ze zo lichtvaardig over de reden loog waarom ze met het gebruik van social media is gestopt, of omdat ze zo onbevreesd mijn blik vasthield nadat ze had gezworen om zich aan het werk te wijden. Of misschien was het toen ik het huis uitkwam en die zachte bruine ogen voor de eerste keer op me landden, waardoor elk haartje op mijn lichaam met brandend bewustzijn overeind ging staan.

Aantrekking is een te zwak woord om de aantrekkingskracht die ik voor haar voel te beschrijven. Mijn handen trillen letterlijk van de drang om haar aan te raken, om mijn vingers over haar fijngevormde kaak te laten glijden en te zien of haar gebronsde huid zo babyzacht is als het lijkt. Op foto's was ze stralend en mooi, haar uitstraling straalde van de pagina af. In het echt is ze dat alles en meer, haar glimlach vol onbewuste warmte, haar onwankelbare blik die zowel kwetsbaarheid als kracht uitdrukt.

En daaronder zit wanhoop. Ik kan het zien,

voelen... ruiken. Angst, hopeloosheid - het heeft een geur, zoals bloed. En net als bloed roept het naar de donkerste delen van mij, naar het beest dat ik zorgvuldig heb aangelijnd. Erger nog, deze ongemakkelijke aantrekking is niet eenzijdig.

Chloe Emmons voelt zich tot me aangetrokken.

Onder haar heldere, vriendelijke glimlach gemaskeerd is een puur vrouwelijke interesse, een reactie die net zo primair is als mijn reactie op haar. Toen ik haar de hand schudde, voelde ik een trilling over haar huid gaan, zag ik haar lippen tijdens een oppervlakkige uitademing uiteengaan terwijl haar tere vingers in mijn greep trilden.

Nee, het meisje is helemaal niet onverschillig voor mij, en dat maakt haar vogelvrij.

"Ik vond Slava heel slim," antwoordt ze, en mijn blik valt op de verleidelijke vorm van haar mond. Haar bovenlip is iets voller dan de onderlip, wat de indruk van een lichte overbeet wekt als ze niet lacht. "Ik weet niet zeker waarom hij weigert om Engels van je te leren, maar ik ben ervan overtuigd dat ik het hem zal kunnen leren," vervolgt ze terwijl ik me afvraag of die kleine onvolkomenheid haar trekken meer of minder aantrekkelijk maakt. Meer, besluit ik terwijl ze uitlegt welke lesmethoden ze wil gaan gebruiken. Absoluut meer, want het enige waar ik aan kan denken is hoe graag ik de zachtheid van die lippen wil proeven en ze op mijn lichaam wil voelen.

Met moeite concentreer ik me weer op haar woorden.

"—en dus beginnen we dan met de—"

"Wat is jouw mening over lichamelijke discipline voor kinderen?" onderbreek ik haar en leun naar voren. Ik heb genoeg gehoord om te weten dat ze in staat is om het werk te doen. Er is nog één ding dat ik nu moet weten. "Geloof je in een pak slaag geven en zo?"

Ze kijkt me met afschuw aan. "Natuurlijk niet! Dat is wel het laatste wat ik zou doen - Nee, dat zou ik nooit goedkeuren." Haar ogen vernauwen zich woest tot spleetjes terwijl ze naar voren leunt, haar slanke handen tot vuisten gebald op tafel. "En *jij?*"

"Nee. Ik niet!"

Ze ontspant zichtbaar en ik verberg een tevreden glimlach. Even zag ze eruit alsof ze me met die kleine vuisten ging slaan. En die reactie was niet nep. Elke spier in haar lichaam spande zich tegelijk aan, alsof ze op het punt stond om de strijd aan te gaan. Alleen al de mogelijkheid dat mijn zoon een pak slaag zou krijgen, deed haar vergeten wat er achter haar wanhoop zit en stond ze als een moederbeer klaar om me uit elkaar te scheuren.

Dat is niet de reactie van een vrouw die ooit een kind pijn heeft gedaan. Welk gevaar Chloe Emmons ook vormt, het is er niet een van gewelddadige neigingen - althans geen die op Slava zouden zijn gericht.

De jury is er nog steeds niet over uit wat de ware oorzaak van de dood van haar moeder is.

Het is waarschijnlijk het zoveelste teken dat ik

ongeschikt ben om een ouder te zijn, maar een deel van mij kijkt uit naar de problemen die ze met zich mee zou kunnen brengen. Het is hier stil, in deze afgelegen hoek van Idaho - mooi en veel te verdomd stil. Het leven dat ik achter heb gelaten lijkt in niets op het leven dat ik de afgelopen zes maanden heb geleid en ik kan niet ontkennen dat ik de adrenalinestoot mis om aan het roer van een van de machtigste families in Rusland te staan.

Dit meisje met haar intrigerende leugens en porno-pop-mond zal dat niet voor mij vervangen, maar op de een of andere manier zal ze voor wat entertainment zorgen.

Ik leun achterover, leg mijn vingers op mijn ribbenkast en glimlach naar haar. "Dus Chloe... wanneer kun je beginnen?"

6

CHLOE

IK SPRING BIJNA OP EN ROEP, "NU! OP DIT MOMENT. DEZE SECONDE." Alleen zou dat mijn wanhoop verraden en de hele zaak verpesten, dus blijf ik op mijn stoel zitten en zeg met enige schijn van kalmte, "Wat voor jou het meest geschikt is. Ik ben per direct beschikbaar."

De ogen van Nikolai glinsteren donker goud. "Geweldig. Ik zou graag willen dat je vandaag begint. Ik neem aan dat je akkoord gaat met het salaris dat in de advertentie staat?"

"Ja, dank je. Het is voldoende." Waarmee ik bedoel dat het meer geld is dan ik had kunnen hopen om ergens anders te kunnen verdienen, maar alle boeken over sollicitatiegesprekken vertellen je dat je niet te gretig moet lijken en moet onderhandelen. Ik heb niet de ballen om het laatste te doen, maar ik kan het eerste proberen. Strevend naar een ongedwongen toon, vraag ik, "Hoe vaak zal ik betaald worden?"

"Wekelijks. We tellen vandaag als je eerste dag, dus je krijgt volgende dinsdag je eerste salaris. Is dat werkbaar?"

Ik knik, te opgewonden om te praten. Over een week - of liever gezegd, over zes en een halve dag - heb ik geld. Echt, echt, substantieel geld, het soort dat me maandenlang van voedsel en benzine zou voorzien als ik weer op de vlucht zou moeten gaan.

"Geweldig!" Hij gaat staan. "Kom, ik zal je naar je kamer brengen."

Ik volg hem en doe mijn best om niet op te merken hoe zijn designerjeans zijn gespierde dijen omhelzen en hoe zijn goed zittende overhemd zich over zijn krachtige schouders uitstrekt. Het laatste wat ik nodig heb, is om mijn werkgever te begeren, een man die hoogstwaarschijnlijk getrouwd is met een vrouw die ik nog moet ontmoeten. Wat, nu ik erover nadenk, vreemd is.

Waarom was Slava's moeder niet bij deze aanwervingsbeslissing betrokken?

Ik haal Nikolai in en schraap mijn keel om zijn aandacht te krijgen. "Zal ik Alina binnenkort ontmoeten?" vraag ik wanneer hij me aankijkt. "Of is ze weg?"

Hij trekt zijn wenkbrauwen op. "Ze is—"

"Hier." Een prachtige jonge vrouw stapt de kamer uit die we op het punt stonden om binnen te gaan. Ze is lang en slank en ze draagt een rode jurk die zo van een catwalk in Parijs zou kunnen komen. Aan haar voeten heeft ze een elegant paar nudekleurige hakken en haar lange, steile, gitzwarte haar omlijst een opvallend mooi gezicht. Haar volle lippen zijn rood gestift om bij haar jurk te passen, en een vakkundige toepassing van zwarte eyeliner benadrukt de katachtige vorm van haar jadegroene ogen.

Ze steekt een perfect verzorgde hand naar me uit en zegt soepel, "Alina Molotova. Ik neem aan dat het gesprek goed is verlopen?" Net als haar man spreekt ze onberispelijk Amerikaans Engels, waarbij alleen de uitspraak van haar naam haar buitenlandse afkomst verraadt.

Bijkomend van de schok van haar uiterlijk, schud ik haar de hand. "Het is me een genoegen om u te ontmoeten, mevrouw Molotova." Ik zeg haar naam zoals zij deed, met een 'a' aan het eind. Ik herinner me van mijn cursus Russisch Lit dat Russische achternamen een geslacht hebben. "Ik ben-"

"Chloe Emmons, ik weet het. En noem me alsjeblieft Alina." Ze glimlacht en onthult een klein spleetje tussen haar voortanden - een imperfectie die haar opvallende schoonheid alleen maar versterkt.

"Dank je, Alina." Ik glimlach terug, zelfs als een onaangename pijn mijn borstkas verstrakt.

De vrouw van Nikolai is meer dan prachtig, en om de een of andere reden haat ik dat feit.

Vreemd genoeg lijkt Nikolai ook niet blij met haar te zijn. "Wat doe je hier?" Zijn toon is hard, zijn donkere wenkbrauwen fronsen zich samen.

Alina's glimlach wordt katachtig. "Ik was natuurlijk Chloe's kamer aan het klaarmaken. Wat anders?"

Zijn reactie in het Russisch is snel en scherp, maar ze lacht gewoon - een mooi, belachtig geluid - en ze zegt tegen me, "Welkom in de familie, Chloe."

Daarmee loopt ze weg, haar pas zo sierlijk als die van een model op een catwalk.

Ik adem uit en draai me naar Nikolai om en ik zie hem de kamer binnengaan. Ik volg hem naar binnen en bevind me in een ruime, ultramoderne slaapkamer met een kamerhoog raam met adembenemend uitzicht.

"Wauw." Ik loop naar het raam en staar naar de met sneeuw bedekte toppen van verre bergen, die in een blauwachtig waas gehuld zijn. "Dit is... gewoon wauw."

"Prachtig, nietwaar?" zegt hij, en mijn hartslag springt omhoog als ik me realiseer dat hij naast me is komen staan, zijn blik op het prachtige vergezicht buiten gericht. In profiel is hij zelfs nog verbluffender, zijn gelaatstrekken zo hard en perfect alsof ze uit de klif waarop we zitten zijn uitgehouwen, zijn krachtige lichaam evenzeer een natuurkracht als de meedogenloze wildernis om ons heen.

Gevaarlijk.

Het woord gaat in een fluistering door mijn hoofd en deze keer kan ik mezelf er niet van overtuigen dat het gewoon paranoia is. Hij is gevaarlijk, deze mysterieuze werkgever van mij. Ik weet niet hoe, ik weet niet waarom, maar ik voel het. Een maand geleden werden de oogkleppen die ik mijn hele leven had gedragen - die alle normale mensen dragen - met geweld weggerukt en ik kan de duisternis in de wereld niet ontwaren, ik kan niet doen alsof die er niet is. En ik zie de duisternis in Nikolai.

Onder die verbluffende mannelijke schoonheid en die gladde manieren schuilt iets primitiefs... iets angstaanjagends.

Hij draait zich naar me om en het vergt al mijn moed om op mijn plaats te blijven en zijn tijgerblik te ontmoeten. Mijn hart bonst zwaar in mijn borstkas, maar toch lijkt er een gloeiendhete stroom tussen ons over en weer te springen, waarbij de luchtdeeltjes een elektrische lading aannemen. Mijn zenuwuiteinden sissen ervan, het verhit mijn huid en mijn adem wordt oppervlakkig en onregelmatig.

Rennen, Chloe.

Ik slik hard en doe een stap achteruit. Mams stem galmt zo duidelijk in mijn hoofd alsof ze hier is. En ik wil er heel graag naar luisteren, maar ik heb nog maar een paar dollar in mijn portemonnee en een kwart tank benzine in mijn oude roestbak van een auto. Deze man, die me zowel aantrekt als angst aanjaagt, is mijn enige hoop op overleving en welk gevaar ik hier ook loop, het kan niet erger zijn dan wat me te wachten staat als ik vertrek.

Zijn ogen glinsteren van duistere geamuseerdheid als ik nog een stap achteruit doe en nog een, en ik krijg weer het verontrustende gevoel dat hij dwars door me heen kijkt, dat hij op de een of andere manier zowel mijn angst als mijn schaamtevolle aantrekkingskracht tot hem voelt.

Ik dwing mezelf om me af te wenden en kijk om me

heen, interesse in mijn omgeving veinzend - alsof iets hier in de buurt net zo fascinerend kan zijn als hij. "Dus dit wordt mijn kamer?"

"Ja. Vind je het mooi?"

"Ik vind het prachtig!" Ik kijk omhoog naar een grote tv die aan het plafond boven het bed hangt en loop dan naar een deur tegenover de deur die in de gang uitkomt. Het leidt naar een strakke witte badkamer met een glazen douchecabine die groot genoeg is voor vijf personen. Een andere deur blijkt een inloopkast ter grootte van mijn studentenkamer te verbergen, helemaal leeg en op mijn schamele bezittingen wachtend.

Het is een soort luxe dat ik alleen in films heb gezien en het draagt bij aan mijn onbehagen.

Wie zijn deze mensen? Waar hebben ze hun rijkdom vandaan gehaald? Hoe wist Nikolai van mijn afwezigheid op social media terwijl al mijn profielen privé zijn?

Waarom hebben ze op een plek die zo afgelegen is zoveel beveiliging nodig?

Ik wilde hier niet al te diep over nadenken - mijn focus lag op het krijgen van de baan - maar nu ik hier ben, nu dit echt is, vraag ik me af waar ik aan begonnen ben. Omdat er één eenvoudig antwoord op al mijn vragen is, één woord dat dankzij Hollywood in me opkomt als ik aan rijke Russen denk.

Maffia.

Zijn dat mijn nieuwe werkgevers?

7

CHLOE

Met bonzend hart draai ik me om en kijk naar Nikolai. Hij kijkt met dezelfde verontrustende geamuseerdheid naar me en ik voel me plotseling als een muis waar een grote, prachtige kat mee aan het spelen is.

Die misschien bij de maffia zit.

"Dus," begin ik ongemakkelijk, "ik zal denk ik-"

"Geef me je autosleutels." Hij loopt naar me toe. "Ik zal je spullen naar boven brengen."

"Dat hoeft niet. Dat kan ik zelf wel. Ik zal gewoon-" Ik doe mijn mond dicht, omdat hij zijn handpalm omhoogsteekt, zijn uitdrukking onwrikbaar.

Ik voel in mijn zak, haal de sleutels eruit en laat ze op zijn brede handpalm vallen. "Alsjeblieft."

"Bedankt." Hij steekt de sleutels in zijn zak. "Ga zitten en maak het jezelf gemakkelijk. Pavel zal je koffers zo brengen."

"Er is er maar één - een kleine koffer in de kofferbak," zeg ik, maar hij loopt al naar buiten.

Terwijl ik de adem uitblaas waarvan ik me niet realiseerde dat ik die inhield, plof ik op het bed neer. Nu het sollicitatiegesprek voorbij is, daalt de adrenaline die me overeind hield en ik voel me uitgewrongen, zo volledig uitgeput dat ik alleen maar daar kan liggen en wezenloos naar het hoge plafond kan staren. Na een tijdje herstel ik genoeg om te beseffen dat de witte deken onder me van een zacht, pluizig materiaal gemaakt is en ik spreid mijn handpalmen erover en streel het zoals ik een huisdier zou strelen.

Een klop op de deur haalt me uit mijn semi-catatonische toestand. Ik ga rechtop zitten en roep, "Kom binnen!"

Een man met het formaat van een holenbeer komt binnen met mijn koffer, die in zijn enorme hand meer op een handtas lijkt. Er zitten tatoeages langs de zijkanten van zijn dikke nek en zijn verweerde gezicht doet me aan een baksteen denken - hard, rossig en onverzettelijk vierkant. Zijn militair-korte haar is een onbepaalde tint bruin, rijkelijk met grijs doorspekt en zijn harde grijze ogen doen me aan gesmolten kogels denken.

"Hallo," zeg ik, terwijl ik opsta en glimlach. "Jij moet Pavel zijn."

Hij knikt, zijn uitdrukking is onveranderd. "Waar wil je dit hebben?" vraagt hij met een diepe, zwaar geaccentueerde grom.

"Hier is prima, dank je. Ik regel het wel verder." Ik loop naar hem toe om de koffer van hem over te nemen en als ik dichterbij kom, realiseer ik me dat hij de grootste man moet zijn die ik ooit heb ontmoet, zowel qua lengte als qua breedte. Meer tatoeages sieren de rug van zijn handen en gluren uit de V-hals van de trui die strak over zijn prominente borstspieren strekt.

Ik probeer niet nerveus te slikken, kom voor hem tot stilstand en pak het handvat van de koffer die hij zojuist op de grond heeft gezet. "Bedankt." Ik glimlach stralender en kijk omhoog. Heel ver omhoog - mijn nek doet echt pijn van hoe ver ik hem naar achteren moet buigen.

Hij knikt opnieuw, met zijn dikke kaak stijf, draait zich vervolgens om en loopt naar buiten.

Oké dan. Tot zover het vriendschap sluiten met andere personeelsleden. Wat is eigenlijk de taak van deze man-beer? Lijfwacht?

Maffia handhaver, misschien?

Ik duw de gedachte weg. Ook al past de man tot in de puntjes in het stereotype, ik weiger om bij deze mogelijkheid stil te staan. Wat zou dat voor zin hebben? Zelfs als mijn nieuwe werkgevers de maffia zijn, dan ben ik hier veiliger dan daarbuiten.

Hoop ik.

Ik sluit de deur achter Pavel, pak uit - een proces dat tien minuten duurt - en staar verlangend naar het bed met zijn donzige witte sprei. Ik ben uitgeput en niet alleen van het sollicitatiegesprek. Tussen de nachtmerries die me 's nachts achtervolgen en de constante zorgen gedurende de dag, heb ik in weken niet meer dan vier uur geslapen. Maar ik kan niet de hele middag gaan liggen slapen.

Ik ben aangenomen om een klus te klaren en ik ben van plan om het te doen.

Om mezelf op te vrolijken, neem ik in de enorme badkamer een snelle douche en trek een schoon T-shirt aan - mijn laatste. Ik moet zo snel mogelijk vragen waar ik de was kan doen, maar het belangrijkste eerst.

Het wordt tijd dat ik mijn jonge leerling ga leren kennen.

De deur van Slava's kamer staat open als ik hem nader en ik zie Alina bij hem binnen in melodieus Russisch met de jongen praten. Als ze mijn voetstappen hoort, kijkt ze me aan en trekt haar wenkbrauwen op op een manier die me aan haar man doet denken.

"Sta je te springen om te beginnen?"

Ik glimlach naar haar. "Als je het niet erg vindt, ik zat te denken dat Slava en ik elkaar vanmiddag beter zouden kunnen leren kennen." Ik vang de blik van het kind en geef hem een knipoog, waardoor ik een grote glimlach krijg.

Het gezicht van Alina krijgt door de reactie van haar zoon een warme uitdrukking. "Natuurlijk vind ik dat niet erg. Ik was hem net aan het uitleggen dat je hier gaat wonen en hem les gaat geven. Hij is heel enthousiast over het idee."

"Ik ook." Ik hurk voor de jongen neer. "We zullen samen een geweldige tijd hebben, nietwaar, Slava?"

Hij begrijpt duidelijk niet wat ik zeg, maar hij grijnst onverschillig en ratelt iets in het Russisch.

"Hij vraagt of je van kastelen houdt," zegt Alina.

"Ja, daar hou ik van," zeg ik tegen Slava. "Laat me eens zien wat je daar hebt. Is dit jouw fort?" Ik gebaar naar het gedeeltelijk gebouwde LEGO-project.

De jongen giechelt en ploft tussen de LEGO-stukken neer. Hij pakt er twee op en bevestigt ze aan de muren van het kasteel, en ik help hem door er nog twee te bevestigen. Alleen heb ik het blijkbaar verkeerd gedaan, want hij schudt zijn hoofd en haalt mijn stukjes eraf en plaatst ze dan vlak naast waar ik ze heb vastgemaakt.

"Oh, ik begrijp het. Je laat ruimte over voor ramen. Ramen, toch?" Ik wijs naar het gigantische raam in zijn kamer.

Hij knikt met zijn hoofd. "*Da, okna. Bol'shiye okna.*" Hij pakt mijn pols, legt een ander stukje in mijn handpalm en leidt mijn hand naar de juiste plek op de muur. "*Nado syuda.*"

"Begrepen." Grijnzend bevestig ik het volgende stuk. "Zo, toch?"

"*Da,*" zegt hij opgewonden en pakt nog meer stukjes. We gaan in die geest te werk, hij begeleidt me in de montage van het kasteel totdat Alina haar keel schraapt.

"Het lijkt erop dat jullie op dezelfde lijn zitten, dus ik laat het aan jullie over," zegt ze als ik opkijk. "Je hebt een half uur tot Slava's snacktijd. Heb je toevallig honger, Chloe?"

Mijn maag reageert voordat ik dat kan en laat een luide grom horen en Alina begint te lachen, haar groene ogen lichten geamuseerd op.

"Ik vermoed dat dat een ja is. Eventuele voedselvoorkeuren of allergieën?"

"Ik vind alles prima," zeg ik, dankbaar dat mijn donkere huidskleur mijn verlegen blos verbergt. Ik kan me niet voorstellen dat Alina's elegante lichaam met lange ledematen ooit zo'n indiscreet geluid heeft gemaakt - hoewel, als ze een mens is, zal het af en toe wel moeten. Natuurlijk is de jury er over het menselijke deel nog niet uit.

Met die hoge hakken en die prachtige jurk ziet de vrouw van Nikolai er te glamoureus uit om echt te zijn.

Een deel van mijn verlegenheid moet blijken, want haar geamuseerdheid neemt toe, haar lippen op een manier gebogen die me weer op een verontrustende manier aan haar man doet denken. "Wat erg meegaand van je. Ik zal het Pavel laten weten."

Pavel? Is de man-beer hun kok of zo? Voordat ik het kan vragen, wendt Alina zich tot haar zoon en zegt iets in het Russisch, loopt dan naar buiten en laat me alleen met mijn leerling.

8

NIKOLAI

"Dus, vertel me eens, broer... Heb je haar voor Slava of voor jezelf aangenomen?"

Ik pauzeer terwijl ik mijn manchetknopen om doe en draai me om om Alina's koel spottende blik te ontmoeten. "Doet het ertoe?" Ik heb geen idee hoe ze mijn interesse in onze nieuwe aanwinst heeft opgemerkt, maar het verbaast me niets.

Mijn zus heeft me altijd beter kunnen lezen dan wie dan ook.

Ze leunt tegen de deurpost van mijn inloopkast, waar ik me voor het avondeten omkleed. "Ik denk dat ik het had moeten verwachten. Ze is mooi, vind je niet?"

"Heel mooi." Ik draai bewust mijn rug naar haar toe. Alina leeft om me op de kast te jagen, maar het gaat haar vanavond niet lukken. Ze zal me er ook niet toe kunnen brengen om bij Chloe weg te blijven.

Daarvoor intrigeert het meisje me te veel.

"Je weet dat ze de hele middag met Slava heeft doorgebracht, toch?" Alina slentert dieper mijn kast in en pakt mijn smalle zwarte das, degene die ik net om wilde doen.

Ik weersta de neiging om gewoon om haar te pesten een andere te pakken, pak de stropdas van haar af en doe die met geoefende bewegingen om. "Ja, dat weet ik."

Er zijn camera's in de kamer van mijn zoon en ik heb *de hele* middag naar hem gekeken terwijl hij met zijn nieuwe bijlesdocent aan het spelen was. Ze hebben de bouw van het kasteel waar Slava aan werkte afgemaakt, hebben de fruit-en-kaasschotel die Pavel had gebracht opgegeten en hebben toen een spelletje tikkertje gespeeld, waarbij Chloe hem door zijn kamer en door de gang achtervolgde, waardoor hij zo hard moest lachen dat hij van het giechelen begon te knorren. Daarna had Chloe hem uit enkele van zijn favoriete stripboeken voorgelezen - de Engelstalige, niet de Russische vertalingen die Alina mee naar binnen had gesmokkeld om bij de jongen in een goed blaadje te komen. Terwijl ze sprak, leek Slava gefascineerd door zijn mooie jonge lerares te zijn, iets wat ik hem niet kwalijk kan nemen.

Ik zou er een moord voor doen om haar naast me te hebben zitten en me met die zachte, ietwat hese stem, voor te lezen. Om haar hand met mijn haar te voelen spelen zoals het zo nonchalant met dat van mijn zoon deed toen hij tegen haar aan lag alsof hij haar zijn hele leven al had gekend.

"Ze is goed met hem," vervolgt Alina terwijl ik mijn riem vastmaak en naar mijn colbert grijp. "Heel goed."

"Ik heb het gezien."

"Toch ga je haar nog steeds neuken. Net zoals *hij* zou hebben gedaan."

Ik houd mijn toon gelijkmatig. "Ik heb nooit beweerd anders te zijn."

"Maar dat kun je wel zijn. Kolya..." Ze legt haar hand op mijn arm en als ik haar aankijk, zegt ze zachtjes, "We zijn weggegaan. We zijn hierheen gekomen. Dit is onze kans om opnieuw te beginnen, om onszelf te maken tot wie we willen zijn. Vergeet onze vader. Vergeet het allemaal. Jij hebt je tijd erin gestoken, nu is het de beurt aan Valery en Konstantin."

Een droog lachje ontsnapt uit mijn keel. "Waarom denk je dat ik opnieuw wil beginnen? Of iets anders wil zijn dan wat ik ben?"

"Het feit dat je weg bent gegaan. Het feit dat we hier zijn en deze discussie voeren." Haar uitdrukking is ernstig, voor een keer open. "Laat het meisje Slava's docent zijn en meer niet. Vermaak je ergens anders. Ze is te jong voor jou. Te onschuldig."

"Ze is drieëntwintig, geen twaalf. En ik ben net eenendertig geworden - nauwelijks een onoverkomelijk leeftijdsverschil."

"Ik heb het niet over leeftijd. Ze is niet zoals wij. Ze is zacht. Kwetsbaar."

"Precies. En jij hebt haar onder mijn aandacht gebracht." Ik glimlach wreed. "Wat had je gedacht dat er zou gebeuren?"

Alina's gezicht verhardt. "Je gaat haar kapotmaken. Maar aan de andere kant" - haar lippen bewegen zich in een bittere glimlach terwijl ze een stap achteruit doet – "dat is de Molotov-manier, nietwaar? Veel plezier met je nieuwe speeltje, Kolya. Ik kan niet wachten om je tijdens het eten met haar te zien spelen."

En zonder nog een woord te zeggen, loopt ze naar buiten.

9

CHLOE

Terwijl ik Slava's hand vasthoud, nader ik de eetkamer, mijn knieën zo goed als tegen elkaar botsend. Ik weet niet waarom ik zo zenuwachtig ben, maar ik ben het wel. Alleen al de gedachte om Nikolai weer te zien, geeft me het gevoel dat een hondsdolle honingdas zich in mijn maag heeft genesteld.

Het is de maffia-vraag, zeg ik tegen mezelf. Nu het idee bij me op is gekomen, kan ik het niet uit mijn hoofd krijgen, hoe hard ik ook mijn best doe. Dat is de reden dat elke keer als ik me de cynische ronding van de lippen van mijn werkgever voorstel mijn ademhaling versnelt en mijn handpalmen vochtig worden. Omdat hij misschien een crimineel is. Omdat ik een duister, meedogenloos randje in hem voel. Het heeft niets met zijn uiterlijk te maken en met de warmte die door mijn aderen stroomt als zijn intense groen-gouden ogen in mijn ogen kijken.

Het kan daar niets mee te maken hebben, omdat hij

getrouwd is en ik zou nooit de man van een andere vrouw afpakken, zeker niet als er een kind in het spel is.

Toch vraag ik me af hoelang Nikolai en zijn vrouw al samen zijn... of hij van haar houdt. Tot nu toe heb ik ze slechts kort samen gezien, dus het is onmogelijk om te zeggen - hoewel ik een zeker gebrek aan intimiteit tussen hen heb gevoeld. Maar ik weet zeker dat dat ijdele hoop van mijn kant was. Waarom zou mijn werkgever niet van zijn vrouw houden? Alina is net zo mooi als hij, zozeer dat ze bijna op elkaar lijken. Geen wonder dat Slava zo'n mooi kind is, met zulke ouders heeft hij de genetische loterij gewonnen.

Ik kijk naar de jongen in kwestie en hij kijkt naar me op, zijn grote ogen lijken griezelig veel op die van zijn vader. Zijn uitdrukking is plechtig, de uitbundigheid die hij toonde toen we samen speelden, is verdwenen. Net als ik lijkt hij bezorgd over onze aanstaande maaltijd te zijn, dus ik schenk hem een geruststellende glimlach.

"Eten," zeg ik, naar de tafel knikkend die we naderen. "We gaan zo eten."

Hij knippert naar me en zegt niets, maar ik weet dat hij het woord onthoudt, samen met al het andere dat ik vandaag tegen hem heb gezegd. Jonge kinderen zijn als sponzen, ze absorberen alles wat volwassenen zeggen en doen, terwijl hun hersenen met duizelingwekkende snelheid verbindingen vormen. Toen ik op de middelbare school zat, heb ik voor een Chinees stel opgepast. Hun vijfjarige dochter sprak totaal geen

Engels toen ik haar leerde kennen, maar na een paar weken kleuterschool en een tiental avonden met mij sprak ze het bijna vloeiend. Hetzelfde zal met Slava gebeuren, daar twijfel ik niet aan.

Tegen het einde van deze middag heeft hij na mij al een paar woorden herhaald.

Er is nog niemand in de eetkamer, al had Pavel nors gezegd dat ik hier om zes uur moest zijn toen hij het blad met fruit en kaas naar Slava's kamer bracht. De tafel is echter al met allerlei salades en hapjes gedekt en het water loopt me al in de mond van de verrukkingen die op ons staan te wachten. Terwijl de middagsnack het ergste van mijn knagende honger had gestild, heb ik nog steeds honger en het kost me al mijn wilskracht om niet uitgehongerd op de kunstig gearrangeerde schotels met kaviaarsandwiches, gerookte vis, geroosterde groenten en salades van groene bladgroente aan te vallen. In plaats daarvan help ik Slava op een stoel met een kinderzitje te klimmen en dan begin ik de namen van de verschillende voedingsmiddelen in het Engels aan te wijzen. "We noemen dit gerecht *salade*, en het groene ding erin is *sla*," zeg ik terwijl het *geklik* van hoge hakken Alina's komst aankondigt.

Ik kijk glimlachend naar haar op. "Hallo. Slava en ik waren net-"

"Waarom is hij niet omgekleed?" Haar donkere wenkbrauwen trekken zich samen terwijl ze het uiterlijk van het kind in zich opneemt. "Hij weet dat we ons voor het avondeten omkleden."

61

Ik knipper. "Oh, ik-"

Ze onderbreekt me met een stroom van snelvuur Russisch en ik zie de schouders van de jongen zich spannen terwijl hij in zijn stoel onderuit zakt, alsof hij wil verdwijnen. Blijkbaar realiseert Alina zich dat ze haar zoon van streek maakt, ze verzacht haar toon en krijgt uiteindelijk wat als een terechtgewezen verontschuldiging uit het kind klinkt.

Ze kijkt me aan. "Sorry daarvoor. Slava weet wel beter dan zo naar beneden te komen, maar hij is het in alle opwinding vergeten."

Mijn gezicht brandt als ik me realiseer dat 'zoals dit' zijn normale vrijetijdskleding betekent, die niet van de spijkerbroek en het T-shirt met lange mouwen verschilt die ik draag. De vrouw van Nikolai heeft zich daarentegen in een nog glamoureuzere jurk omgekleed - een zilverblauwe enkellange jurk - en ze ziet eruit alsof ze op weg is naar een Hollywood-première.

"Het spijt me," zeg ik en ik voel me net een toerist met een heuptasje die een Parijse modeshow is binnengestruikeld. "Ik wist niet dat er een dresscode was."

"Oh, je bent prima zoals je bent." Alina zwaait met een elegante hand. "Het is voor *jou* geen vereiste. Maar Slava is een Molotov en het is belangrijk dat hij de familietradities leert."

"Ik snap het." Ik snap het eigenlijk niet, maar het is niet mijn plaats om over familietradities te discussiëren, hoe absurd ze ook zijn.

"En maak je geen zorgen," voegt Alina eraan toe,

terwijl ze tegenover Slava gaat zitten. "Als je je ook netjes wilt kleden, dan weet ik zeker dat Kolya passende kleding voor je zal kopen."

Kolya? Noemt ze haar man zo?

"Dat is niet nodig, dank je-" begin ik, maar val in een verbijsterde stilte als ik Nikolai de tafel zie naderen. Net als zijn vrouw heeft hij zich voor het avondeten omgekleed, zijn high-end designerjeans en overhemd met knoopjes zijn door een scherp getailleerd zwart pak, fris wit overhemd en smalle zwarte das vervangen - een outfit die bij een high-society bruiloft niet zou misstaan... of voor dezelfde filmpremière die Alina van plan is om bij te wonen. En terwijl een gemiddeld ogende man in een pak als dit gemakkelijk voor knap door zou kunnen gaan, wordt Nikolais duistere, mannelijke schoonheid tot een bijna ondraaglijke mate versterkt. Terwijl ik zijn uiterlijk in me opneem, gaat mijn hartslag door het dak en mijn longen trekken zich samen, samen met de lagere delen van mijn-

Getrouwd, Chloe. Hij is getrouwd.

De herinnering is als een klap in mijn gezicht, die me uit mijn verblinde trance trekt. Terwijl ik adem in mijn zuurstofarme longen forceer, schenk ik mijn werkgever een zorgvuldig ingehouden glimlach, een die *niet* zegt dat mijn hart in mijn borstkas bonst en dat ik heel erg wens dat Alina niet bestond. Vooral omdat zijn opvallende blik op mij in plaats van op zijn beeldschone vrouw gericht is.

"Je bent laat," zegt ze terwijl hij een stoel naar achteren schuift en naast haar gaat zitten. "Het is al-"

"Ik weet hoe laat het is." Hij wendt zijn ogen niet van me af terwijl hij op haar reageert, zijn toon koeltjes afwijzend. Dan flitst zijn blik naar de jongen aan mijn zijde en zijn gelaatstrekken verstrakken terwijl hij zijn nonchalante vrijetijdskleding in zich opneemt.

"Het spijt me, het is mijn schuld," zeg ik voordat hij het kind ook kan berispen. "Ik wist niet dat we ons voor het avondeten moesten omkleden."

De aandacht van Nikolai keert terug naar mij. "Natuurlijk wist je dat niet." Zijn blik glijdt over mijn schouders en borst, waardoor ik me acuut bewust word van mijn effen T-shirt met lange mouwen en de dunne katoenen beha eronder die mijn onverklaarbaar rechtopstaande tepels niet verbergt. "Alina heeft gelijk. Ik moet wat fatsoenlijke kleren voor je kopen."

"Nee, echt, dat is-"

Hij houdt zijn handpalm omhoog. "Huisregels." Zijn stem is zacht, maar zijn gezicht had van steen gemaakt kunnen zijn. "Nu je een lid van dit huishouden bent, moet je je eraan houden."

"Ik... oké." Als hij en zijn vrouw me tijdens het eten in mooie kleren willen zien en het niet erg vinden om het geld uit te geven om het te laten gebeuren, dan is dat maar zo.

Zoals hij zei, hun huis, hun regels.

"Goed." Zijn sensuele lippen buigen zich. "Ik ben blij dat je zo meegaand bent."

Mijn ademhaling versnelt, mijn gezicht wordt weer

warmer en ik kijk weg om mijn reactie te verbergen. Het enige wat de man deed was glimlachen, verdomme, en ik zit als een vijftienjarige maagd te blozen. En ook nog in het bijzijn van zijn vrouw.

Als ik deze belachelijke verliefdheid niet onder controle krijg, dan word ik voor het einde van de maaltijd ontslagen.

"Wil je wat salade?" vraagt Alina, alsof ze me aan haar bestaan wil herinneren en ik richt mijn aandacht op haar, dankbaar voor de afleiding.

"Ja, graag."

Ze schept sierlijk een portie groene bladsalade op mijn bord en doet hetzelfde voor haar man en zoon. Ondertussen schuift Nikolai de schaal met kaviaarsandwiches naar me toe, en ik neem er een, zowel omdat ik honger genoeg heb om alles wat op brood zit te eten, als omdat ik nieuwsgierig ben naar de beruchte Russische lekkernij. Ik heb dit soort viskuit - de grote oranje soort - een paar keer in sushi-restaurants gegeten, maar ik kan me voorstellen dat het op deze manier, geserveerd op een plak Frans stokbrood met een dikke laag boter eronder, anders is.

En ja hoor, als ik erin bijt, explodeert de rijke umami-smaak op mijn tong. In tegenstelling tot de viskuit die ik heb geproefd, lijkt Russische kaviaar met royale hoeveelheden zout geconserveerd te zijn. Het zou op zichzelf te zout zijn, maar het knapperige witte brood en de zachte boter balanceren het perfect en ik verslind de rest van het kleine broodje in twee happen.

Met glimmende ogen van geamuseerdheid biedt Nikolai me de schaal weer aan. "Meer?"

"Ik heb genoeg, dank je." Ik zou graag nog een broodje kaviaar willen - of twintig - maar ik wil niet hebberig overkomen. In plaats daarvan begin ik aan mijn salade, die ook heerlijk is, met een zoete, pittige dressing die mijn smaakpapillen doet tintelen. Dan probeer ik een hap van alles op tafel, van de gerookte vis tot een soort aardappelsalade tot gegrilde aubergine die met een komkommer-dille-yoghurtsaus besprenkeld is.

Terwijl ik eet, houd ik mijn leerling in de gaten, die rustig naast me zit te eten. Alina heeft Slava een kleine portie gegeven van alles wat de volwassenen eten, inclusief het broodje kaviaar, en daar lijkt de jongen geen probleem mee te hebben. Er is geen vraag naar kipnuggets of frietjes, geen teken van de typische kieskeurigheid van een vierjarige. Zelfs zijn tafelmanieren zijn die van een veel ouder kind, met slechts een paar gevallen waarin hij een stuk voedsel met zijn vingers in plaats van met zijn vork pakt.

"Jullie zoon is heel goed opgevoed," zeg ik tegen Alina en Nikolai, en Nikolai trekt zijn wenkbrauwen op alsof hij het voor het eerst hoort.

"Goed opgevoed? Slava?"

"Natuurlijk." Ik frons naar hem. "Denk je van niet?"

"Ik heb er niet veel over nagedacht," zegt hij, terwijl hij een blik op de jongen werpt, die ijverig met zijn vork zo groot als die van een volwassene een stuk sla vastprikt. "Ik veronderstel dat hij zich redelijk goed gedraagt."

Redelijk goed? Een vierjarige die rustig zit en alles eet dat hem wordt geserveerd zonder te zeuren of een gesprek tussen volwassenen te onderbreken? Die als een pro met bestek omgaat? Misschien is dit in Europa normaal, maar ik heb het in Amerika zeker nog nooit gezien.

En waarom heeft mijn werkgever niet veel over het gedrag van zijn zoon nagedacht? Moeten ouders zich over dat soort dingen geen zorgen maken?

"Heb je met veel andere kinderen van zijn leeftijd te maken gehad?" vraag ik Nikolai vanwege een voorgevoel en zie dat zijn mond even een dunne streep wordt.

"Nee," zegt hij kortaf. "Dat heb ik niet."

Alina werpt hem een niet te ontcijferen blik toe en wendt zich dan tot mij. "Ik weet niet of mijn broer je dit heeft verteld," zegt ze op afgemeten toon, "maar we hebben pas acht maanden geleden van Slava's bestaan vernomen."

Ik stik in een gepekelde tomaat waar ik net een hap van heb genomen en krijg een hoestbui, waarbij de pittige azijnsappen de verkeerde pijp in zijn gegaan. "Wacht, wat?" zeg ik, naar adem snakkend zodra ik kan praten.

Acht maanden geleden?

En noemde ze Nikolai net haar *broer?*

"Ik zie dat dit nieuws voor je is," zegt Alina, terwijl ze me een glas water geeft, dat ik dankbaar naar binnen slik. "Kolya" - ze werpt een blik op Nikolai, die een harde, gesloten uitdrukking op zijn gezicht heeft – "heeft je niet veel over ons verteld, hè?"

"Uhm, nee." Ik zet het glas neer en hoest opnieuw om de heesheid van mijn stem te verdrijven. "Niet echt." Mijn nieuwe werkgever heeft helemaal niet veel gezegd, maar ik heb allerlei aannames gedaan en verkeerde ook nog.

Alina is de zus van Nikolai, niet zijn vrouw. Wat betekent dat de jongen niet haar zoon is.

Ze wisten tot acht maanden geleden niet dat hij bestond.

God, dat verklaart zoveel. Geen wonder dat vader en zoon zich gedragen alsof ze vreemden voor elkaar zijn - dat *zijn* ze in alle opzichten ook. En ik had gelijk toen ik een gebrek aan minnaarachtige intimiteit tussen Nikolai en Alina voelde.

Ze zijn geen minnaars.

Ze zijn broer en zus.

Als ik nu naar hen twee kijk, begrijp ik niet hoe ik de gelijkenis heb kunnen missen - of beter gezegd, waarom de gelijkenis die ik had gezien me hun familierelatie niet had doen beseffen. Alina's gelaatstrekken zijn een zachtere, delicatere versie van de man die voor me zit en hoewel haar groene ogen de diepe amberkleurige ondertoon van Nikolais verbluffende blik missen, is de vorm van haar ogen en wenkbrauwen hetzelfde.

Het zijn duidelijk, onmiskenbaar, broer en zus.

Wat betekent dat Nikolai niet getrouwd is.

Of in ieder geval niet met Alina getrouwd is.

"Waar is Slava's moeder?" vraag ik, naar een ongedwongen toon strevend. "Is ze-"

"Ze is dood." Nikolais stem is koud genoeg om bevriezing te veroorzaken, net als de blik die hij op Alina werpt. Hij draait zich om en zegt effen, "We hebben vijf jaar geleden een one-night-stand gehad en ze heeft me niet verteld dat ze zwanger was. Ik had geen idee dat ik een zoon had totdat ze acht maanden geleden bij een auto-ongeluk om het leven kwam en een vriendin van haar een dagboek vond waarin ik als de vader werd genoemd."

"Oh dat is..." Ik slik. "Dat moet heel moeilijk zijn geweest. Voor jou en vooral voor Slava." Ik kijk naar de jongen naast me, die nog rustig aan het eten is, alsof het hem niets kan schelen. Maar dat is helemaal niet het geval, dat weet ik nu. Nikolais zoon heeft een van de grootste tragedies overleefd die een kind kan overkomen, en hoe goed hij ook lijkt te zijn, ik twijfel er niet aan dat het verlies van zijn moeder diepe littekens op zijn psyché heeft achtergelaten.

Ik ben een volwassene en ik heb moeite om met mijn verdriet om te gaan. Ik kan me niet voorstellen hoe het voor een kleine jongen moet zijn.

"Dat was het ook," beaamt Alina zacht. "Het is zelfs zo dat mijn broer-"

"Dat is genoeg." Nikolais toon is nog steeds normaal, maar ik zie de spanning in zijn kaak en schouders. Het onderwerp is voor hem onaangenaam en dat is geen wonder. Ik kan me niet voorstellen hoe het moet zijn om erachter te komen dat je een kind hebt dat je nog nooit hebt ontmoet, om te weten dat je de eerste jaren van zijn leven hebt gemist.

Ik heb een miljoen vragen die ik wil stellen, maar ik kan zien dat dit niet het moment is om mijn nieuwsgierigheid te bevredigen. In plaats daarvan pak ik meer eten en breng de volgende paar minuten door met het complimenteren van de chef - die, zo blijkt, inderdaad de norse, beerachtige Rus is.

"Pavel en zijn vrouw, Lyudmila, zijn met ons uit Moskou meegekomen," legt Alina uit terwijl de man-beer zelf uit de keuken verschijnt, met een grote schaal lamskoteletten omringd door geroosterde aardappelen met champignons. Met een grom zet hij het eten op tafel, pakt een paar lege borden van het voorgerecht en verdwijnt weer in de keuken terwijl Alina verdergaat. "Lyudmila voelt zich vandaag niet zo goed, dus Pavel doet al het werk. Normaal gesproken doet hij het grootste deel van het koken en schoonmaken, terwijl zij het eten serveert. Haar hoofdtaak is echter om voor Slava te zorgen."

"Zijn zij de enige twee mensen die hier naast jullie familie wonen?" vraag ik, terwijl ik een lamskotelet en een schep aardappelen met champignons in ontvangst neem terwijl ze de schaal naar me uitsteekt nadat ze een behoorlijke portie aan Slava heeft gegeven - die weer zonder poespas begint te eten.

"Zij zijn de enige mensen die bij ons in huis wonen," antwoordt Nikolai. "De bewakers hebben een aparte bunker aan de noordkant van het landgoed."

Mijn hart springt op. "Bewakers?"

"We hebben een paar mannen die het terrein beveiligen," zegt Alina. "Omdat we hier zo geïsoleerd zijn en zo."

Ik doe mijn best om mijn reactie te verbergen. "Ja, dat is natuurlijk logisch." Dat is alleen niet zo. De afgelegen locatie zou het zelfs veiliger moeten maken. Van wat ik op de kaart kon zien, leidt er maar één weg de berg op, en daar is al een ondoordringbaar uitziende poort, om nog maar van die belachelijk hoge metalen muur te zwijgen.

Alleen mensen met machtige, gevaarlijke vijanden zouden het nodig vinden om naast al die maatregelen bewakers in te huren.

Russische maffia.

De woorden gaan weer als een fluistering door mijn hoofd en mijn hartslag versnelt. Ik kijk naar mijn bord en snij in mijn lamskotelet, terwijl ik ondanks het angstige tollen van mijn gedachten, mijn best doe om mijn hand stil te houden.

Loop ik hier gevaar? Ben ik van de regen in de drup gekomen? Zou ik-

"Vertel ons eens wat meer over jezelf, Chloe."

Nikolais diepe stem snijdt in mijn nerveuze contemplatie, en ik kijk op en zie zijn tijgerogen op me gericht, zijn lippen in een sardonische glimlach gebogen. Weer heb ik het verontrustende gevoel dat hij rechtstreeks in mijn hoofd kan kijken, dat hij precies weet wat ik denk en vrees.

Ik duw het verontrustende gevoel weg en glimlach terug. "Wat willen jullie weten?"

"Je rijbewijs zegt dat je in Boston woont. Ben je daar opgegroeid?"

Ik knik, een stuk lamskotelet aan mijn vork prikkend. "Mijn moeder heeft ons daar vanuit Californië heen verhuisd toen ik een baby was en ik ben in en rond de omgeving van Boston opgegroeid." Ik bijt in het malse, perfect gekruide vlees en moet Pavel opnieuw prijzen - het is de beste lamskotelet die ik ooit heb gegeten. De aardappelen met champignons zijn ook geweldig, allemaal knoflookachtig en boterachtig, zo goed dat ik in één zit een kilo zou kunnen eten.

"En hoe zit het met je vader?" vraagt Alina als ik halverwege de lamskotelet ben. "Waar is hij?"

"Ik weet het niet," zeg ik, terwijl ik met een servet op mijn lippen dep. "Mijn moeder heeft me nooit verteld wie hij is."

"Waarom niet?" Nikolais stem wordt scherper. "Waarom heeft ze het je niet verteld?"

Ik knipper met mijn ogen, verbijsterd, totdat het tot me doordringt wat hij moet denken. "Oh, ze heeft de zwangerschap niet voor hem verborgen gehouden. Hij wist dat ze zwanger was en hij heeft ervoor gekozen om ervan weg te lopen." Of dat is tenminste wat ik er op basis van de paar hints die mijn moeder in de loop der jaren had laten vallen van gemaakt heb. Om wat voor reden dan ook, had ze een hekel aan dit onderwerp, zo erg zelfs dat wanneer ik op antwoorden aandrong, ze met migraine naar bed ging.

De toon van Nikolai verzacht een fractie. "Oké."

"Ik denk dat hij niet klaar was voor dat soort verantwoordelijkheid," zeg ik, terwijl ik de behoefte voel om het uit te leggen. "Mijn moeder was pas zeventien toen ze mij kreeg, dus ik denk dat hij ook heel jong was."

"Je denkt?" Alina trekt haar perfect gevormde wenkbrauwen op. "Je moeder heeft je niet eens zijn leeftijd verteld?"

"Ze sprak er niet graag over. Het was een moeilijke tijd in haar leven." Mijn stem raakt gespannen als een nieuwe golf van verdriet over me heen spoelt, mijn borst knijpt zich met een pijn samen die zo intens is dat ik er nauwelijks doorheen kan ademen.

Ik mis mijn moeder. Ik mis haar zo erg dat het pijn doet. Hoewel ik haar lichaam met mijn eigen ogen heb gezien, kan een deel van mij nog steeds niet geloven dat ze dood is. Kan ik het feit niet verwerken dat een vrouw die zo mooi en levendig was, voor altijd van deze wereld is verdwenen.

"Gaat het, Chloe?" vraagt Alina zacht en ik knik, snel knipperend om de tranen in mijn ogen tegen te houden.

"Weet je het zeker?" dringt ze aan, haar groene ogen vol medelijden, en in een flits van intuïtie realiseer ik me dat ze het weet - en Nikolai ook, die me met een onleesbare uitdrukking aankijkt.

Op de een of andere manier weten ze allebei dat mijn moeder dood is.

Een adrenalinestoot verjaagt het verdriet terwijl mijn geest in overdrive springt. Er is nu weinig twijfel:

ze hebben me voorafgaand aan ons sollicitatiegesprek laten onderzoeken. Dat is hoe Nikolai van mijn gebrek aan berichten op social media wist en waarom Alina me zo aankijkt.

Ze weten allerlei dingen over me, inclusief het feit dat ik door iets weg te laten tegen hen heb gelogen.

Ik denk snel na, slik zichtbaar en kijk naar mijn bord. "Mijn moeder..." Ik laat mijn stem breken, alsof het dat wil. "Ze is een maand geleden overleden." Terwijl ik de tranen laat stromen, kijk ik op en ontmoet Nikolais blik. "Dat is nog een reden waarom ik besloot om een rondreis te gaan maken. Ik had wat tijd nodig om dingen te verwerken."

Zijn ogen glinsteren in een donkerdere tint goud. "Mijn innige deelneming met je verlies."

"Bedankt." Ik veeg het vocht van mijn wangen weg. "Het spijt me dat ik het niet eerder heb gezegd. Het is niet iets waar ik me comfortabel bij voelde om tijdens een sollicitatiegesprek terloops ter sprake te brengen." Vooral omdat mijn moeder is vermoord en de mannen die het hebben gedaan achter mij aan zitten. Ik hoop echt dat Nikolai *dat* niet weet.

Aan de andere kant zou hij me niet hebben aangenomen als hij dat wel wist. Het is niet het soort ding dat je in de buurt van je familie wilt hebben.

"Het spijt me heel erg voor je verlies," zegt Alina met een oprechte uitdrukking van medeleven op haar gezicht. "Dat moet moeilijk voor je zijn geweest, je enige ouder verliezen. Heb je nog andere familie? Grootouders, tantes, neven en nichten?"

"Nee. Mijn moeder is door een Amerikaans missionarissenpaar uit een weeshuis in Cambodja geadopteerd. Ze zijn bij een auto-ongeluk omgekomen toen ze tien was, en geen van hun familieleden wilde haar hebben, dus is ze in pleeggezinnen opgegroeid."

"Dus je bent nu helemaal alleen," mompelt Nikolai en ik knik, terwijl de drukkende pijn in mijn borst terugkeert.

Toen ik opgroeide, had ik het gebrek aan een grote familie nooit erg gevonden. Mijn moeder heeft me alle liefde en steun gegeven die ik me had kunnen wensen. Maar nu ze er niet meer is, nu het niet langer wij tweeën tegen de wereld is, ben ik me er pijnlijk van bewust dat ik niemand heb om op te vertrouwen.

De vrienden die ik op school en op de universiteit heb gemaakt, hebben het druk met hun eigen, oneindig minder klote leven.

Ik realiseer me dat ik gevaarlijk dicht bij zelfmedelijden in de buurt kom, ik wend mijn blik van Nikolais indringende blik af en richt mijn aandacht op het kind naast me. Hij heeft zijn aardappelen op en is nu ijverig met zijn lamskotelet bezig, zijn kleine gezichtje het toonbeeld van concentratie terwijl hij worstelt om met een vork en mes een hapklaar stuk vlees te snijden. Ook geen bot broodmes, realiseer ik me met een schok.

Een echt scherp steakmes.

"Hier, schat, laat mij maar," zeg ik, terwijl ik het van hem af pak voordat hij zijn vingers eraf kan snijden. "Dat is –"

"Iets wat hij moet leren te hanteren," zegt Nikolai, terwijl hij over de tafel reikt om het mes van me aan te nemen. Zijn vingers strijken over de mijne terwijl hij het handvat vastpakt, en ik voel het als een elektrische schok, de warmte van zijn huid die een antwoordoven in me ontsteekt. Mijn ingewanden verstrakken, mijn ademhaling versnelt, en het enige wat ik kan doen is proberen om mijn hand niet terug te trekken alsof ik verbrand ben.

Hij is in ieder geval niet getrouwd, fluistert een verraderlijk stemmetje in mijn hoofd, en ik maan het tot stilte.

Getrouwd of niet, hij is nog steeds mijn werkgever en dus verboden terrein.

Ik bijt op mijn lip en zie hoe hij het mes aan het kind teruggeeft, dat zijn gevaarlijke taak hervat.

"Ben je niet bang dat hij zichzelf zal snijden?" Ik kan het oordeel niet uit mijn stem houden terwijl ik naar de kleine vingers staar die om een potentieel dodelijk wapen zijn gewikkeld. Slava hanteert het mes met een redelijke mate van vaardigheid en behendigheid, maar hij is nog te jong om met zoiets scherps om te gaan.

"Als hij dat doet, dan weet hij dat hij het de volgende keer beter moet doen," zegt Nikolai. "Het leven is niet zonder gevaar."

"Maar hij is pas *vier*."

"Vier en acht maanden," zegt Alina terwijl de jongen erin slaagt om een stuk lamskotelet af te snijden. Tevreden met zichzelf steekt hij het in zijn mond. "Hij is in november jarig."

Ik kom in de verleiding om met ze in discussie te blijven, maar het is mijn eerste dag en ik heb de grenzen al meer opgezocht dan verstandig is. Dus ik houd mijn mond dicht en concentreer me op mijn eten om te voorkomen dat ik naar het kind kijk dat naast me met een mes bezig is... of naar zijn ongevoelige, maar gevaarlijk aantrekkelijke vader.

Helaas blijft die vader me aankijken. Elke keer dat ik mijn blik van mijn bord ophef, zie ik zijn betoverende ogen op me gericht en mijn hartslag springt een slag over, en mijn hand tintelt bij de herinnering aan hoe het voelde om zijn vingers tegen de mijne te voelen.

Dit is niet goed.

Zo niet goed.

Waarom kijkt hij me zo aan?

Hij zal zich toch niet ook tot mij aangetrokken voelen... of wel?

10

NIKOLAI

ALS ER ENIGE TWIJFEL IN MIJN GEDACHTEN WAS DAT IK
HET MYSTERIE VAN CHLOE GA ONTRAFELEN, is het
verdwenen tegen de tijd dat Pavel het dessert komt
brengen. Alles aan haar fascineert me, van de
mengeling van waarheid en leugens die zo gemakkelijk
van haar lippen vallen tot de manier waarop ze subtiel
en beleefd genoeg voedsel verslindt om twee NFL-
linebackers te voeden. En onder mijn fascinatie ligt
een oeraantrekkingskracht die krachtiger is dan alles
wat ik ooit ervaren heb. Ik heb een vrouw nog nooit zo
graag en met zo weinig provocatie gewild. Ze flirt niet,
doet niets om mijn aandacht te trekken, maar vanaf
het moment dat ik tegenover haar ben gaan zitten, heb
ik een harde; de aanblik van haar zachte lippen die
zich om een vork sluiten hebben me meer
opgewonden dan de meest erotische stripshow in
Moskou.

Zelfs over Ksenia praten en de manier waarop ze

me met Slava heeft belazerd kon het vuur dat in me brandde niet afkoelen.

"Dit moet het lekkerste zijn dat ik ooit heb gegeten," zegt Chloe nadat ze een hapje van het Napoleon dessert heeft geproefd en ik mompel mijn instemming, hoewel ik de meerlaagse bladerdeegtaart nauwelijks heb geproefd. In mijn hoofd ben ik bezig met hoe *zij* zal smaken en voelen als ik haar mee naar mijn bed neem.

Ik heb het gevoel dat de nieuwe bijleslerares van mijn zoon het lekkerste zal zijn dat *ik ooit heb* gehad.

"Niet doen, Kolya," zegt Alina zachtjes in het Russisch als Chloe zich tot Slava wendt en hem het Engelse woord voor *cake* begint te leren. "Alsjeblieft, ik smeek het je, laat haar met rust."

Ik kijk geïrriteerd naar mijn zus. "Ik ga haar niet dwingen." Dat is niet mijn werkwijze, en bovendien, nadat ik het meisje het afgelopen uur stiekem naar me heb zien kijken, ben ik er nog zekerder van dat deze aantrekkingskracht beide kanten op gaat.

Ze zal van mij zijn. Het is slechts een kwestie van tijd.

"Ik begin te denken dat je nog erger bent dan hij," zegt Alina met gedempte stem. "Hij probeerde het tenminste nog met bullshit excuses te rechtvaardigen. Maar jij probeert het niet eens, of wel? Je doet gewoon wat je wilt, ongeacht wie daarbij gekwetst raakt."

"Dat klopt." Ik schenk haar een harde glimlach. "En je doet er goed aan om dat te onthouden."

Als mijn zus denkt dat het vergelijken van mij met

onze vader iets gaat veranderen, dan heeft ze het bij het verkeerde eind. Ik weet dat ik zoals hij ben. Dat ben ik altijd geweest - daarom was ik nooit van plan om kinderen te krijgen.

Onze kleine uitwisseling in het Russisch trekt Chloe's aandacht en haar ogen ontmoeten de mijne terwijl ze naar me kijkt. Ze kijkt meteen weg, maar niet voordat ik haar gladde keel nerveus zie slikken terwijl haar tong naar buiten schiet om haar onderlip te bevochtigen.

Oh, ja, ze voelt zich tot me aangetrokken en ze is bezorgd over dat feit.

Ik duw mijn half opgegeten dessert weg en pak mijn kopje thee om een flinke slok te nemen. Ik vang haar blik weer op, zet het kopje neer en glimlach langzaam en opzettelijk naar haar. "Dus, wat vond je van je eerste Russische maaltijd, Chloe?"

"Het was geweldig." Haar stem klinkt een beetje buiten adem. "Pavel is een geweldige kok."

Ik laat mijn glimlach dieper worden. "Dat is hij zeker, nietwaar?" Hij is nog bedrevener in andere dingen, zoals met messen, maar dat ga ik haar niet vertellen. Ze is één en één al bij elkaar op aan het tellen en ze komt al op twee. Ik zag haar reactie toen ik de bewakers noemde. Ze vermoedt dat we niet zomaar een rijke familie zijn en dat maakt haar bijna net zo nerveus als haar aantrekkingskracht op mij.

Ik vraag me af of het de natuurlijke behoedzaamheid van een afgeschermde burger is of dat er meer aan de hand is... zoals welke geheimen ze ook probeert te verbergen.

Het slimme en het verstandige zou zijn geweest om die geheimen te ontdekken voordat ik haar in dienst nam, maar dat zou tijd hebben gekost en ik wilde niet het risico lopen dat ze weg zou glippen en zou verdwijnen. Trouwens, nadat ik haar tijdens de maaltijd heb geobserveerd, ben ik er nog meer van overtuigd dat ze geen fysieke bedreiging voor mijn familie vormt. De manier waarop ze het mes van Slava weggriste, verraadde niet alleen haar overbezorgde houding naar de jongen, maar ook haar gebrek aan vaardigheid met een mes. Ze hield het mes vast als iemand die het nog nooit als wapen heeft gebruikt, zowel offensief als defensief, en ik betwijfel of dat een act was - niet op het moment dat haar angst voor Slava helemaal echt was.

Ze vindt dat mijn zoon, een Molotov, tegen zoiets onschuldigs als een scherp mes beschermd moet worden.

De onverklaarbare beklemming op mijn borst komt terug en het kost al mijn kracht om niet naar de jongen te kijken. Als ik dat doe, dan wordt het alleen maar erger. In plaats daarvan richt ik mijn aandacht op Chloe en de manier waarop haar wimpers als reactie op mijn glimlach naar beneden gaan, haar borstkas die in een sneller ritme op en neer gaat. Haar tepels zijn weer hard, constateer ik met woeste tevredenheid. Welke beha ze ook onder haar shirt draagt, als die er al is, hij is heel onthullend.

Ik kan niet wachten om haar in een mooie designerjurk te zien, met haar slanke schouders ontbloot. Iets straks en crèmekleurigs, om de warme tint van haar huid te accentueren. Ze zal het voor het avondeten voor me aandoen en ik zal de hele maaltijd doorbrengen met fantaseren hoe ik het later die avond van haar af zal rukken - niet dat ik haar op een bepaalde manier moet kleden om die fantasieën in mijn gedachten te laten manifesteren.

Het goedkope T-shirt en de spijkerbroek die ze draagt, werken daarvoor prima.

"Je kan gerust naar bed gaan, Chloe," zegt Alina als Pavel een dienblad met aperitieven komt brengen, Slava uit zijn stoel helpt en hem mee naar boven neemt om hem klaar te maken om naar bed te gaan. "Voel je niet verplicht om hier bij ons te blijven. Ik weet zeker dat je na zo'n lange dag moe bent."

"En ik weet zeker dat ze kan blijven voor een drankje," zeg ik voordat Chloe meer kan doen dan Alina een dankbare glimlach schenken. Het is onmogelijk dat ik het meisje zo snel zal laten ontsnappen. "Trouwens," vervolg ik, terwijl ik mijn zus een harde blik werp, "zei je niet dat *jij* moe was? Misschien moet je samen met Pavel Slava een verhaaltje voor het slapengaan voorlezen en zelf vroeg naar bed gaan."

Alina wil ruzie met me maken, ik zie het, maar zelfs zij weet dat het geen goed idee is om me nu nog verder te pushen. Ze is brutaler geworden sinds we Moskou hebben verlaten, vrijer met haar scherpe tong. Ze denkt dat omdat ik de teugels tijdelijk aan onze broers heb overgedragen, ik zachter ben geworden, maar ze zit er helemaal naast.

Het beest in mij is levend en wel... en op een zoete nieuwe prooi gefocust.

"Oké," zegt ze na een gespannen moment. "In dat geval, welterusten. Geniet van je drankje."

Ze staat op en Chloe volgt haar voorbeeld. "Ik denk dat ik-"

"Ga zitten," zeg ik met een bevelend gebaar en het meisje gaat weer zitten, als een geschrokken reekalf met haar ogen knipperend terwijl Alina met een laatste blik in mijn richting wegloopt.

Ik wacht tot ze weg is voordat ik mijn prooi met een glimlach verwen. "Dus vertel me eens, Chloe..." Ik reik naar de karaffen op het dienblad. "Heb je liever cognac, brandewijn of whisky als aperitief?"

11

CHLOE

Ik staar naar Nikolai, mijn hart bonst zwaar. Begrijp ik de situatie verkeerd of heeft hij het zo gemanipuleerd dat we alleen aan tafel zouden komen te zitten?

"Ik... drink niet echt," zeg ik met een droge keel. De blik in zijn rijkgekleurde ogen geeft me weer het gevoel een muis te zijn die door een zeer grote kat in het nauw is gedreven - alleen zou geen enkele muis zo'n aantrekking naar een roofzuchtige katachtige voelen.

Ik wil hem bijna net zo graag aanraken als dat ik weg wil rennen.

Hij trekt zijn wenkbrauwen op. "Nog nooit alcohol gedronken? Ik vind dat moeilijk om te geloven."

"Dat is niet wat ik bedoel. Het is gewoon, je weet wel, meestal gewoon bier of wijn op een feestje..." Mijn stem sterft weg als hij een van de kristallen karaffen optilt, twee vingers amberkleurige vloeistof in een whiskyglas giet en het dan naar mij toe schuift.

"Probeer dit. Het is een van de beste cognacs ter wereld."

Ik til aarzelend het glas op en ruik aan de inhoud. Ik heb eigenlijk nog nooit cognac geprobeerd. Wodka-shots een aantal keer, ja. Tequila bij een paar memorabele gelegenheden, zeker. Maar geen cognac - en te oordelen naar de sterke dampen van drank die mijn neusgaten raken, is het niet iets dat ik vanavond of op een andere avond in de buurt van Nikolai zou moeten drinken.

Niet als ik zo in de war ben over wat er tussen ons gebeurt.

Hij schenkt voor zichzelf ook een glas in. "Op onze nieuwe samenwerking." Hij heft de drank als een toost op en ik heb geen andere keuze dan mijn glas tegen het zijne te laten klinken. Ik breng het naar mijn lippen, neem een slok en krijg een hoestbui, waarbij mijn ogen beginnen te tranen terwijl mijn keel en borst in vuur en vlam staan.

Verdomme, dit spul is *sterk*.

Nikolai kijkt naar me, donker amusement glinstert in zijn blik. "Je bent echt niet zo'n drinker," zegt hij als ik eindelijk op adem ben gekomen. "Probeer het nog een keer, maar deze keer langzamer. Laat het een paar seconden in je mond zitten voordat je het doorslikt. Absorbeer de smaak, de textuur... het brandende gevoel."

Dit is een slecht idee, ik weet het, maar ik volg zijn

instructies, neem nog een slok en houd het even in mijn mond voordat ik het door mijn keel laat gaan. Het verschroeit nog steeds mijn slokdarm, maar niet zo erg als de eerste keer, en in het kielzog van het brandende gevoel verspreidt een aangename warmte zich door mijn ledematen.

"Beter?" vraagt hij zacht en ik knik, niet in staat om mijn blik van zijn hypnotiserende ogen af te wenden. Misschien is het de alcohol die met al mijn remmingen knoeit, of het feit dat we helemaal alleen zijn, maar dit voelt vreemd genoeg als een date... alsof er een gevoel van intimiteit tussen ons ontstaat. Ik wil over de tafel reiken en de sensuele ronding van zijn lippen volgen, mijn hand op zijn brede handpalm leggen en zijn kracht en warmte voelen.

Ik wil dat hij me kust en als ik de zinderende hitte in zijn ogen niet verkeerd inschat, is dat misschien ook wat hij wil.

"Waarom heb je me gevraagd om voor een drankje te blijven?"

Ik wil de woorden terugnemen zodra ze mijn mond verlaten, maar het is te laat. Er verschijnt een sardonische glimlach op zijn gezicht en hij houdt zijn hoofd schuin, terwijl hij traag de cognac in zijn glas rond laat draaien. "Waarom denk je?"

"Ik weet..." Ik bevochtig mijn lippen. "Ik weet het niet."

"Maar als je een gok zou moeten wagen?"

Mijn hartslag gaat omhoog. Ik kan op geen enkele manier zeggen wat ik denk. Als ik het mis heb, dan zal dit heel slecht voor me gaan. Sterker nog, ik zie niet in hoe dit goed voor me zou kunnen gaan. Als ik gelijk heb en hij voelt zich tot me aangetrokken, dan gaat er een enorme beerput open. En als ik het me verbeeld -

"Overdenk het niet, *zaychik*." Zijn stem is bedrieglijk zachtaardig. "Dit is niet een van je schoolexamens."

Juist. En dat zou ik veel liever hebben, want dan hoef ik me alleen maar zorgen te maken over een onvoldoende. De inzet is hier oneindig veel hoger. Als ik dit verkeerd begrijp, als ik hem van streek maak, dan kan ik de baan verliezen en daarmee alle hoop op veiligheid.

Daarbuiten, buiten de grenzen van dit landgoed, jagen monsters op me en hierbinnen is een man die misschien net zo gevaarlijk is... en niet alleen omdat hij ervan geniet om dit sadistische spelletje met me te spelen.

"Wat bedoel je daarmee?" vraag ik voorzichtig. "Zay-iets?"

"Zaychik?" Duisternis glinstert in zijn glimlach. "Het betekent *kleine haas*. Een soort Russische genegenheid."

Mijn gezicht wordt heet, mijn hartslag neemt een onregelmatig ritme aan. De kans dat ik het bij het verkeerde eind heb, wordt steeds kleiner en dat maakt me nog zenuwachtiger. Ik ben geen maagd, maar ik heb nog nooit met iemand zoals deze man een relatie gehad. Mijn vriendjes op de universiteit waren precies dat - jongens die eerst mijn vrienden waren - en ik heb geen idee hoe ik met deze gevaarlijk magnetische vreemdeling om moet gaan die ook nog eens mijn baas is.

En die misschien bij de maffia zit.

Het is de laatste gedachte die de broodnodige duidelijkheid in de tegenstrijdige wirwar van emoties in mijn hoofd brengt.

Ik bedwing mijn ratelende zenuwen en sta op. "Bedankt voor het diner en het drankje. Als je het niet erg vindt, ga ik nu naar bed. Alina heeft gelijk, het was een lange dag."

Twee lange hartslagen lang zegt hij niets, kijkt hij me alleen maar met die spottende glimlach aan, en mijn angst schiet omhoog, mijn maag draait zich om. Maar dan zet hij zijn glas neer en zegt zachtjes, "Slaap lekker, Chloe. Ik zie je morgenochtend."

En zomaar ineens, ben ik vrij - en in gelijke delen opgelucht en teleurgesteld.

12

NIKOLAI

IK WOEL EN DRAAI TWEE UUR LANG EN PROBEER IN SLAAP TE VALLEN, maar er gebeurt niets. Uiteindelijk geef ik het op en blijf daar maar liggen, naar het donkere plafond starend, mijn spieren gespannen en mijn pik hard en pijnlijk ondanks de opluchting die ik hem met mijn vuist heb gegeven.

Wat is het met dit meisje waar ik zo een last van heb? Haar uiterlijk? Het mysterie dat ze vertegenwoordigt? Ik had niet anders kunnen doen dan haar vanavond te laten gaan, me terug te trekken en haar naar bed te laten gaan in plaats van over de tafel te reiken om haar naar me toe te trekken.

Wat zou ze gedaan hebben als ik op die impuls had gehandeld?

Zou ze verstijfd zijn geraakt, geschreeuwd hebben... of zou ze tegen me aan zijn weggesmolten, zouden haar bruine ogen zacht en glazig zijn geworden, haar lippen gescheiden voor mijn kus?

Binnensmonds vloekend sta ik op, trek een badjas aan en loop naar mijn computer. Het is in Moskou laat in de ochtend, dus ik kan net zo goed met mijn broers bijpraten voor wat zaken.

Alles is beter dan stilstaan bij Chloe en de frustrerende pijn in mijn ballen.

Konstantin neemt mijn videogesprek niet op, dus probeer ik Valery. Mijn jongere broer antwoordt meteen, zijn gezicht even glad en uitdrukkingsloos als altijd. Ondanks het verschil van vier jaar tussen ons, lijken we genoeg op elkaar om voor een tweeling te worden aangezien - en dat worden we vaak ook, samen met onze oudere broer, Konstantin, en onze neef, Roman.

De genen van een Molotov zijn een krachtig, giftig iets.

"Mis je ons nu al?" Valery's toon verraadt niets van zijn emoties - als hij die tenminste heeft. Het is mogelijk dat mijn broer net zo weinig voelt als hij laat zien. Ik heb hem nog nooit zijn geduld zien verliezen, zelfs niet als kind, en ik heb hem zeker nog nooit zien huilen. Aan de andere kant zat ik het grootste deel van zijn jeugd op een kostschool, dus ik kan niet beweren een Valery-expert te zijn.

We zijn niet hecht, mijn broers en ik, daar heeft onze vader voor gezorgd.

"Heb je de handtekening voor de fabriek gekregen?" vraag ik in plaats van een antwoord te geven. "Of is dat nog in behandeling?"

Valery kijkt me met een niet-knipperende blik aan. "Het ligt op dit moment op het bureau van de president. Hij heeft beloofd om het me morgen terug te geven."

"Goed." Het is een deal waar ik een aantal maanden aan heb gewerkt voordat ik Moskou verliet, en ik wil ervoor zorgen dat het doorgaat. "Hoe zit het met de belastingvermindering?"

"Gaat vooruit zoals gehoopt." Mijn broer houdt zijn hoofd schuin. "Vanwaar dit nachtelijke telefoontje? Dit alles had tot morgen kunnen wachten."

Ik haal mijn schouders op. "Gewoon wat moeite met slapen."

Valery's blik wordt scherper. "Heeft het iets met Slava te maken?"

"Nee." In ieder geval niet zoals hij denkt. "Waar is Konstantin?" Ik wil dat zijn team dieper in Chloe Emmons duikt, met een specifieke focus op de afgelopen maand.

Ik moet weten wat ze heeft gedaan en waar ze heen is gegaan toen ze van de radar verdwenen was.

"Berlijn," antwoordt Valery. "Meer servers aanschaffen."

"Alweer?"

Het is zijn beurt om zijn schouders op te halen. Tijdens mijn afwezigheid hebben mijn broers op basis van hun interesses en sterke punten de verantwoordelijkheden verdeeld, waarbij technologie regelrecht in het domein van Konstantin viel. Niet dat het ooit anders is geweest. Zelfs toen we op de lagere school zaten, kon onze oudere broer met de beste programmeurs van het land meekomen. Het belangrijkste verschil is nu dat Valery zich niet met de zaken van Konstantin bemoeit en hem laat doen wat hij wil, terwijl ik, toen ik de leiding over de familieorganisatie had, alles overzag, inclusief Konstantins darkweb-ondernemingen.

"Prima," zeg ik. "Ik zal daar contact met hem opnemen. Vertel me nu over de rest."

En dat doet Valery. Tegen de tijd dat we het gesprek beëindigen, heb ik het gevoel dat ik weer op de hoogte ben - of in ieder geval zoveel als ik kan zijn terwijl ik een halve wereld verderop zit. Veel van onze zaken vinden persoonlijk plaats, in de gala's en operahuizen en in luxe restaurants die door de machthebbers van Oost-Europa worden bezocht. Je kunt een politicus niet subtiel via e-mail omkopen, je kunt via Skype een leverancier niet intimideren om je korting te geven. Het draait allemaal om de hielen van de juiste mensen te likken, op het juiste moment op de juiste plaats te zijn – en, als je een grens moet overschrijden om dingen voor elkaar te krijgen, digitaal of anderszins geen sporen achter te laten.

Ik sluit mijn laptop af, gooi de badjas uit en loop naar het raam, waar een halve maan, gedeeltelijk achter een wolk gevangen, net genoeg verlichting geeft om de toppen van de bomen op de berghelling te onderscheiden. Ik ben nog steeds gespannen, elke spier in mijn lichaam is strak gespannen. Het telefoontje heeft me afgeleid, zoals ik had gehoopt, maar nu het voorbij is, denk ik weer aan Chloe. Ik wil haar weer.

Fuck.

Misschien had ik haar niet van tafel moeten laten gaan. Ik genoot van haar nervositeit, de behoedzaamheid in haar mooie bruine ogen. Ze deed me aan een wilde haas denken, klaar om bij het eerste teken van gevaar te vluchten, en ik wilde haar achtervolgen als ze dat zou doen.

Maar dat deed ik niet. Ik heb haar laten gaan. Ze zag er moe uit en niet het soort vermoeidheid dat je krijgt als je een nacht of twee te weinig slaapt. Het was uitputting, diepgeworteld en totaal. Haar kleren zaten losjes om haar heen, alsof ze onlangs was afgevallen, en haar tere gelaatstrekken waren scherper dan op de foto's, haar ogen door diepe schaduwen omringd. Wat er ook met haar is gebeurd, heeft haar op de rand van een instorting gebracht, en op dat moment, toen ze opstond van haar stoel, zo breekbaar en dapper, voelde ik een vreemde drang om haar te troosten... om haar tegen de demonen te beschermen die de tekenen van spanning in haar gezicht hadden geëtst.

Nee, dat is idioot. Ik ken het meisje nauwelijks. Ik wilde haar niet tot het breekpunt duwen, dat is alles.

Ik loop naar mijn kast, trek een hardloopshort en sneakers aan en loop de kamer uit. Misschien is het maar goed dat ik haar vanavond heb gelaten. Morgen neem ik contact op met Konstantin en ga ik met het ontrafelen van haar geheimen beginnen. In de tussentijd kan het geen kwaad om haar te laten rusten, zich te oriënteren... te wennen aan het idee dat ik haar wil.

Wat mijn pik ook denkt, er is geen haast.

Ze is hier nu tenslotte en ze gaat nergens heen.

13

CHLOE

"Nee!"

Ik land hijgend op handen en voeten, mijn hele lichaam bevend en bedekt met zweet. Het is donker en ik ben naakt en ik heb geen idee waar ik ben of wat er gebeurt. Dan registreer ik het gevoel van de hardhouten vloer onder mijn handpalmen en het zwakke maanlicht dat door het muurgrote raam naar binnen valt en alles valt op zijn plaats.

Ik ben in mijn kamer op het Molotov-landgoed en niets van wat ik zag is echt.

Het was weer een nachtmerrie.

Ineenkrimpend duw ik me op mijn knieën - die uit protest onmiddellijk schreeuwen. Ik moet ze gekneusd hebben toen ik mezelf van het bed gooide.

Slanke bruine arm in een plas bloed... Pistool in een hand met zwarte handschoenen... Enorme pick-up komt op me af...

Een nieuwe golf adrenaline stuwt me ondanks de

pijn overeind. Ik hap lucht naar binnen en zoek in het donker naar een schakelaar van het licht. Mijn hand landt op het bed en ik voel mijn weg naar het nachtkastje.

De lamp op het nachtkastje gaat aan als ik het aanraak en verlicht de kamer met een zachte gouden gloed. Mijn knieën knikken van opluchting en ik zak op het matras, terwijl ik het licht de achtergebleven stukjes en beetjes van de nachtmerrie weg laat duwen.

Het was maar een droom.

Ik ben veilig.

Ze kunnen me hier niet te pakken krijgen.

Na een paar minuten voel ik me stabiel genoeg om op te staan en loop ik naar de badkamer om het zweet van mijn huid af te spoelen. Voordat ik dat doe, knip ik de lamp uit, omdat ik geen schone kleren meer had om in te slapen maar ik niet wist hoe ik de jaloezieën voor het raam moest gebruiken. Er zit waarschijnlijk ergens een knop verstopt, maar ik was te moe om hem gisteravond te gaan zoeken. Zodra ik in mijn kamer aankwam, heb ik mijn kleren uitgetrokken, heb ik mijn shirt en ondergoed met de hand in de gootsteen gewassen zodat ik 's ochtends iets schoons had om aan te trekken, en ik viel in slaap zodra mijn hoofd het kussen raakte.

Zelfs de zorgen over mijn verontrustend aantrekkelijke werkgever konden me niet wakker houden.

Maar nu, terwijl ik onder de douche sta, gaan mijn gedachten weer naar hem, mijn hartslag versnelt en mijn adem versnelt zich met een mengeling van angst en opwinding.

Nikolai wil me.

Denk ik.

Misschien.

Ik kan het mis hebben.

Of... niet.

Warmte stroomt laag in mijn buik, mijn borsten worden strakker als ik aan de duistere blik in zijn ogen denk en de dingen in mijn hoofd opnieuw afspeel die hij zei... en hoe hij ze zei. Nee, ik heb het niet fout. In ieder geval niet over zijn aantrekkingskracht naar mij. Het is mogelijk dat hij gewoon met me aan het spelen was en niet van plan is om iets met die aantrekkingskracht te doen, maar ik denk het niet.

Ik denk dat hij van plan is om me te neuken en ik heb geen idee wat ik daarvan vind.

Eigenlijk is dat een leugen. Mijn geest is misschien verscheurd, maar mijn lichaam is heel rechtlijnig in zijn gevoelens. De hitte in mij wordt intenser, een pijnlijke beklemming kronkelt zich diep in mijn binnenste terwijl ik me voorstel hoe het zou zijn als hij op dit moment naar mijn kamer zou komen en op mijn deur zou kloppen... en nadat hij geen antwoord had gekregen, naar binnen zou lopen.

Als hij op het bed zou zitten te wachten als ik naakt uit de badkamer kwam.

Mijn ogen vallen dicht, mijn handen omsluiten mijn borsten en glijden dan langs mijn lichaam naar beneden terwijl ik me voorstel dat hij opstaat en naar me toe loopt... zijn hand uitstrekkend om me aan te raken. Mijn vingers glijden tussen mijn dijen, waar ik glad en hunkerend ben, en ik stel me voor dat het zijn hand is, zijn wreed sensuele mond daar beneden. Mijn adem stokt als de pijn in een verhit kloppen overgaat, mijn beenspieren trillen van toenemende spanning en met een plotselinge uitbarsting van gevoel kom ik klaar, mijn tenen krommen zich op de natte tegels terwijl ik naar adem snakkend tegen de glazen wand van de cabine leun.

Verbijsterd open ik mijn ogen en trek mijn hand weg, mijn hart gaat in mijn borstkas als een razende tekeer.

Ik kan niet geloven wat er net is gebeurd. Ik heb nog nooit op deze manier een orgasme kunnen krijgen, met alleen mijn vingers. Normaal gesproken heb ik met mijn vibrator minimaal vijftien minuten nodig - of een half uur als een man me likt - en zelfs dan wil het niet altijd lukken, afhankelijk van hoe gestrest of moe ik ben. Opwinding is voor mij een mentale kwestie, daarom ben ik nooit voor informele afspraakjes gegaan.

Ik moet een man kennen om intiem met hem te worden.

Ik moet hem aardig vinden en vertrouwen.

Of dat is tenminste wat ik altijd had gedacht. Ik heb geen idee of ik Nikolai leuk vind en vertrouwen doe ik hem zeker niet.

Dus waarom brengt alleen al de gedachte aan hem me op de rand van een orgasme?

Waarom voel ik me aangetrokken tot een man die me het gevoel geeft om een opgejaagde prooi te zijn?

Het licht dat op mijn gezicht valt, haalt me uit een diepe slaap en ik kreun en rol me om om eraan te ontsnappen. Maar het is overal, helder en warm, en het dringt tot me door dat het ochtend moet zijn, ook al voelt het niet zo.

Ik forceer mijn zware oogleden open, ga rechtop zitten en wrijf over mijn gezicht. Hoewel ik na mijn spontane masturbatiesessie meteen weer in slaap ben gevallen, voel ik me nog steeds moe, alsof ik maar een paar uur mijn ogen heb gesloten in plaats van de negen of tien die ik werkelijk heb geslapen. Ik heb geen idee hoe laat het nu is, maar ik ben er vrij zeker van dat ik voor tienen naar bed ben gegaan.

Het moeten al die slapeloze weken zijn die me parten hebben gespeeld.

Ik zwaai mijn benen op de grond en geniet van het prachtige uitzicht buiten het raam. Ondanks het felle zonlicht omhullen sporen van mist de verre bergtoppen, en het geheel ziet eruit als iets uit een ansichtkaart. Ik kom in de verleiding om even te blijven zitten en ervan te genieten, maar ik dwing mezelf om op te staan en ga naar de badkamer om me te wassen. Het is mijn eerste ochtend op mijn werk en ik wil geen slechte indruk maken door te laat te komen. Niet dat ik weet wat 'laat' is - we hebben het gisteren niet over mijn werkuren of Slava's schema gehad.

Ik ben schoon van mijn nachtelijke douche, dus mijn ochtendroutine duurt slechts enkele minuten. Het shirt en ondergoed dat ik met de hand heb gewassen zijn nog een beetje vochtig, maar ik trek ze toch aan en maak een mentale notitie om zo snel mogelijk met Pavel of iemand anders over de wassituatie te praten. Ook over mijn uren.

Ik moet weten wat Nikolais verwachtingen zijn, zodat ik ze kan waarmaken en overtreffen.

Mijn hartslag gaat bij de gedachte aan hem omhoog en ik concentreer me op het verzamelen van mijn haar om het in een knot te doen om mezelf van de steeds actievere vlinders in mijn buik af te leiden. Ik ben met nat haar naar bed gegaan, dus er zitten allerlei rare knikken in en het is in ieder geval professioneler om mijn haar uit mijn gezicht te houden.

Terugkerend naar de slaapkamer, maak ik het bed op, trek mijn sneakers aan en recht mijn schouders.

Ik kan dit.

Ik moet dit doen, wat voor gevoel mijn nieuwe baas me ook geeft.

14

CHLOE

IK ZIE BENEDEN NIEMAND IN DE EET- OF WOONKAMER,
dus ik loop rond tot ik de keuken vind. Als ik naar
binnen loop, zie ik een mollige vrouw met gebleekt
blond haar in een korte, pluizige bob. Ze is in een
gebloemde roze-witte jurk gekleed en ze buigt zich
over een gootsteen om een bord af te wassen, dus ik
schraap mijn keel om haar voor mijn aanwezigheid te
waarschuwen.

"Hoi," zeg ik met een glimlach als ze zich omdraait
en haar handen aan een handdoek afdroogt. "Jij moet
Lyudmila zijn."

Ze staart me aan en buigt dan haar hoofd.
"Lyudmila, ja. Ben jij lerares Slava?" Haar Russische
accent is nog zwaarder dan dat van haar man en haar
ronde gezicht met roze wangen doet me aan een
geverfde matroesjka-pop denken, een van die poppen
met andere poppen erin, zoals de lagen van uien. Ik

gok dat ze midden tot eind dertig is, hoewel haar huid zo glad is dat ze gemakkelijk tien jaar jonger zou kunnen zijn.

"Ja, hoi. Ik ben Chloe." Als ik dichterbij kom, steek ik mijn hand uit. "Het is leuk om kennis met je te maken."

Ze grijpt voorzichtig mijn vingers en schudt mijn hand even terwijl ik vraag, "Weet je waar Slava is en of hij al ontbeten heeft?"

Ze knippert niet-begrijpend, dus ik herhaal de vraag en let erop dat ik elk woord duidelijk uitspreek.

"Ah, ja, Slava." Ze wijst naar het grote raam links van me, dat over de voorkant van het huis uitkijkt, waar ik mijn auto heb geparkeerd. Alleen staat de auto er niet. Ik frons mijn wenkbrauwen en realiseer me dan dat Pavel hem gisteren opnieuw moet hebben geparkeerd toen hij mijn koffer kwam brengen.

Ik zal hem moeten vragen waar de auto is, net als mijn autosleutels. Ik denk niet dat ze ze ooit aan me hebben teruggegeven.

Voordat ik de vraag aan Lyudmila kan stellen, zie ik mijn jonge leerling. Hij rent de oprit op, met Pavel op zijn hielen. De man-beer draagt een enorme vis aan een haak en de jongen heeft een even grote glimlach op zijn gezicht. Die twee moeten in de vroege ochtend gevist hebben.

Ik werp een blik op de klok op de magnetron en huiver.

Nee, niet in de vroege ochtend. Eerder halverwege de ochtend.

Het is bijna tien uur.

Op dat moment begint mijn maag te grommen en er verschijnt een glimlach op Lyudmila's ronde gezicht. "Eten?" vraagt ze en ik knik en glimlach berouwvol terug.

Mijn maag spreekt in ieder geval een universele taal.

"Is het goed als ik iets neem?" vraag ik, naar de koelkast gebarend, maar Lyudmila is daar zelf druk bezig en haalt een schaal tevoorschijn met wat op gevulde pannenkoeken lijkt.

"Dit goed?" vraagt ze en ik knik dankbaar. Ik ben geen kieskeurige eter en als die pannenkoeken op het heerlijke Russische eten lijken dat ik gisteravond heb gegeten, dan ben ik in de zevende hemel.

"Dank je," zeg ik, terwijl ik naar haar toe loop om het bord van haar over te nemen, maar ze stopt het in de magnetron en gebaart naar het aanrecht achter de gootsteen.

"Ga. Zitten. Ik maak voor jou."

Ik bedank haar nogmaals en ga op een van de barkrukken achter het aanrecht zitten. Ik wil niet tot last zijn, maar met de taalbarrière kan mijn beleefde protest verkeerd worden geïnterpreteerd als weigering of afkeer.

"Thee? Koffie?" vraagt ze.

"Koffie, alsjeblieft. Met melk en suiker als je die hebt."

Ze begint het te maken en ik kijk de keuken rond. Het is net zo modern als de rest van het huis, met glanzend witte kasten, grijze kwarts aanrechtbladen en zwarte roestvrijstalen apparaten. Een deel van het grote kookeiland in het midden is met een lange rij kruiden in pot bezet en een wijnrek met een verscheidenheid aan flessen hangt er kunstig boven.

De magnetron pingelt na een minuut en Lyudmila brengt de schaal met pannenkoeken naar me toe, samen met een schoon bord, bestek en een pot honing.

"Wauw, dank je," zeg ik terwijl ze een van de pannenkoeken voor me opschept, er honing op sprenkelt en naar me gebaart om het aan te snijden en op te eten. "Dat ziet er geweldig uit."

Ik snij een stuk van de crêpe af en bekijk de inhoud ervan. Het ziet eruit als ricottakaas met rozijnen en als ik de hap in mijn mond steek, vind ik het zowel zoet als hartig - en zelfs lekkerder dan ik had verwacht. Mijn maag gromt weer, harder, en Lyudmila grijnst bij het geluid.

"Vind je lekker?"

"Oh ja, dank je. Dit is zo lekker," mompel ik, mijn mond al vol met de tweede hap, en Lyudmila knikt tevreden.

"Goed. Jij eet. Zo dun." Ze beweegt haar handen in de lucht, alsof ze de omvang van mijn middel meet, en ze maakt afkeurende tsk-tsks geluiden. "Te dun."

Ik lach ongemakkelijk en concentreer me op het eten terwijl zij weer de afwas gaat doen. Het is grappig, haar botte kritiek op mijn figuur, maar ook waar. Ik ben altijd slank geweest, maar na een maand van sporadische maaltijden ben ik ronduit mager geworden. De spieren op mijn lichaam smelten samen met het beetje vet dat ik had weg. Zelfs de kont die ik ooit te prominent vond, is er nu nauwelijks. Ik zal waarschijnlijk een miljoen squats moeten doen om die terug te krijgen.

Wat ik zal gaan doen, als dit allemaal voorbij is.

Als het ooit voorbij zal zijn.

Nee, niet als. Ik weiger om zo te denken. Ik ben zo ver gekomen, tegen alle verwachtingen in mijn achtervolgers ontlopen, en nu ziet het er goed uit. Voor het eerst sinds deze nachtmerrie is begonnen, heb ik de hele nacht geslapen, ik heb een volle buik, en ik ben ergens waar ze me niet kunnen overvallen. En over zes dagen heb ik mijn eerste salaris en daarmee meer opties, waaronder hier weggaan, als dat is wat ik moet doen om veilig te zijn.

Als de duisternis die ik in Nikolai heb gevoeld, iets meer is dan een product van mijn verbeelding.

In deze heldere, zonovergoten keuken voelen mijn angsten voor de maffia overdreven, irrationeel, net als mijn conclusie dat hij me wil. Zoals Lyudmila opmerkte, zie ik er nauwelijks op mijn best uit en ik weet zeker dat een man die zo rijk en prachtig als mijn werkgever is aan schoonheden van wereldklasse gewend is. Hoe meer ik erover nadenk, hoe meer het lijkt alsof mijn aantrekkingskracht op hem ertoe heeft geleid dat ik de situatie van gisteravond verkeerd heb geïnterpreteerd. De koosnaam, de indringende vragen, de lage, verleidelijke toon van zijn stem - het zou allemaal een kwestie van culturele verschillen kunnen zijn. Ik weet niet veel over Russische mannen, maar het is mogelijk dat ze met vrouwen altijd zo zijn - net zoals het mogelijk is dat rijke Russen vanwege de hoge niveaus van corruptie en misdaad in hun land aan bewakers gewend zijn.

Ja, dat is het waarschijnlijk. Met alle stress van de afgelopen maand heb ik mijn fantasie de vrije loop gelaten. Waarom zou een maffiafamilie zich hier in deze afgelegen wildernis vestigen? New York, zeker, Boston, zeer waarschijnlijk. Maar Idaho? Dat slaat nergens op.

Ik schud mijn hoofd om mijn dwaasheid, eet de rest van de pannenkoeken op en drink de koffie die Lyudmila heeft gezet. Dan voel ik me voor het eerst in weken opgewekt en hoopvol, sta op, breng de afwas naar de gootsteen - waar Lyudmila ze ondanks mijn protesten van me overneemt - en ga op zoek naar mijn leerling.

Ik kan dit.

Ik kan het echt.

Sterker nog, ik kijk er naar uit.

Ik loop de hoek om naar de woonkamer, snellopend, als ik tegen een groot, hard lichaam bots. De klap slaat de lucht uit mijn longen en doet me bijna de lucht in vliegen, maar voordat ik kan vallen, sluiten sterke handen zich om mijn bovenarmen en trekken ze me tegen dat lichaam aan.

Verbijsterd, volledig buiten adem, kijk ik op naar

mijn veroveraar - en mijn hartslag gaat door de stratosfeer als ik Nikolais tijgerheldere blik ontmoet.

"Goedemorgen, zaychik," mompelt hij, zijn mooie mond in een spottend lachje gebogen. "Waar ga je met zo'n haast heen?"

15

CHLOE

ELKE CEL IN MIJN LICHAAM ONTBRANDT MET HITTE, MIJN hartslag springt hoe onmogelijk ook nog hoger. Mijn onderlichaam bevindt zich vlak tegen het zijne, mijn dijen tegen de harde kolommen van zijn benen gedrukt en mijn maag vormt zich tegen zijn kruis. Ik kan zijn cologne ruiken, iets subtiels en complex, met tonen van cederhout en bergamot, en daaronder de zuivere musk van een warme mannenhuid. En het *is* warm. Zelfs als we allebei volledig gekleed zijn, kan ik zijn dierlijke warmte voelen – en, tot mijn schrik, de groeiende hardheid die in mijn buik drukt.

"Gaat het met je?" mompelt hij en ik besef dat ik als een konijn dat in een val zit, verdwaasd naar hem staar. Dat is ongeveer hoe ik me voel. Zijn lange vingers omsluiten mijn bovenarmen volledig, zijn greep onbreekbaar. En hij is enorm. Tot op dit moment had ik me niet gerealiseerd hoe lang en gespierd hij is. Ik ben een vrouw van gemiddelde lengte, maar hij doet me op alle mogelijke manieren klein lijken - en te oordelen naar de dikte van de bobbel die tegen me aangedrukt is, is hij overal even groot.

Mijn huid wordt nog eens duizend graden warmer en mijn ingewanden trekken zich door een plotselinge lege pijn samen. "Het gaat... Het gaat prima." Alleen klink ik allesbehalve goed, mijn verstikte stem verraadt mijn opwinding. Ik kan niet denken, kan niets verwerken, behalve het feit dat zijn erectie tegen me aan drukt, en om wat voor reden dan ook, laat hij me niet los.

Hij houdt me tegen zich aan alsof hij misschien *nooit* meer los zal laten, zijn blik wordt met de seconde aandachtiger. Langzaam, alsof hij door een magneet wordt getrokken, gaan zijn ogen naar mijn lippen en-

"Kolya." Alina's stem is gespannen. "Konstantin wil met je praten."

Nikolai verstijft en heft zijn hoofd op, zijn vingers klemmen zich tot het punt van pijn om mijn armen. Een onwillekeurige snak naar adem ontsnapt uit mijn keel en hij verslapt zijn greep, maar laat me nog steeds niet los.

"Zeg hem dat ik hem terugbel," zegt hij tegen zijn zus. Zijn toon is koel en gelijkmatig, alsof we allemaal aan een tafel zitten in plaats van dat hij me vasthoudt alsof we op het punt staan om de tango te doen. Mijn gezicht brandt daarentegen van schaamte.

Ik kan me niet eens voorstellen wat Alina nu denkt.

"Hij wil je meteen spreken," houdt ze vol. "Hij gaat

over een paar minuten naar een vergadering en zal daarna druk zijn."

Nikolai mompelt wat als een Russische vloek klinkt en laat me eindelijk los. Geschrokken strompel ik terug op wankele benen en draai me naar Alina, die haar broer met samengeknepen ogen weg ziet lopen. Dan gaat haar blik naar mij en haar volle rode lippen verstrakken.

"Ik ben tegen hem aangebotst," flap ik eruit voordat ze me van iets kan beschuldigen. "Het was een ongeluk. Ik was bijna gevallen, maar hij-"

"Mijn broer doet niet aan ongelukken." Haar ogen zijn als jade gedompeld in ijs. "Je doet er verstandig aan om dat te onthouden, Chloe."

En daarmee loopt ze weg, me meer geschokt achterlatend dan voorheen.

Na een paar minuten heb ik mezelf genoeg onder controle om mijn zoektocht naar Slava te hervatten - deze keer in een veel rustiger wandeltempo. Als ik echter bij zijn kamer aankom, is hij er niet, dus ga ik terug naar beneden om hem te zoeken.

Ik zie hem of Pavel in geen van de gemeenschappelijke ruimtes, dus ik ga terug naar de keuken, in de hoop daar Lyudmila te vinden. Maar zij is ook weg.

Misschien zijn ze allemaal buiten?

Ik doe de voordeur open en stap het felle zonlicht

in. Het is een prachtige, wolkeloze dag, de naar het bos geurende bries is koel en verfrissend op mijn gezicht. Er is niemand op de oprit te zien, maar ik loop toch naar buiten en zuig mijn longen vol frisse berglucht om mezelf verder te kalmeren.

Er is geen reden om in paniek te raken.

Er is niets gebeurd.

Nikolai ving me op toen ik zou zijn gevallen, dat is alles.

Alleen... er had iets kunnen gebeuren als Alina ons niet had onderbroken. Ik weet negentig procent zeker dat Nikolai me had willen kussen. En ik heb me de harde bobbel die tegen me aandrukte absoluut niet verbeeld.

Hij wil me wel.

Daar bestaat geen twijfel meer over.

Ik haal nog een keer diep adem, maar mijn hart blijft bonzen, mijn handpalmen zweten als een gek. Ik veeg ze aan mijn spijkerbroek af, loop langs de zijkant van het huis en geniet van het uitzicht op de bergen in een poging om mijn gedachten die alle kanten op gaan te kalmeren.

Het is goed. Alles is in orde. Dat Nikolai zich tot me aangetrokken voelt, betekent niet dat er iets tussen ons gaat gebeuren. Ik weet zeker dat hij beseft hoe ongepast dit hele gebeuren is. Wat Alina ook zei, het *was* een ongeluk, we zijn tegen elkaar aangebotst. Ik weet niet waarom ze iets anders zou suggereren. Misschien denkt ze dat ik hem probeerde te versieren? Maar nee. Het leek bijna alsof ze me waarschuwde om bij hem uit de buurt te blijven, alsof-

Het geluid van stemmen trekt mijn aandacht en als ik de hoek om ga, zie ik Pavel en Slava. Ze staan bij een boomstronk zo'n vijftien meter verderop, met de grote vis erop. Als ik dichterbij kom, zie ik hoe de man-beer het half opensnijdt en dan het scherp uitziende mes aan Slava overhandigt.

Wat voor de duivel? Verwacht hij dat het kind de klus afmaakt?

Dat verwacht hij. En Slava doet het. Tegen de tijd dat ik daar aankom, schept de jongen met zijn kleine handjes de ingewanden van de vis eruit en gooit ze in een plastic zak die Pavel behulpzaam voor hem openhoudt.

Oké dan. Ik denk dat ze weten wat ze doen. Ik heb zelf een paar keer vis schoongemaakt - toen ik een eerstejaars was, was mijn kamergenoot een liefhebber van vissen en jagen en die heeft me geleerd hoe ik het moest doen - dus ik walg er niet van, maar het is verontrustend om een vierjarige het te zien doen.

Ze maken zich *echt* geen zorgen om hem met messen om te laten gaan.

Ik stop voor de stronk en zet mijn grootste glimlach op. "Goedemorgen. Vind je het erg als ik erbij kom?"

De jongen grijnst naar me en zegt iets in het Russisch. Pavel kijkt echter minder dan blij om me te zien. "We zijn bijna klaar," gromt hij met zijn zwaar geaccentueerde stem. "Je kunt in het huis wachten als je wilt."

"Oh nee, ik vind het hier prima. Heb je daar hulp bij nodig?" Ik gebaar naar de vis.

Pavel kijkt me boos aan. "Weet je hoe je schubben moet verwijderen?"

"Ja, dat weet ik." Ik zou het eigenlijk liever niet doen, anders zou ik mijn enige schone kleren vuil maken, maar ik wil Slava blijven onderwijzen, en de beste manier om dat te doen is door tijd met hem door te brengen, met wat voor activiteiten hij ook bezig is.

In mijn ervaring leren kinderen het beste buiten een klaslokaal - en dat geldt ook voor de meeste volwassenen.

"Hier dan." Pavel duwt een fileermes naar me toe. "Laat het kind zien hoe het moet."

Aan de grijns op zijn stoïcijnse gezicht te zien, denkt hij dat ik aan het bluffen ben - daarom vind ik het geweldig om het mes van hem aan te nemen en liefjes te zeggen, "Oké."

Ik zorg ervoor dat er geen spetters op mijn shirt komen, ik ga aan het werk en leg de jongen de hele tijd uit wat ik aan het doen ben en hoe. Ik vertel hem hoe elk deel van de vis heet en laat hem de woorden herhalen en laat hem dan zelf het ontschubben proberen. Hij is er net zo goed in als in het snijden en ik realiseer me dat hij het al eerder heeft gedaan.

Toen Pavel zei dat ik het hem moest laten zien, was hij me gewoon aan het testen.

Ik verberg mijn ergernis, laat Slava het werk afmaken en doe de schoongemaakte vis terug in de emmer. Pavel draagt hem het huis in en Slava en ik volgen. De man-beer gaat regelrecht naar de keuken - waarschijnlijk om de vis voor de lunch klaar te maken - en ik zeg hem dat ik Slava naar boven breng om zich om te kleden. In tegenstelling tot mij heeft de jongen overal op zijn shirt spetters van de vis zitten.

Pavel gromt bevestigend voordat hij in de keuken verdwijnt en ik begeleid Slava naar de dichtstbijzijnde badkamer. We wassen allebei grondig onze handen en dan leid ik Slava naar zijn kamer.

Tot mijn verbazing is Lyudmila er als we binnenkomen, met vooruitziende blik een schoon shirt en een spijkerbroek voor Slava op het bed leggend.

"Dank je," zeg ik met een glimlach. "Hij heeft dringend schone kleding nodig."

Ze glimlacht terug en zegt iets in het Russisch tegen Slava. Hij loopt naar haar toe en ze helpt hem uit de vuile kleren. Ik keer tactvol mijn rug toe - de jongen is oud genoeg om in het bijzijn van vreemden verlegen te zijn. Als het lijkt alsof ze klaar zijn, draai ik me om en zie Lyudmila hem met de gesp van zijn riem helpen.

"Alles goed," kondigt ze even later aan, terwijl ze een stap achteruit doet. "Jij nu lesgeven."

Ik grijns naar haar. "Dank je, zal ik doen." Als ik zie dat ze Slava's vuile kleren verzamelt, vraag ik, "Is er ergens in huis een wasmachine? Ik moet de was doen."

Ze fronst haar wenkbrauwen, ze begrijpt het niet.

"De was." Ik wijs naar de stapel kleren in haar handen. "Je weet wel, om kleren te wassen?" Ik wrijf met mijn vuisten tegen elkaar en boots iemand na die met de hand de was doet.

Haar gezicht klaart op. "Ah, ja. Kom."

"Ik ben zo terug," zeg ik tegen Slava en volg Lyudmila naar beneden. Ze neemt me mee langs de keuken en door een gang naar een kamer zonder ramen, ongeveer zo groot als mijn slaapkamer. Er zijn twee luxe wasmachines en drogers - ik denk dat je meerdere ladingen tegelijk kunt gebruiken - samen met een strijkplank, een droogrek, wasmanden en andere gemakken.

"Dit, ja?" Ze wijst naar de machines en ik knik om haar te bedanken. Naar mijn kamer terugkerend, verzamel ik al mijn kleren en breng ze naar beneden. Tegen de tijd dat ik terugkom is Lyudmila weg, dus ik begin met het laden van de wasmachines. Over een half uur zal ik weer naar beneden gaan om de kleren in de drogers te doen en tegen etenstijd zal alles schoon zijn.

De dingen lijken er ondanks de situatie met mijn baas echt beter uit te gaan zien.

Mijn hartslag versnelt zich bij de gedachte, de vlinders in mijn buik komen weer tot leven. Slava en Pavel hebben voor een broodnodige afleiding gezorgd, maar nu ik niet bij hen ben, moet ik weer denken aan wat er is gebeurd. Mijn geest gaat constant tussen alles heen en weer, totdat de vlinders in wespen veranderen.

Ik heb Nikolais erectie tegen me aan gevoeld.

Hij zag eruit alsof hij me wilde kussen.

Hij liet me niet los toen zijn zus er was.

Het is dat laatste waar ik het meest van ben geschrokken, omdat het betekent dat ik het mis had. Hij is wel van plan om op deze aantrekkingskracht in te spelen. Als Alina er niet op had aangedrongen om het telefoontje aan te nemen, dan had hij me gekust en misschien nog wel meer. Misschien hadden we dan op dit moment samen in bed gelegen, terwijl zijn krachtige lichaam tegen me aan zou stoten terwijl we-

Ik stop de fantasie voordat het verder kan gaan. Ik voel me al te warm, mijn borsten vol en strak, mijn vagina pulseert met een opwellende pijn. Het moet een vreemde nasleep van mijn spontane masturbatiesessie van gisteravond zijn, dat is de enige verklaring waarom ik plotseling het libido van een tienerjongen heb gekregen.

Ik haal langzaam en diep adem om mezelf te kalmeren en maak het laden van de was af. De situatie is ongetwijfeld lastig. Een affaire met mijn werkgever zou in veel opzichten onverstandig zijn, maar ik ben er niet zeker van of ik hem kan weerstaan. Als ik al in vlammen opga door alleen maar aan hem te denken, hoe zou het dan zijn als hij me aan zou raken? Me zou kussen?

Zou mijn zelfbeheersing als water op een koekenpan verdampen?

Ik zie maar één oplossing, maar één ding dat ik kan doen om deze ramp te voorkomen.

Ik moet hem de komende zes dagen vermijden - of in ieder geval vermijden om alleen met hem te zijn.

Dus vastbesloten, zet ik de wasmachines aan om te wassen en draai me om - om stokstijf te blijven staan waar ik ben.

In de deuropening staat met gouden glimmende

ogen en een mond in een verwoestende glimlach, de duivel die mijn gedachten bezet.

"Daar ben je," zegt hij zacht en terwijl ik verlamd van schrik toekijk, stapt hij dieper de kamer in en sluit de deur.

16

CHLOE

"Ik was naar je op zoek," vervolgt Nikolai, die met
de zachte tred van een panter naderbij komt. "Pavel zei
dat je met Slava boven was."

Ik slik moeilijk als hij voor me stopt. "Ja, ik ben
even hierheen gekomen om wat was te doen. Ik hoop
dat dat goed is." Ondanks mijn beste inspanningen,
hapert mijn stem en het kost me heel wat moeite om
niet een stap terug te doen in een poging om meer
ruimte tussen ons te creëren. Niet dat hij te dichtbij is -
minstens een meter van mij verwijderd - maar nu ik de
geur van zijn cologne ken, kan ik de subtiele ceder- en
bergamottonen in de lucht oppikken en mijn geheugen
vult de rest in, van de hitte die van zijn huid komt naar
de harde contouren van zijn lichaam dat tegen me
aandrukt. En die grote, dikke bobbel... Mijn knieën
wankelen en ik zwaai bijna naar hem toe, maar zorg er
op het laatste moment voor om mijn benen en
ruggengraat te verstijven.

Een duistere hitte dringt zijn blik binnen en ik weet dat hij mijn reactie heeft opgemerkt. Mijn wangen branden en mijn hart bonst sneller, er lopen ijskoude prikkels over mijn huid.

Waarom is hij hier?

Waarom zocht hij me?

Waarom heeft hij die deur dichtgedaan?

"Ja natuurlijk, dat is geen probleem." Zijn stem is zacht en diep, die verontrustende hitte is nog steeds in zijn ogen aanwezig. "Je woont hier nu, dus beschouw dit als je thuis."

"Dat zal ik doen, dank je." Verdomme, nu klink ik helemaal hees en buiten adem. Ik raap mezelf met moeite bij elkaar en schenk hem mijn beste model-werknemers glimlach. "Ik wilde je eigenlijk iets vragen. Heb ik een werkschema? Dat wil zeggen, zijn er specifieke tijden waarop je wilt dat ik met Slava werk? In het ideale geval zou ik hem de hele dag les willen geven, in plaats van formele lessen te hebben, maar als je dat liever niet hebt, dan ben ik flexibel."

Zo, dat is beter. Ik slaag er zelfs in om mijn stem te stabiliseren en semiprofessioneel te klinken. Hopelijk herinnert dat hem eraan dat ik hier ben om zijn zoon te onderwijzen, niet om bij zijn smeulende blik te smelten als - nou ja, waarschijnlijk zoals elke heterovrouw die hij ooit heeft ontmoet.

Een andere kwaadaardige sensuele glimlach raakt zijn lippen. "Het is aan jou, zaychik. Jouw leerling, jouw methoden. Het enige waar ik naar op zoek ben, zijn de resultaten. Het enige wat ik vraag is dat je bij ons gezin komt eten, zodat Pavel en Lyudmila niet extra hoeven te koken en schoon hoeven te maken."

"Ja, natuurlijk. Hoe laat zijn het ontbijt en de lunch?" Nu voel ik me slecht dat ik Lyudmila me die pannenkoeken heb laten geven. Zo laat als ik wakker werd, had ik tot de volgende geplande maaltijd kunnen wachten.

"Meestal ontbijten we om acht uur en lunchen we om half één. Werkt dat voor jou?"

"Absoluut." Als er iets is dat ik de afgelopen maand heb geleerd, is het dat eten, altijd en overal, van welke variëteit dan ook, voor mij werkt.

Een volle maag is iets wat ik nooit meer als vanzelfsprekend zal beschouwen.

"Goed. Dan zie ik je vandaag bij de lunch." Hij draait zich om om weg te lopen en ik adem beverig uit, opnieuw opgelucht en pervers teleurgesteld - alleen om mijn hart een slag over te laten slaan als hij stopt en me weer aankijkt.

"Bijna vergeten," zegt hij met glimmende ogen. "Je nieuwe kleren worden vanmiddag bezorgd. Pavel zal ze naar je kamer brengen, en ik zou het op prijs stellen als je voor het avondeten een van de jurken zou willen dragen."

"Oh, natuurlijk. Dank je. Dat zal ik doen." Een van de jurken? Hoeveel heeft hij er gekocht? En hoe heeft hij ze zo snel geleverd gekregen? Ik sta te popelen om het te vragen, maar ik wil deze zenuwslopende ontmoeting niet verlengen.

Ik ben me nog steeds van die gesloten deur bewust.

"Goed. Laat het me weten als iets niet past." Zijn blik glijdt over mijn lichaam en de ijskoude prikkels komen terug, mijn ademhaling wordt oppervlakkig terwijl mijn tepels zich in mijn beha samentrekken. *Weer zo'n dunne katoenen beha die mijn reactie niet echt verbergt.* Mijn gezicht brandt met de hitte van duizend zonnen en terwijl zijn ogen de mijne weer ontmoeten, voel ik de verschuiving in de atmosfeer, voel de lucht die gevaarlijk elektrische lading aannemen.

Met een droge mond doe ik een halve stap achteruit, hoewel ik eigenlijk naar hem toe wil leunen. De aantrekkingskracht is zo sterk dat het een fysieke kracht is - en te oordelen naar de manier waarop zijn kaak zich spant terwijl hij toekijkt hoe ik me terugtrek, ben ik niet de enige die het ervaart.

Rennen, Chloe. Ga weg.

Mams stem is deze keer zachter, minder dringend, maar het verdrijft een deel van het waas in mijn hersenen. Ik verzamel de vernietigende flarden van mijn wilskracht, doe nog een stap achteruit en zeg zo gelijkmatig als ik kan, "Dank je. Dat zal ik doen."

Zijn neusgaten trillen en ik heb weer het gevoel in de aanwezigheid van iets gevaarlijks te zijn... iets duisters en woests dat zich onder Nikolais hoffelijke houding schuilhoudt.

"Oké," zegt hij zacht. "Veel succes met je was, zaychik. Ik zie je snel."

En de deur openend, loopt hij naar buiten.

17

NIKOLAI

Ik weerhoud me gedurende een kwartier nadat ik op mijn kantoor ben aangekomen. Ik check mijn e-mail, betaal een paar facturen, stuur een antwoord naar een van mijn accountants. Dan, binnensmonds vloekend, zet ik het geluid van mijn laptop harder en breng de camera uit de kamer van mijn zoon tevoorschijn.

Zoals verwacht is Chloe daar, ze is klaar met haar taak in de wasruimte. Hongerig kijk ik toe terwijl ze met Slava met auto's en vrachtwagens speelt, terwijl ze de hele tijd tegen hem praat alsof hij haar verstaat. Af en toe wijst ze naar iets als een wiel en laat Slava het Engelse woord na zich herhalen, maar voor het grootste deel praat ze gewoon - en Slava luistert verrukt naar haar, net zo gefascineerd door haar gezichtsuitdrukkingen en gebaren als dat ik ben.

Op een gegeven moment lacht hij om de manier

waarop zijn vrachtwagen haar auto inhaalt en ze grijnst en streelt zijn haar, terwijl haar slanke vingers nonchalant door zijn zijdezachte lokken glijden. Mijn borst knijpt zich pijnlijk samen, mijn lust naar haar met intense jaloezie vermengd. Ik weet niet eens wie van hen ik meer benijd - Slava, omdat hij haar aanraking heeft ervaren, of Chloe, omdat ze de genegenheid van mijn zoon heeft gewonnen. Ik weet alleen dat ik daar wil zijn, me in haar zonnige glimlach wil koesteren, de lach van mijn zoon persoonlijk horen in plaats van door de camera.

Fuck.

Dit is echt triest.

Wat ben ik aan het doen?

Ik beweeg me om de feed te sluiten, maar stop op het laatste moment en beweeg de cursor over de X. Ze heeft een boek geopend en ze leest Slava nu voor, haar stem is zacht en ietwat hees, waardoor ik de kamer van mijn zoon binnen wil stormen, haar vast wil grijpen en mee naar bed wil dragen. Ik wil die stem mijn naam horen kreunen terwijl ik in haar strakke, natte warmte rijd, haar horen smeken terwijl ik haar keer op keer naar het randje breng voordat ik haar uiteindelijk de zoete genade van verlossing zal schenken.

Ik wil haar bijna net zoveel kwellen als dat ik haar wil neuken, om haar te laten boeten dat ik me zo voel.

Ik klem mijn kiezen zo hard op elkaar dat ik kiespijn riskeer. Ik sluit het scherm en duw mezelf overeind. Ondanks de grotendeels slapeloze nacht die ik heb gehad, barst ik van de rusteloze energie. Ik heb nog een harde run nodig of misschien een sparringsessie met Pavel.

Ik werp een blik op de klok boven de deur van mijn kantoor.

Minder dan een uur voor de lunch.

Pavel is waarschijnlijk bezig met het bereiden van eten en als ik voor het soort lange, zware run ga dat ik nodig heb, heb ik voordat het tijd is om met iedereen aan tafel te gaan zitten geen kans om te douchen en me om te kleden.

Ik adem gefrustreerd uit, ga zitten en open mijn inbox nog een keer. Het is te vroeg om iets van Konstantin te verwachten - ik heb hem vanmorgen alleen gevraagd om diep in Chloe's vermiste maand te graven - maar ik controleer nog steeds of ik van hem een e-mail heb.

Niets.

Verdomde hel. Ik heb echt afleiding nodig. Mijn vingers jeuken om de camerafeed weer te openen en toe te kijken hoe ze met mijn zoon omgaat. Maar als ik dat doe, dan zal deze rusteloosheid alleen maar erger worden, mijn honger naar haar nog intenser. Nu ik haar vanmorgen heb vastgehouden, weet ik hoe ze voelt als ze tegen me aan gedrukt is, hoe zoet en schoon ze ruikt, als wilde bloemen op een frisse lenteochtend. Het heeft me al mijn kracht gekost om haar los te laten, zelfs met Alina erbij, en toen ik haar alleen in de wasruimte aantrof, drong elk duister oerinstinct erop aan dat ik haar zou nemen, dat ik haar uit zou kleden en haar over een wasmachine zou buigen om haar ter plekke op te eisen.

En ik zou precies dat hebben gedaan als ze naar me toe had geleund.

Als ze iets anders had gedaan dan zich terugtrekken, dan zou ik tot aan mijn ballen in haar zitten in plaats van hier als een dwaas met mezelf te zitten worstelen.

Nee, fuck dit.

Ik spring overeind.

Ik heb een hard, verdomd gevecht nodig en aangezien Pavel niet beschikbaar is, zullen de bewakers genoeg moeten zijn.

Als ik bij de bewakersbunker kom zijn Arkash en Burev op het terrein aan het patrouilleren, maar Ivanko, Kirilov en Gurenko zitten voor de deur rond een kampvuur met een paar van onze Amerikaanse huurlingen. Net als de barbaren die ze zijn, zijn ze een heel hert aan het spit aan het roosteren en wisselen ze hun gebruikelijke beledigingen uit.

Ivanko ziet me als eerste. "Baas." Hij pakt zijn M16 en springt overeind. "Is er iets aan de hand?"

Kirilov en Gurenko zijn ook al opgestaan, hun wapens klaar voor de strijd, net als in onze Krim-dagen.

"Rustig, jongens." Met een grimmige glimlach trek ik mijn shirt uit en drapeer het over een nabijgelegen boomtak. "Alles is juist goed." Of dat zal het snel zijn.

Drie tegen één is precies het soort kans waar ik op had gehoopt.

18

CHLOE

Tot mijn opluchting is lunchen met de Molotovs een veel informelere aangelegenheid dan dineren. Nou, Alina is nog steeds gekleed alsof ze op een chique cocktailparty is, maar Nikolai draagt een donkere spijkerbroek met een wit poloshirt en als we aan tafel gaan zitten berispt niemand Slava voor zijn korte broek en T-shirt - een tafel die weer met allerlei heerlijke salades, vleeswaren en bijgerechten beladen is.

Eten alle Russen als tsaren of alleen deze familie? Als dit bij elke maaltijd hoort, dan heb ik geen idee waarom ze niet dik zijn. Ik zit nog steeds vol, ik heb pas een paar uur geleden ontbeten, maar het is uitgesloten dat ik mezelf niet met deze spread vol ga proppen.

Alles ziet er zo ontzettend goed uit.

"Hoe was je eerste nacht bij ons, Chloe?" vraagt

Alina wanneer we allemaal ons bord hebben gevuld. "Heb je goed geslapen?"

Ik glimlach naar haar, opgelucht door zowel de onschuldige vraag als de vriendelijke toon. Ik was bang dat ze na het incident van vanmorgen nog steeds boos op me zou zijn. "Ik heb heel goed geslapen, dank je." En het is waar - afgezien van de nachtmerrie, was het de beste nachtrust die ik in weken heb gehad.

"Dat is fijn," zegt Alina, terwijl ze in iets snijdt dat op een luxe gevuld ei lijkt. "Ik dacht dat ik rond drie uur iets in je kamer hoorde, maar het moet mijn broer zijn geweest die van een van zijn nachtelijke hardloopsessies terugkeerde." Ze werpt Nikolai een zijdelingse blik toe en ik ben dankbaar voor de uitleg en houdt mezelf bezig met het eten op mijn bord.

Ik moet gisteravond hardop hebben geschreeuwd. Dat of Alina heeft me uit bed horen vallen.

"Ik ben wel gaan hardlopen," zegt Nikolai, "dus dat moet het geweest zijn." Als ik echter opkijk, is zijn blik op mij gericht en bestudeert hij me met een onleesbare uitdrukking.

Vermoedt hij iets?

God, ik hoop dat *hij* me niet heeft horen schreeuwen of vallen.

Ik vecht tegen de neiging om onrustig in mijn stoel te gaan zitten wiebelen, sla mijn blik neer - en verstijf terwijl ik naar zijn handen staar. Hij houdt een mes in de ene hand en een vork in de andere, Europese stijl, maar dat is niet wat mijn aandacht trekt.

Het zijn zijn knokkels. Ze zijn rood en gezwollen, alsof hij heeft gevochten.

Mijn hartslag schiet omhoog als ik wegkijk en kijk dan nog een keer naar zijn handen.

Yep. Ik heb het me niet verbeeld. De knokkels van Nikolai zijn een puinhoop. Over het algemeen zien zijn grote, mannelijke handen eruit alsof ze veel actie hebben gezien, met eelt op de randen van zijn duimen en op een paar plaatsen vervaagde littekens. Zelfs zijn korte, netjes verzorgde nagels kunnen de waarheid niet verbergen.

Dit zijn niet de handen van een rijke playboy. Ze behoren toe aan een man die heel erg bekend is met zware handenarbeid of geweld.

De vermoedens die ik zo goed als onderdrukt had, komen terug en deze keer kan ik niet doen alsof ze ongegrond zijn. Iets aan de Molotovs maakt me zenuwachtig. Wie zijn ze? Waarom zijn ze hier? Ik kan me voorstellen dat een rijk buitenlands gezin een paar weken op zo'n plek als een 'natuurontgifting' doorbrengt, maar om hier echt naartoe te verhuizen? Iemand die zo glamoureus als Alina is hoort in Parijs of Milaan of New York thuis, niet in een uithoek van Idaho waar meer beren dan mensen zijn. Hetzelfde geldt voor Nikolai, met zijn vlotte, kosmopolitische manieren en zijn volharding om tijdens het diner *Downtown Abbey*-kleding te dragen.

Mijn nieuwe werkgevers zijn de belichaming van de jetset – tenminste, als je de straatvechtershanden van Nikolai negeert.

Ik dwing mezelf om van die pijnlijke knokkels weg te kijken en me op het kind naast me te concentreren, dat weer rustig en stil aan het eten is. Verontrustend, realiseer ik me. Welke vier- of vijfjarige speelt niet een beetje met zijn eten? Of zal af en toe aandacht van een volwassene vragen? Ik weet dat de jongen kan glimlachen, lachen en spelen zoals elk ander kind van zijn leeftijd, dus waarom verandert hij tijdens het eten in een robotkind?

Als hij mijn blik op zich voelt, kijkt Slava op, zijn grote goudgroene ogen opvallend plechtig. Ik glimlach vrolijk naar hem, maar hij lacht niet terug. Hij concentreert zich weer op zijn bord en gaat verder met eten. Ik eet ook, maar ik blijf naar hem kijken, en mijn gevoel van onjuistheid wordt met de seconde sterker. Er is iets onnatuurlijks aan het gedrag van mijn leerling, iets zeer zorgwekkends. Misschien is de jongen meer getraumatiseerd door de dood van zijn moeder dan hij op het eerste gezicht lijkt te zijn of misschien is er iets anders aan de hand... iets veel ergers.

Ik kijk nog een keer naar de knokkels van Nikolai, en een afschuwelijke gedachte gaat door mijn hoofd.

Tot mijn oneindige opluchting zien de verwondingen er vers uit, alsof hij zojuist iets of iemand met de grond gelijk heeft gemaakt. Aangezien Slava de hele ochtend bij mij is geweest, kan hij die persoon niet zijn geweest. Trouwens, alleen een grote krachtslag kan dat soort kneuzingen hebben veroorzaakt, en er is niets aan de manier waarop

Nikolais zoon zit of beweegt dat erop zou kunnen wijzen dat hij zo hard is geslagen - of überhaupt is geslagen.

Waar mijn werkgever zich ook schuldig aan maakt, het is godzijdank geen kindermishandeling. Ik weet niet wat ik zou doen als dat het geval was. Nee, vergeet dat. Ik weet het. Ik zou de kinderbescherming bellen en wegrennen, mijn risico met de moordenaars van mijn moeder nemen.

Wat me eraan herinnert: ik heb mijn autosleutels nog steeds niet.

Ik sta op het punt om Nikolai ernaar te vragen wanneer Alina naar me glimlacht en vraagt, "Heb je altijd al lerares willen worden, Chloe?"

Ik knik en leg mijn vork neer. "Zo ongeveer. Ik ben altijd dol geweest op kinderen en lesgeven. Zelfs als kind speelde ik vaak met kinderen die jonger waren dan ikzelf, zodat ik mezelf in de rol van hun instructeur kon werpen." Ik grijns en schud mijn hoofd. "Ik denk dat ik het gewoon leuk vond dat ze tegen me opkeken. Het streelde mijn ego en zo."

Terwijl ik spreek, ben ik me van Nikolais ogen bewust die op me gericht zijn, vastberaden en standvastig. De blik van een roofdier, die met zowel honger als oneindig geduld gevuld is. Mijn huid brandt onder het gewicht en ik heb al mijn wilskracht nodig om Alina aan te blijven kijken en mijn vork op te pakken alsof er niets aan de hand is.

Vervolgens vraagt ze naar mijn studiekeuze, en ik

vertel haar hoe ik het geluk heb gehad om daar een volledige beurs te krijgen.

"Ik had er nooit aan gedacht om me op zo'n dure school aan te melden," zeg ik tussen happen van heerlijke gerookte vis en rijk smakende bietensalade door. Het helpt als ik me op het eten concentreer in plaats van op de man die naar me staart. "Mijn moeder werkte als serveerster en we hadden zolang ik me kan herinneren weinig geld. Ik zou naar de openbare universiteit gaan en dan met een combinatie van beurzen, leningen en werkstudie om alles te betalen, naar een staatsuniversiteit overstappen. Maar net toen ik aan mijn laatste jaar van de middelbare school begon, kreeg ik een uitnodiging om me voor dit speciale studiebeursprogramma in Middlebury aan te melden. Het was voor kinderen van alleenstaande ouders met een laag inkomen en het dekte honderd procent van het schoolgeld, de kost en inwoning, naast een toelage voor boeken en diverse onkosten. Natuurlijk heb ik me aangemeld - en op de een of andere manier ben ik aangenomen."

"Waarom op de een of andere manier?" vraagt Nikolai. "Was je geen goede leerling?"

Ik heb geen andere keuze dan zijn doordringende blik te ontmoeten. "Dat was ik wel, maar er waren studenten met dezelfde omstandigheden als ik die veel beter gekwalificeerd waren en er niet in zijn gekomen." Zoals mijn vriendin Tanisha, die op haar toelatingsexamen een perfecte score had behaald en als beste van onze klas was afgestudeerd. Ik had haar over de beurs verteld en ze had zich ook voor het programma aangemeld, maar ze werd meteen afgewezen. Tot op de dag van vandaag vraag ik me af waarom ze mij hebben gekozen en niet haar. Als het een kwestie was van het overleven van tegenspoed, dan had Tanisha een 'beter' verhaal, met haar gedeeltelijk gehandicapte moeder die niet één maar drie kinderen in haar eentje op moest voeden, en een van hen - Tanisha's jongere broertje - had speciale behoeften.

"Misschien zagen ze iets in je," zegt Nikolai, terwijl zijn ogen over elke centimeter van mijn gezicht glijden. "Iets dat hen intrigeerde."

Ik haal mijn schouders op en probeer de hitte onder mijn huid te negeren. "Zou kunnen. Maar het is waarschijnlijker dat het gewoon stom geluk was." Dat moet haast wel, want een paar maanden later kreeg Tanisha toelatingsbrieven van elke school waar ze zich voor had aangemeld, inclusief Harvard, waar ze uiteindelijk dankzij een genereus financieel hulppakket naartoe is gegaan. Niet zo genereus als de beurs die ik had gekregen - ze is met zeventigduizend dollar aan studieleningen afgestudeerd - maar goed genoeg om me niet langer schuldig te voelen over het innemen van de plek die van haar had moeten zijn.

Omdat ze een aardig persoon is, is ze nooit iets anders dan blij voor me geweest, maar ik weet hoe kapot ze was door de afwijzing van de studiebeurscommissie.

"Ik denk niet dat het stom geluk was," zegt Nikolai

zacht. "Ik denk dat je je aantrekkingskracht onderschat."

Oh God. Mijn hartslag schiet omhoog, mijn gezicht wordt hoe onmogelijk ook nog heter terwijl Alina verstijft en haar blik tussen mij en haar broer heen en weer gaat. Er is geen misverstand over zijn bedoeling, dit valt niet als een nonchalant compliment over mijn schoolcapaciteiten weg te wuiven en zij weet dat net zo goed als ik.

Toch probeer ik het. Ik doe alsof het allemaal een grap is en grijns breed. "Dat is heel aardig van je om te zeggen. En hoe zit het bij jullie? Waar hebben jullie op school gezeten?"

Zo. Verandering van onderwerp. Ik ben trots op mezelf totdat ik me realiseer dat als, om wat voor reden dan ook, de broers of zus *niet* op de universiteit heeft gezeten, mijn vraag hen zou kunnen beledigen.

Gelukkig knippert Alina niet eens met haar ogen. "Ik heb op Columbia gezeten en Kolya is op Princeton afgestudeerd." Ze is weer tot zichzelf gekomen, haar manier van doen vriendelijk en beleefd. "Onze vader wilde dat we in Amerika naar de universiteit gingen. Hij dacht dat het de beste kansen bood."

"Spreken jullie daarom zo goed Engels?" vraag ik en ze knikt.

"Dat en we hebben hier ook allebei op een kostschool gezeten."

"Oh, dat verklaart het gebrek aan een accent. Ik vroeg me al af hoe jullie het allebei voor elkaar kregen om het niet te hebben."

"We hadden in Rusland ook Amerikaanse docenten," zegt Nikolai met een spottend lachje om zijn lippen. Het is duidelijk dat hij weet dat ik de spanning probeer te verminderen en hij vindt mijn pogingen amusant. "Vergeet dat niet, Alinchik."

Zijn zus verstijft weer om de een of andere reden en ik hou mezelf bezig met het opeten van de rest van mijn bord. Ik heb geen idee op welke landmijn ik ben gestapt, maar ik weet wel beter dan met dit onderwerp door te gaan. Terwijl ik mijn eten opeet, kijk ik naar Slava en zie dat hij ook klaar is.

"Wil je nog meer?" vraag ik glimlachend terwijl ik naar zijn lege bord gebaar.

Hij knippert naar me en Alina zegt iets in het Russisch, vermoedelijk een vertaling van mijn vraag.

Hij schudt zijn hoofd en ik glimlach weer naar hem voordat ik naar de andere volwassenen aan de tafel kijk. Tot mijn opluchting lijken ze ook klaar te zijn, met Nikolai die alleen maar achteroverleunt en naar me kijkt en Alina die gracieus haar lippen met een servet dept. Wonder boven wonder laat haar rode lippenstift geen sporen op het witte doek achter - hoewel het me eigenlijk niet zou moeten verbazen, aangezien de felle kleur zonder uit te smeren of te vervagen de hele maaltijd heeft overleefd.

Een dezer dagen ga ik haar vragen om haar schoonheidsgeheimen met me te delen. Ik heb het gevoel dat Nikolais zus meer over make-up en kleding weet dan tien YouTube-influencers bij elkaar.

Ik sta op het punt om mezelf en Slava te excuseren

zodat we onze lessen kunnen hervatten als Pavel en Lyudmila binnenkomen. Hij draagt een dienblad met mooie kopjes, een pot honing en een glazen theepot gevuld met zwarte thee. Hij zet het op tafel terwijl Lyudmila de borden opruimt.

"Niets voor mij, dank je," zeg ik als hij een kopje voor me neerzet. "Ik drink geen thee."

Hij werpt me een blik toe die suggereert dat ik niet veel beter ben dan een wild dier, grist dan mijn kopje weg en schenkt vervolgens thee voor alle anderen, inclusief voor mijn leerling, in. Het delicate porselein ziet er in zijn massieve handen belachelijk uit, maar hij handelt de taak behendig af, waardoor ik me afvraag of hij voordat hij bij het Molotov-huishouden kwam in een of ander luxe restaurant heeft gewerkt.

"Bedankt voor het wonderbaarlijke eten. Alles was heerlijk," vertel ik hem als hij langs me loopt, maar hij gromt alleen maar als antwoord, terwijl hij de borden die zijn vrouw niet mee heeft genomen in een zorgvuldig gerangschikte piramide op het dienblad stapelt voordat hij ze allemaal meeneemt. Pas als hij weg is, herinner ik me iets belangrijks.

Ik draai me om naar Nikolai en mijn gezicht wordt weer warm als ik zijn tijgerblik ontmoet. "Ik vergeet steeds te vragen... Heeft Pavel mijn auto ergens anders geparkeerd? Ik zag hem niet voor het huis staan. Volgens mij heb ik mijn autosleutels ook nooit teruggekregen."

"Echt? Dat is vreemd." Nikolai voegt een lepel honing aan zijn thee toe en roert het door de vloeistof.

"Dat zal ik hem eens vragen." Hij geeft de honingpot aan Slava, die een paar lepels in *zijn* kopje doet - de jongen moet een serieuze zoetekauw zijn.

"Dat zou geweldig zijn, dank je," zeg ik, terwijl ik mijn glas gewoon water pak - de enige vloeistof die ik naast koffie graag drink. "En hoe zit het met de auto? Is er in de buurt een garage of zo?"

"Aan de achterkant van het huis, net onder het terras," antwoordt Alina in de plaats van haar broer. "Pavel moet hem daarheen verplaatst hebben."

"Oké. Geweldig." zeg ik grijnzend, onverklaarbaar opgelucht. "Ik was al bijna bang dat jullie hadden besloten dat hij een doorn in het oog was en hem in het ravijn hadden geduwd."

Alina lacht om mijn grap, maar Nikolai glimlacht alleen maar en nipt van zijn met honing gezoete thee, terwijl hij me met een ondoorgrondelijke uitdrukking aankijkt.

19

CHLOE

DE REST VAN DE MIDDAG VLIEGT VOORBIJ. ZODRA DE
lunch voorbij is, vind ik de garage - de ingang ervan is
aan de achterkant van het huis, net voorbij de
wasruimte - en controleer of mijn auto er inderdaad
staat, die er naast de strakke SUV's en cabrio's nog
ouder en roestiger uitziet. Aangezien het mooi weer is
- in de twintig graden en zonnig - neem ik Slava mee
voor een wandeling in het beboste deel van het
landgoed in plaats van hem in zijn kamer les te geven.
We struinen door een weide vol wilde bloemen,
klimmen naar een meertje dat we ongeveer een
kilometer naar het westen vinden en jagen een dozijn
eekhoorns de bomen in. Althans, Slava jaagt ze
achterna, maniakaal giechelend. Ik observeer hem
gewoon met een glimlach.

Hij is hier een heel andere jongen dan in de
eetkamer met zijn familie.

Terwijl we ons een weg door het bos banen, praat hij in het Russisch en ik antwoord in het Engels wanneer ik kan raden wat hij zegt. Ik zorg er ook voor dat ik hem Engelse woorden geef voor alles wat we tegenkomen en ik doe mijn best om de Russische woorden te leren die hij me leert.

"*Belochka*," zegt hij, naar een eekhoorn wijzend, om vervolgens in lachen uit te barsten als ik in mijn poging om het te herhalen het woord vermink. Hij spreekt daarentegen de Engelse woorden bijna vanaf de eerste poging perfect uit. Ik vermoed dat hij ofwel naar Engelstalige tekenfilms heeft gekeken of dat hij een perfect gehoor heeft.

Muzikaal ingestelde kinderen hebben de neiging om accenten sneller onder de knie te krijgen dan hun leeftijdsgenoten.

"Hou je van muziek?" vraag ik terwijl we naar huis gaan. Ik neurie een paar noten om het te demonstreren. "Of van zingen?" Ik doe mijn beste vertolking van 'Baby Shark,' waardoor hij in lachen uitbarst.

Voor het geval er enige twijfel was, ik ben *niet* muzikaal aangelegd.

Als we het huis naderen, komt Pavel naar buiten om ons te begroeten, een vurige frons op zijn gezicht. "Waar was je? Het is bijna vijf uur en hij heeft zijn snack nog niet gehad."

"Oh, we waren-"

"En je kleren zijn bezorgd. Ze zijn in je kamer." Hij

kijkt afkeurend naar Slava's vieze schoenen, pakt de jongen op en draagt hem het huis in, terwijl hij iets in het Russisch mompelt.

Geërgerd trek ik mijn modderige sneakers uit en volg ze naar binnen. Ik had waarschijnlijk onze wandeling met Slava's verzorgers moeten bespreken of op zijn minst de tijd beter in de gaten moeten houden. Ik had wel een paar appels voor Slava meegenomen om op te kauwen als hij honger kreeg - ik heb ze uit de keuken gehaald voordat ik wegging - maar ik denk dat dat niet zo'n complete maaltijd is als het kaas-en-fruitschaaltje dat Pavel gisteren bracht.

Als ik op mijn kamer kom, was ik mijn handen en maak ik mijn knot vast. Een paar fijne lokken zijn aan de knot ontsnapt en omlijsten mijn gezicht in een rommelige halo. Dan ga ik naar mijn kast om de levering te bekijken.

Allemachtig.

De inloopkast - die voor vijfennegentig procent leeg was nadat ik mijn koffer had uitgepakt - is nu tot de nok toe gevuld. En het zijn niet alleen de mooie jurken die mijn werkgevers voor het avondeten verplichten. Er zijn jeans en yogabroeken, tanktops en T-shirts en sweaters, casual overgooiers en strakke kokerrokken, sokken en pyjama's en hoeden. En allerlei soorten ondergoed, van strings tot comfortabele katoenen slipjes tot sportbeha's en kanten push-upbeha's, allemaal onwaarschijnlijk in mijn maat. Er is zelfs buitenkleding - heel veel buitenkleding, variërend van lichte regenjassen en gladde wollen jassen tot dikke parka's die tegen arctisch weer bestand zijn.

Het is een kast voor alle seizoenen en alle gelegenheden en naar de labels te oordelen is alles gloednieuw.

Verbijsterd draai ik een label om dat aan een zacht uitziende witte trui hangt.

$395.

Wat de fuck?

Ik pak een label van de dichtstbijzijnde parka, een mooie blauwe met een met bont gevoerde capuchon.

€ 3.499. In Italië gemaakt.

"Vind je het mooi?"

Ik schrik en draai me om naar Alina, die bij de ingang van de kast staat.

"Sorry, het was niet mijn bedoeling om je te laten schrikken," zegt ze, terwijl ze haar glanzende zwarte haar over haar schouder gooit. Ze is al in een andere prachtige jurk omgekleed, een rood enkellang stuk met een dijhoge split die een strook van een lang, gespierd been laat zien. Ze heeft ook haar make-up opgefrist en de eyeliner verlengd om de katachtige kwaliteit van haar gekantelde ogen te benadrukken.

"Ik heb geklopt, maar niemand gaf antwoord," vervolgt ze, "dus ik dacht dat je je nieuwe dingen aan het bekijken was."

"Dat was ik - ben ik aan het doen." Ik kijk over mijn schouder naar de volgepakte hangers en planken. "Is dat allemaal... voor mij?"

"Natuurlijk. Voor wie zou het anders zijn? Ik heb

niets meer nodig, dat is zeker." Ze loopt naar me toe om naast me te gaan staan, haalt een lange gele jurk tevoorschijn en houdt die tegen mijn borst, hangt hem op en haalt er een lichtroze uit.

"Maar het is veel te veel," zeg ik terwijl ze de roze jurk tegen me aan houdt, maar die ook afwijst. "Ik heb dit niet allemaal nodig. Een paar jurken voor het avondeten, zeker, maar de rest-"

"Dat is mijn broer. Nikolai doet niet aan halve maatregelen." Ze gaat met geoefende snelheid door de rest van de jurken en haalt er een glanzend perzikkleurig stuk uit. *Versace*, staat op het etiket, en er is geen prijskaartje te zien - waarschijnlijk omdat het bedrag eng zou zijn. Alina houdt het tegen me aan en knikt tevreden. "Pas dit eens aan." Ze duwt het in mijn armen.

"Nu?"

Ze trekt haar wenkbrauwen op. "Ik kan me omdraaien als je verlegen bent." Ze voegt de daad bij het woord en ze draait zich om.

Ik onderdruk een geërgerde zucht en kruip snel uit mijn kleren en in de jurk - die op de een of andere manier perfect past, de met goud gespikkelde perzikkleurige chiffon die met verbluffende elegantie over mijn lichaam valt. De A-lijn-rok valt gracieus naar mijn voeten en het vierkant uitgesneden lijfje heeft een geïntegreerde beha die mijn bescheiden B-cups optilt, waardoor ik een beetje decolleté krijg. De brede banden verbergen mijn schouders, maar mijn armen en het bovenste deel van mijn rug zijn bloot, waardoor de korstjes zichtbaar worden van waar de glasscherven mijn huid hebben doorboord.

Verdomme. Ik had gehoopt om ze niet te laten zien totdat ze genezen waren.

"Klaar?" Alina klinkt ongeduldig.

"Eén momentje." Ik draai mijn arm achter mijn rug en probeer de rits helemaal omhoog te krijgen. "Zou jij dit voor me kunnen doen...?"

"Natuurlijk." Ze ritst me dicht en stapt achteruit om me goed te bekijken. Meteen gaat haar blik naar de korstjes. "Wat is er gebeurd?" vraagt ze, terwijl een kleine frons over haar gladde voorhoofd trekt.

"Het stelt niets voor." Ik trek een gezicht, alsof ik me voor mijn onhandigheid schaam. "Ik ben gestruikeld en ben toen op gebroken glas gevallen."

De uitleg moet haar tevreden stellen, want ze laat het los en hervat haar keuring. "Heel mooi," zegt ze ten slotte. "Maar die knot moet weg."

"Oh nee, dat hoeft niet-"

"Kom mee." Ze pakt mijn hand en trekt me uit de kast en de badkamer in, waar ze me voor de spiegel laat staan. "Zie je wel? Je moet je haar hierbij los dragen. Make-up is ook een must."

Ik staar naar mijn spiegelbeeld in de spiegel, rommelige knot, donkere kringen en zo. Ze heeft gelijk. Een jurk die zo glamoureus is, verdient de moeite. Helaas heb ik alleen een tube lipgloss bij me, omdat ik de meeste items in mijn make-uptas heb weggegooid toen ik na het afstuderen mijn studentenkamer opruimde. Ik dacht dat ik met mama kon gaan winkelen als ik thuiskwam. Ze was dol op dat soort dingen en we hebben altijd-

Ik stop met die gedachtegang en adem in om de pijnlijke vernauwing in mijn borst op te heffen. "Ik kan mijn haar los laten hangen, maar ik heb niet echt -"

"Ja dat heb je wel." Ze trekt een van de lades naast de wasbak open en onthult een selectie tubes en flessen waar een professionele visagist trots op zou zijn. "Ik heb ervoor gezorgd dat Nikolai alle benodigdheden heeft besteld," legt ze uit.

"Heb je hem geholpen om dit alles te kopen?"

"Wie anders?" grijnst ze en onthult die perfect onvolmaakte kleine opening tussen haar rechte witte tanden. "Geen van mijn broers weet het verschil tussen mascara en lipliner."

Mijn oren spitsen zich. "Broers?"

Ze knikt en reikt in de la. "We zijn met z'n vieren. Ik ben de jongste en het enige meisje." Ze maakt de dop van een fles foundation open, pakt mijn hand en draait die met de palm naar boven. Ze smeert een streep bronskleur op de binnenkant van mijn pols, kijkt er kritisch naar, opent dan een iets meer gouden tint en test die.

"Waar zijn je andere broers?" vraag ik, terwijl ik gefascineerd toekijk hoe ze aan het werk is. Ik dacht dat het misschien leuk zou zijn om op een dag een les van haar te krijgen, en hier zijn we dan. Ik heb altijd moeite gehad om de juiste foundation te vinden. De meeste drogisterijmerken bieden tinten die te licht, te donker of te askleurig zijn. Maar de tweede kleur die Alina probeert, past perfect in mijn huid - ze weet absoluut wat ze doet.

"Ze zijn allebei in Moskou," antwoordt ze, terwijl ze de fles sluit. "Nou, op dit moment is Konstantin op zakenreis in Berlijn, maar je begrijpt wat ik bedoel." Ze zet de fles voor me op het badkamermeubel, samen met mascara, eyeliner en een heleboel andere dingen, waaronder een eivormige spons die ze onder de kraan natmaakt. Ze ontmoet mijn blik in de spiegel en vraagt, "Vind je het goed als ik je gezicht doe? Of doe je het liever zelf?"

"Nee, alsjeblieft, ga je gang." Ik sta te popelen dat ze doorgaat. Schoonheidsles terzijde, dit is een kans voor mij om meer over mijn mysterieuze werkgevers te leren zonder Nikolais duistere magnetische aanwezigheid die mijn hersens in de war gooit.

"Goed dan, was je gezicht en kom mee."

Ik doe wat ze zegt terwijl ze alle make-up bij elkaar pakt die ze in een klein zilveren doosje heeft gelegd. Nadat ik mijn gezicht droog heb gedept en met een duur uitziende gezichtscrème heb bevochtigd die ik in weer een andere la vindt, leidt ze me terug naar de slaapkamer, waar ze me voor het kamerhoge raam zet - natuurlijk licht is het beste, legt ze uit. Ze zet het make-updoosje vlakbij op het nachtkastje, gaat voor me staan, buigt haar hoofd met een blik van intense concentratie en begint met de vochtige spons foundation aan te brengen.

"Je moet altijd deppen, niet wrijven," legt ze uit, terwijl ze op mijn wangen dept. "Op die manier komt de kleur het beste tot zijn recht."

"Goed om te weten, bedankt." Ik wacht tot ze klaar is met mijn kin voordat ik vraag, "Waarom hebben jij en Nikolai besloten om hierheen te komen? Ik kan me voorstellen dat het ten opzichte van Moskou een grote verandering moet zijn."

Ze pauzeert, haar ogen ontmoeten de mijne. "Oh, dat is het. Moskou is... een hele andere wereld." Haar rode lippen komen zonder humor omhoog. "Niet altijd een leuke wereld."

"Oh?"

Ze hervat haar voorzichtige gedep. "Het is hier stil. Rustig. En de natuur is prachtig. Nikolai wilde dat voor zijn zoon."

"Dus je bent hier voor Slava?"

"Dat is mijn broer." Ze fronst haar wenkbrauwen, bekijkt mijn gezicht en gebruikt het puntige uiteinde van de spons om een beetje foundation onder mijn ogen aan te brengen. De donkere kringen moeten haar dwars zitten. "Ik, ik had gewoon een pauze nodig," vervolgt ze terwijl ze naar de brug van mijn neus gaat, "een kleine time-out, als het ware."

"Van het leven in Moskou?"

"Zoiets. Doe je ogen dicht."

Ik gehoorzaam en verwerk in stilte wat ik heb geleerd terwijl ze oogschaduw op mijn oogleden smeert en mascara op mijn wimpers aanbrengt. Het is logisch dat ze hier voor de jongen zouden zijn - de timing van hun verhuizing naar dit gebied komt overeen met Nikolais vernemen van het bestaan van zijn zoon. En ik veronderstel dat als je op zoek bent naar stille, kalme natuur, je niet veel beters kunt vinden dan deze plek.

Toch zit er een luchtje aan. Ik weet zeker dat er in Rusland en andere landen in de buurt onaangeroerde ongerepte wildernissen zijn. Waarom de halve wereld over reizen als je alleen naar mooie natuur op zoek bent? Alleen al het tijdsverschil maakt het moeilijk om met familie in contact te blijven of om zaken te doen, ervan uitgaande dat er een bedrijf *is*.

Ik wacht tot Alina klaar is met het tekenen van mijn lippen met een potlood voordat ik mijn ogen open om te vragen, "Wat doen je broers qua werk?"

"Oh, dit en dat." Ze brengt voorzichtig lippenstift aan, laat me mijn lippen sluiten op een tissue om een deel van de kleur weg te vegen en herhaalt het proces nog twee keer. Eindelijk tevreden, legt ze de lippenstift weg en pakt een klein potje blush en een make-upborstel met lange steel. "Onze familie heeft een aantal bedrijven in verschillende sectoren - energie, technologie, onroerend goed, farmaceutica," zegt ze, terwijl ze de kwast met snelle, deskundige streken over mijn wangen veegt. "Nikolai overziet het allemaal... of hij deed dat tot voor kort. Toen we over Slava hoorden, droeg hij de meeste verantwoordelijkheden aan Valery en Konstantin over, zodat hij hierheen kon verhuizen en tijd met zijn zoon door kon brengen."

Ik staar haar vol ongeloof aan. Heeft ze het over dezelfde Nikolai? De koele, afstandelijke vader die nauwelijks contact met zijn zoon heeft? Ik kan me niet voorstellen dat hij een zakelijke bijeenkomst vroeg verlaat om bij Slava te zijn, laat staan dat hij als hoofd van een groot conglomeraat aftreedt.

Ik moet iets missen. Dat of Slava is een handig excuus voor iets duisters.

"Hoe zit het met jou?" vraag ik als ze weglopt en kritisch naar haar werk kijkt. "Ben jij ook bij het familiebedrijf betrokken?"

Ze lacht, een licht, trillend geluid. "Oh, dat is niets voor mij." Ze zet een halve stap naar voren en strijkt met haar duim mijn linkerwenkbrauw glad. "Niet slecht," verklaart ze. "Nu moeten we alleen nog je haar doen. Kom." Ze pakt mijn hand en sleept me terug naar de badkamer, waar ze een hele reeks stylingproducten uit een andere la haalt terwijl ik naar mijn spiegelbeeld in de spiegel staar.

Ik heb er nog nooit zo uitgezien, zelfs niet toen mijn moeder vijftig dollar had betaald om voor mijn schoolbal mijn make-up professioneel te laten doen.

Het meisje in de spiegel is meer dan mooi, haar huid is glad en stralend, haar bruine ogen groot en mysterieus boven fijn gevormde jukbeenderen en zachte, volle lippen in de kleur van donkerroze.

Ik lijk niet op Alina, met haar felrode lippen en dramatische *cat eye*-make-up. Sterker nog, ik zie er helemaal niet uit alsof ik make-up draag. In plaats daarvan is het alsof ik gephotoshopt ben, al mijn onvolkomenheden zijn vervaagd en gladgestreken.

"Wauw." Ik hef mijn hand op om mijn gezicht aan te raken. "Dit is..."

Alina slaat mijn hand weg. "Niet aanraken, of je zult er een rommeltje van maken. Over het algemeen geldt, hoe minder je je gezicht aanraakt, hoe beter. Je hebt een mooie, heldere huid, maar het wordt nog beter als je er met je handen van af blijft. De olie en het vuil op onze vingers verstoppen de poriën, waardoor ze er na verloop van tijd groter uit gaan zien."

"Goed, oké." Gekastijd houd ik mijn handen langs mijn zij terwijl ze met mijn haar aan de slag gaat, eerst het losmaken van de knot, het dan besproeien met water en verschillende stylingproducten aanbrengt om slag in mijn anders slappe lokken te maken.

"Zo, klaar," zegt ze na een paar minuten. "Nu heb je schoenen nodig en dan zijn we helemaal klaar."

"Oh shit. Volgens mij heb ik geen-" begin ik, maar ze loopt de badkamer al uit.

Ik volg haar en zie haar op weg naar mijn kast. Even later komt ze met een schoenendoos tevoorschijn. *Jimmy Choo*, luidt het logo op de doos. Ze zet hem op de grond, haalt er een paar gouden hakken met bandjes uit en geeft ze aan me. "Probeer deze."

Hebben ze ook schoenen voor me gekocht? Om te voorkomen dat mijn hersenen het rekensommetje maken van het niet-zo-kleine fortuin dat aan mijn kledingkast uitgegeven moet zijn, trek ik de hakken aan - net als de jurk passen ze perfect - en ik loop naar de passpiegel die naast de kast hangt.

"Hoe voelen ze?" vraagt Alina, die naast me komt staan. Tot mijn verbazing is ze nu maar een paar centimeter groter dan ik; die hoge hakken die ze altijd draagt, hebben me voor de gek gehouden door te denken dat ze de lengte van een model heeft.

Ik verschuif mijn gewicht experimenteel van voet naar voet. "Verrassend comfortabel." Niet zo comfortabel als mijn sneakers, natuurlijk, maar ik kan er beter in staan en lopen dan in alle nette schoenen die ik eerder heb gedragen. Op dezelfde manier knelt of schuurt de perzikjurk nergens. Alle naden zijn glad en zacht tegen mijn huid, de zijdeachtige binnenvoering aangenaam koel.

Geen wonder dat Alina zich altijd als een koningin kan kleden. Als al haar kleding van deze kwaliteit is, dan is er glamoureus uitzien lang niet zo'n groot ongemak als ik me had voorgesteld.

"Je hebt nog één ding nodig," zegt ze terwijl ze naar mijn spiegelbeeld glimlacht. "Blijf hier. Ik ben zo terug." Ze haast zich de kamer uit en ik blijf voor de spiegel staan en verwonder me over de manier waarop de glinsterende jurk over mijn te magere lichaam valt en de illusie van gezonde rondingen geeft.

Ik zal nooit zo mooi zijn als Alina, maar ik ben absoluut de beste versie van mezelf.

Een minuut later komt ze met een klein juwelendoosje in haar hand terug. Ze zet hem op het nachtkastje, maakt hem open en haalt er een paar diamanten oorknopjes en een hartvormige hanger aan een dunne gouden ketting uit.

"Dank je, maar dat zou ik niet kunnen aannemen," zeg ik terwijl ze met de sieraden in haar hand naar me toe komt. "Dat ziet er erg duur uit."

"Maak je geen zorgen. Het is maar een kleinigheidje." Ze negeert mijn protesten, drapeert de gouden ketting om mijn nek, maakt de sluiting vast en steekt de diamanten oorknopjes in mijn oren. "Zo, nu is de outfit compleet."

Ze doet een stap achteruit en ik draai me weer om naar de spiegel.

Ze heeft gelijk. De sieraden hebben dat laatste vleugje glans toegevoegd, de hartvormige diamant glinstert een centimeter boven de vage hint van decolleté die door het lijfje van de jurk wordt gecreëerd. Ik zie er zowel elegant als sexy uit, als een moderne prinses die op het punt staat om een bal bij te wonen.

Als mama me zo zou zien, dan zou ze zo trots zijn. Ze zou een miljoen foto's in tientallen verschillende poses van me maken en ze zou de beste als schermbeveiliging en telefoonachtergrond instellen, zodat ze ze aan haar collega's in het restaurant kon laten zien. Ze zou-

Ik knipper de prikkel uit mijn ogen en draai me weer naar Alina om. "Dank je," zeg ik, mijn stem een beetje gespannen. "Ik waardeer dit."

"Het is me een genoegen." Haar groene ogen glinsteren als ze me nog een laatste keer van top tot teen bekijkt. "Laten we naar beneden gaan om te eten. Ik kan niet wachten tot Nikolai je zo ziet."

En voordat ik me kan afvragen wat ze bedoelt, loopt ze de kamer uit en laat me geen andere keuze dan te volgen.

20

NIKOLAI

"WAT DE FUCK DENK JE DAT JE AAN HET DOEN BENT?" Mijn stem is laag en aangenaam, mijn uitdrukking is neutraal als ik mijn zus in het Russisch aanspreek. Tegenover me heeft Chloe haar hoofd naar Slava gebogen, met hem over het eten op zijn bord pratend alsof hij haar kan begrijpen en het enige waar ik aan kan denken is hoe graag ik over de tafel wil reiken om die hanger van haar gladde, slanke keel te rukken - direct nadat ik de persoon die het haar heeft gegeven, gewurgd had.

"Je hebt me gevraagd om haar met aankleden te helpen." Alina's toon komt met die van mij overeen, ook al glinstert er kil amusement in haar ogen. "Ben je niet blij met het resultaat?"

"Waar heb je het vandaan?" Ik laat mijn stem verder zakken terwijl Slava ons nieuwsgierig aankijkt. In tegenstelling tot zijn Amerikaanse lerares, begrijpt hij precies wat we zeggen, alleen niet de hele context ervan. "Ik dacht dat het kwijt was geraakt."

"Mama's favoriete ketting? Nee, hoor." Alina's glimlach is zo ijzig helder als de diamant die op Chloe's borst glinstert. "Ze heeft hem ter bewaring aan mij gegeven. Vlak voordat... je weet wel." Ze wacht op mijn reactie. Als ze er geen krijgt, knippert ze met overdreven onschuld met haar wimpers. "Vind je het haar niet goed staan? Ik dacht dat het perfect was voor deze jurk - en voor je mooie nieuwe speeltje."

Mijn kiezen bijten zich op elkaar, maar mijn uiterlijke houding blijft kalm. Ik begrijp nu welk spel Alina speelt en ik ben niet van plan om haar te laten winnen. "Je hebt gelijk. Het *is* perfect en zij ook. Bedankt dat je zo behulpzaam bent."

Zonder op haar reactie te wachten, richt ik mijn aandacht op Chloe en negeer de gloeiendhete woede die door mijn aderen stroomt telkens wanneer de glimmende steen mijn aandacht trekt. Die hanger is het enige wat ik heb kunnen zien vanaf het moment dat Chloe aan tafel kwam, dus nu neem ik haar werkelijke uiterlijk in me op - en terwijl ik dat doe, verandert de brandende woede die ik in me heb in verzengende lust.

Ze is prachtig. Nee, meer dan dat. Ze is adembenemend, een schilderij van een Griekse godin die tot leven is gekomen. Zoals op de foto die ik eerder zag, valt haar haar in een waterval van zonovergoten bruine golven tot op haar slanke schouders en haar gladde huid gloeit met een mysterieus innerlijk licht.

Wat mijn zus ook heeft gedaan, het heeft de uitstraling versterkt die me vanaf het begin heeft gevangen en het benadrukt Chloe's heldere, tedere schoonheid.

Het soort schoonheid dat bijna om een veroverende aanraking smeekt.

Mijn blik dwaalt van haar gezicht naar haar fragiele sleutelbeenderen en dan, vastberaden over de hanger springend, naar het vleugje schaduw tussen haar borsten, dat door het strakke lijfje van haar jurk verleidelijk omhoog is gedrukt. Met levendige helderheid stel ik me voor hoe haar stijve tepels zullen voelen als ik die kleine, heerlijke bolletjes in mijn handen neem, hoe ze zullen smaken als ik aan ze zuig. Ze zal kreunen, haar hoofd naar achteren gebogen en haar slanke armen omhoog rijzend naar-

Ik stop, de fantasie verdampt terwijl ik naar de donkerrode korstjes op haar linker biceps staar.

Wat de fuck?

Ze zien eruit als diepe steekwonden.

"Ze zei dat ze op gebroken glas was gevallen," mompelt Alina in het Russisch, net zo griezelig op me afgestemd als altijd. "Interessant, niet?"

Dat is het inderdaad. Hoewel het theoretisch gezien mogelijk is om op gebroken glas te vallen en een steekwond te krijgen, is de kans veel groter dat je open wordt gesneden - en ik zie geen sporen van die soort op haar arm.

"Ik vraag me af of ze neer is gestoken of scherven heeft opgevangen," vervolgt Alina, opnieuw mijn gedachten herhalend. "Wat denk jij? Mijn gok is op het laatste."

Ik dwing mezelf om ongeïnteresseerd te klinken, verveeld door het onderwerp. "Ik denk dat ze op gebroken glas is gevallen." Ik heb mijn zus niet over het aanvullende rapport verteld dat ik bij Konstantins team heb aangevraagd en ik ben ook niet van plan om dat te doen.

Chloe is mijn mysterie om te ontrafelen, mijn puzzel om op te lossen.

Mijn mooie speeltje om mee te spelen.

Haar ogen ontmoeten de mijne en ze kijkt snel weg, haar hand verstevigt zich om haar vork terwijl haar kleine borstkas in een sneller ritme op en neer gaat. Ik glimlach duister en blijf naar haar kijken. Ik maak haar van streek, maak haar nerveus, en het is niet alleen de seksuele spanning die de lucht tussen ons verwarmt. Ik heb gezien hoe ze tijdens de lunch naar mijn kapotte knokkels keek, zag de vragen in haar ogen.

Mijn zaychik is slim genoeg om voor me op haar hoede te zijn.

Ze weet, diep vanbinnen, wat voor soort man ik ben.

Ik bestudeer haar tijdens de maaltijd en kijk naar haar terwijl ze zich aan de vruchten van Pavels keukenarbeid tegoed doet. Ze is er nog steeds discreet en subtiel in, maar minstens drie flinke porties *plov*, Pavels specialiteit van Georgische rijstpilaf, verdwijnen in korte tijd van haar bord, gevolgd door een portie van elke salade en bijgerecht op tafel, samen met een heel bord lamskebab, het hoofdgerecht van vanavond.

Haar ongewone eetlust amuseert me en maakt me van streek, omdat het iets belangrijks onthult.

Het vertelt me dat ze in het recente verleden echte honger heeft gekend.

Het besef draagt bij aan mijn frustratie, net als de plekken op haar arm. Konstantin is nog steeds niet met het rapport gekomen en ik word er gek van. Ik wil weten wat er met haar is gebeurd. Ik *moet* het weten. Het begint al snel een obsessie te worden - en zij ook. Vanmiddag, toen ze met Slava ging wandelen, betrapte ik mezelf erop dat ik op muren klom, omdat ik haar niet via de camera's kon zien. Ik wil elk moment van de dag weten wat ze doet en hoe hard ik ook probeer om mezelf af te leiden, zij is het enige waar ik aan kan denken.

Terwijl de maaltijd ten einde loopt, overweeg ik om haar voor een aperitief bij me te laten blijven, maar als ik haar betrap terwijl ze een geeuw bedekt, besluit ik om het niet te doen. Alina's vaardigheid met make-up heeft de uiterlijke tekenen van Chloe's uitputting verborgen, maar ze is nog steeds kwetsbaar, nog steeds breekbaar... te veel voor alle duistere, vieze dingen die ik met haar wil doen. Trouwens, ik ben vanavond niet zeker van mijn zelfbeheersing.

Het verlangen dat mijn aderen verschroeit, voelt te krachtig, te wild voor een soepele verleiding.

Binnenkort, beloof ik mezelf terwijl ik haar de eetkamer uit zie lopen en de trap op zie verdwijnen.

Binnenkort zal ik tot op de bodem uitzoeken wat Chloe Emmons drijft, en deze honger stillen.

Het is bijna twee uur 's nachts als ik mijn nederlaag toegeef en opsta om te gaan rennen. Na vannacht amper geslapen te hebben en veel van mijn rusteloze energie kwijt te zijn door met de bewakers te sparren, had ik helemaal van de wereld moeten zijn. In plaats daarvan lig ik uren wakker, mijn lichaam brandt van onvervuld verlangen en mijn geest is met rusteloze gedachten vervuld. Elke keer dat ik bijna wegdreef, zag ik de verdomde hanger boven me bungelen en woede overspoelde mijn aderen en het maakte me wakker.

Mijn zus wist wat ze deed toen ze die hanger om Chloe's mooie hals hing.

De nachtelijke hemel is helder als ik het huis verlaat, en het licht van de halve maan verlicht mijn pad terwijl ik over de oprit begin te joggen. Niet dat ik het nodig heb - ik heb een uitstekend nachtzicht. Terwijl het bos om me heen dikker wordt, versnel ik tot ik de weg naar de poort af sprint. Halverwege neem ik een scherpe bocht naar rechts en ga het bos in; mijn sneakers knarsen op bladeren en twijgen terwijl ik tussen de bomen door ren. Het is hier donkerder, gevaarlijker, met de oneffen grond en gevallen takken, maar het is de uitdaging waar ik naar op zoek ben. Op deze manier rennen dwingt me om me te concentreren, om mezelf zowel mentaal als fysiek in te spannen. Tegelijkertijd kalmeert iets aan het nachtelijke bos me. Het stille geritsel van wilde wezens in de struiken, de roep van een uil boven mijn hoofd, de leemachtige geur van ontbindende vegetatie - het maakt allemaal deel uit van de ervaring, een deel van wat me naar deze plek trekt.

Ik ren tot mijn longen branden en mijn spieren als lood aanvoelen, tot het zweet in stroompjes over mijn gezicht loopt. Als mijn benen het dreigen te begeven, draai ik me om en ren ik de berg op, mezelf voorbij het punt van uitputting dwingend, voorbij de beperkingen van mijn lichaam en de herinneringen die mijn geest binnendringen. Ik ren tot ik aan niets meer kan denken, laat staan dat ik me de hartvormige hanger op Chloe's borst voor kan stellen.

Ten slotte stop ik en loop de rest van de weg, om mezelf af te laten koelen. Tegen de tijd dat ik het donkere, stille huis binnenstap, is mijn ademhaling tot rust gekomen en beginnen mijn benen te voelen alsof ze aan mij vastzitten. Ik trek mijn vuile schoenen uit, doe de voordeur op slot en loop de trap op, terwijl het gewicht van slaapgebrek als een laag stenen op me neerdaalt. Ik kan niet wachten om in mijn bed te vallen en-

Een gesmoorde kreet houdt me tegen.

Ik verstijf boven aan de trap, al mijn zintuigen op scherp terwijl ik de donkere gang afspeur.

Even later hoor ik het weer.

Een gedempte schreeuw uit Chloe's kamer.

Adrenaline giert door mijn lichaam. Ik stop niet om

na te denken, ik reageer gewoon. Geruisloos loop ik door de gang, elke spier in mijn lichaam spant zich aan voor de strijd. Als er iemand heeft ingebroken, als ze haar pijn doen... Alleen al de gedachte eraan kleurt mijn zicht rood. Alleen een leven lang van trainen weerhoudt me ervan om de deur in te trappen en naar binnen te rennen. In plaats daarvan stop ik een meter van haar slaapkamer en druk mijn handpalm tegen de muur, op zoek naar een kleine richel. Als ik het vind, duw ik het naar binnen en met een zachte whoosh schuift een klein vierkantje van de muur weg, waardoor een van de mini-arsenalen zichtbaar wordt die ik door het hele huis heb verborgen.

Ik beweeg me geruisloos in de nis, pak een geladen Glock 17 en ga naar Chloe's deur.

Alles is weer stil, maar ik laat me er niet door voor de gek houden.

Er klopt iets niet. Ik weet het. Ik voel het.

Ik klik met mijn rechterduim de veiligheidspal los, draai voorzichtig met mijn linkerhand aan de knop en open de deur op een kier.

Er klinkt nog een kreet, gevolgd door een gesmoorde snik.

Fuck het.

Ik duw de deur wijd open en storm naar binnen, klaar om de strijd aan te gaan.

Alleen is er niemand die me aanvalt.

Er zijn geen rondvliegende kogels, geen enkele beweging.

Het zwakke maanlicht onthult niemand in de

donkere slaapkamer behalve ik en een klein bundeltje onder de dekens op het bed - een bundeltje dat plotseling schokt en weer zo'n gedempte kreet laat horen.

Natuurlijk.

Ik laat het wapen zakken, terwijl de ergste spanning uit mijn spieren wegvloeit. Dit moet zijn wat Alina gisteravond heeft gehoord. Geen wonder dat Chloe er zo ongemakkelijk uitzag toen mijn zus het onderwerp ter sprake bracht.

Ze heeft nachtmerries. Hele erge.

Ik zou moeten vertrekken nu ik weet dat ze veilig is, maar ik blijf op mijn plaats staan, naar die bundel dekens starend terwijl mijn hartslag een hard, bonzend ritme aanneemt. *Ze is hier en ze ligt maar een paar meter verderop te slapen.* De adrenaline in mijn aderen verandert in een scherpe, hete behoefte, een honger die zo hevig en krachtig is dat ik beef van de inspanning om het onder controle te houden. Ik wil haar gladde, warme huid onder mijn vingers voelen, haar frisse, zoete geur van wilde bloemen ruiken... diep in haar strakke, natte warmte wegzinken... Mijn hartslag brult in mijn oren, mijn lichaam zo hard dat het pijn doet, en mijn benen bewegen tegen mijn wil en dragen me voorwaarts.

Nee. Fuck, nee.

Op een halve meter van het bed stop ik met opeengeklemde kaken.

Ga verdomme terug. Nu.

Als door een wonder gehoorzamen mijn voeten.

Eén stap.

Nog een.

Een derde.

Ik ben halverwege de deur als de bundel op het bed weer schokt en wild begint te slaan, de lucht met rauwe, hartverscheurende kreten vullend.

21

CHLOE

"*Nee!*"

Mijn voeten glijden in het bloed terwijl ik naar
voren spring en op mijn knieën bij mama's lichaam
zak. Haar mooie, expressieve gezicht is slap, haar
zachte bruine ogen glazig en nietsziend. Haar roze
badjas, mijn kerstcadeau van vorig jaar, staat aan de
bovenkant open en onthult haar linkerborst, en haar
rechterarm is naar de zijkant gesmeten. Het bloed dat
uit de diepe verticale snee in haar onderarm komt en
zich op de schone witte tegels verzamelt, sijpelt in de
perfect onderhouden voeg. Haar linkerarm is tegen
haar zij gedrukt, maar daar zit ook bloed. Zoveel
bloed...

"Mam!" Ik druk mijn ijzige vingers tegen haar hals.
Ik kan geen hartslag voelen of misschien weet ik niet
waar ik hem kan vinden. *Omdat er een hartslag is. Dat
moet er zijn. Ze zou dit niet doen. Niet nu. Niet weer.* Ik ben
tegelijkertijd razend en gevoelloos, mijn gedachten

razen bliksemsnel vooruit, zelfs als ik daar stijf en bevroren op mijn knieën zit. *Bloed. Zoveel bloed op de keukenvloer.* Mijn hoofd schiet op de automatische piloot omhoog, mijn ogen zoekend naar een rol keukenpapier op het aanrecht. Mam zal zo boos zijn over de vlekken in de voeg. Ik moet dit opruimen, ik moet-

Het alarmnummer bellen! Dat is wat ik moet doen.

Ik krabbel overeind, klop als een razende op mijn zakken terwijl mijn blik door de keuken vliegt.

Mijn telefoon. Waar is mijn verdomde telefoon?

Wacht, mijn tas.

Heb ik het in de auto laten liggen?

Ik draai me om naar de voordeur en hap naar adem. *Sleutels.* De auto heeft sleutels nodig. *Waar heb ik mijn verdomde sleutels gelaten?* Mijn blik valt op een tafeltje bij de ingang en ik ren ernaartoe, mijn hart bonst zo snel dat ik er misselijk van wordt.

Sleutels. Auto. Tas. Telefoon.

Ik kan dit.

Gewoon stap voor stap.

Mijn vingers sluiten zich om mijn pluizige sleutelhanger en ik sta op het punt om de deurklink vast te pakken als ik het hoor.

Het lage, diepe gerommel van mannenstemmen in mama's slaapkamer.

Ik verander in steen, elke spier in mijn lichaam spant zich aan.

Mannen. Hier in het appartement. Waar mama in een plas bloed ligt.

"-had hier moeten zijn," zegt een van hen, terwijl zijn stem met de seconde luider wordt.

Zonder na te denken spring ik in de gang in de nis in de muur die als garderobekast dienstdoet. Mijn linkervoet landt op een stapel laarzen, mijn enkel verdraait zich pijnlijk, maar ik hou de kreet in en trek de winterjassen als een schild om me heen.

"Controleer de telefoon nog eens. Misschien is er veel verkeer." De stem van de andere man klinkt dichterbij, net als zijn zware voetstappen.

Oh God, oh God, oh God.

Ik sla beide handen voor mijn mond, de sleutels die ik vasthoud, graven pijnlijk in mijn kin terwijl ik stil blijf staan en niet durf te ademen.

De voetstappen stoppen naast mijn schuilplaats en door de dikke lagen jassen heen zie ik ze.

Lang.

Krachtig gebouwd.

Zwarte maskers.

Een wapen in een gehandschoende hand.

Prikkels van angst schieten op en neer langs mijn ruggengraat, mijn zicht wordt door gebrek aan lucht met stippen vertroebelt.

Niet flauwvallen, Chloe. Blijf stil staan en val niet flauw.

Alsof hij mijn gedachten hoort, draait de man die het dichtst bij me staat zich om naar mijn schuilplaats, rukt zijn masker af en onthuld een haaienkop. Met een macabere grijns ontbloot hij zijn mesachtige tanden en richt het pistool op me.

"Nee!"

Ik spring heftig achteruit, om vervolgens verstrikt te raken in de jassen. Ze zitten over me heen, verstikken me, houden me gevangen. Ik worstel met toenemende wanhoop, schorre smeekbeden en paniekerige snikken komen uit mijn keel terwijl de zwartgehandschoende vinger zich strakker om de trekker spant en-

"Shhh, het is goed, zaychik. Je bent veilig." De jassen knijpen zich om me heen, maar deze keer is hun gewicht troostend, alsof ze me in een omhelzing omhullen. Ze ruiken ook goed, een intrigerende mix van cederhout, bergamot en aards mannelijk zweet. Ik adem diep in, mijn angst vermindert als de kop van de haai en het wapen in een vage mist verdwijnen en het besef van andere sensaties binnensijpelt.

Warmte. Gladde, harde spieren onder mijn handpalmen. Een diepe, ruwe zijde stem die troostende woordjes in mijn oor mompelt terwijl krachtige armen me stevig vasthouden, me beschermen, me tegen de verschrikkingen beschermen die achter de mist zweven.

Mijn snikken bedaren, mijn schokkerige ademhaling vertraagt als de nachtmerrie zijn greep op me loslaat. En het *was* een nachtmerrie. Nu mijn hersenen beginnen te functioneren, weet ik dat er niet zoiets als een haaienkop op een menselijk lichaam bestaat. Mijn slapende geest toverde dat tevoorschijn en verfraaide de herinnering, net zoals het nu verfraait -

Wacht, dit voelt niet als een droom.

Ik verstijf, een adrenalinestoot die het aanhoudende waas wegvaagt en het besef brengt dat een grote, warme, *zeer echte* man met ontbloot bovenlijf me op zijn schoot heen en weer wiegt. Mijn gezicht is in de kromming van zijn nek begraven, mijn handen klampen zich aan de harde spieren van zijn schouders vast terwijl zijn grote, eeltige handpalmen sussend over mijn rug strijken. Hij mompelt troostende woorden in een mengeling van Engels en Russisch en zijn zachte, diepe stem is vreselijk bekend, net als zijn verleidelijke mannelijke geur.

Dat kan niet.

Dat is onmogelijk.

En toch...

"Nikolai?" fluister ik, het voelt alsof ik van binnen implodeer - en terwijl ik mijn hoofd van zijn schouder ophef en mijn ogen open, verlicht het zwakke maanlicht dat door het raam stroomt de grimmig gebeeldhouwde lijnen van zijn gezicht en geeft het me het antwoord.

22

CHLOE

Een grote, warme hand nestelt zich op mijn nek en masseert de spanning weg die in elke spier in mijn lichaam zit. "Gaat het, zaychik?" mompelt hij, terwijl het bleke maanlicht in zijn ogen weerkaatst terwijl zijn andere hand over mijn arm op en neer strijkt. "Is de nare droom weg?"

Ik kan de woorden niet vinden om te reageren. De schok is als een miljoen kleine naaldjes die in mijn huid prikken, mijn innerlijke thermostaat springt van warm naar koud en weer terug.

Nikolai en ik liggen in bed.

Samen.

Hij houdt me op zijn schoot.

De thermostaat draait helemaal omhoog tot verzengend, mijn hartslag versnelt en stuurt een duizelingwekkende speer van hitte rechtstreeks naar mijn kern. We zijn nog net niet naakt - mijn pyjamatopje en korte broek zijn meer dan dun, en hij moet ook alleen een korte broek of slip dragen, want ik kan zijn blote dijen tegen de mijne voelen. Zijn huid is ruw van het haar, zijn beenspieren zijn zo hard dat ze als steen aanvoelen.

En dat is niet de enige steenachtige hardheid die ik voel.

De hele wereld lijkt te vervagen, het is door het grimmige bewustzijn van onze intieme positie en de duistere, magnetische kracht vervangen die ons vanaf het begin naar elkaar toe heeft getrokken. Mijn hart bonst hevig in mijn ribbenkast, elke slag weergalmt in mijn oren terwijl mijn adem schokkend door mijn gescheiden lippen naar buiten komt. Zijn gezicht is slechts enkele centimeters van het mijne verwijderd, zijn krachtige armen omringen me en houden me in een omhelzing vast die zowel beschermend als beperkend is.

"Chloe, zaychik..." Een gespannen klank komt in zijn diepe stem naar binnen. "Gaat het met je?"

Of het gaat? Ik heb het heet en sterf van de vuurstorm van nood die in me woedt. Hij is zo dichtbij dat ik de warmte van zijn adem kan voelen, een vleugje muntachtige tandpasta kan ruiken, vermengd met de sensuele tonen van zijn cologne en de zoute ondertonen van schoon, gezond mannelijk zweet. Zijn ogen glinsteren van het maanlicht en is met schaduwen bespikkeld, zijn zwarte haar versmelt zich met de nacht, en ik heb de surrealistische gedachte dat *hij* van duisternis is gemaakt... dat hij als een schepsel van de onderwereld buiten het bereik van het licht bestaat.

Angst gaat door me heen, vermengt zich met de hitte die in mijn aderen brandt en intensiveert het op een eigenaardige, verontrustende manier. Mijn tepels verharden, mijn innerlijke spieren verkrampen op een groeiende lege pijn, en mijn lichaam werkt op een lang sudderende impuls, mijn vingers verstrakken zich op de harde spieren van zijn schouders als mijn lippen zich tegen de zijne drukken.

Heel even gebeurt er niets en heb ik de huiveringwekkende gedachte dat ik de situatie verkeerd heb ingeschat, dat de aantrekkingskracht toch eenzijdig is. Maar dan rommelt er een laag, ruw geluid in zijn keel en hij kust me met woeste honger terug, zijn armen verstrakken zich om een ijzeren kooi om me heen te vormen. Zijn lippen verslinden de mijne, zijn tong steekt diep in mijn mond, hij proeft me, valt me binnen in een schaamteloze imitatie van de seksuele daad, en mijn geest wordt helemaal leeg, alle gedachten en angsten verdampen onder de meedogenloze zweem van verlangen.

Ik heb nog nooit zo'n rauwe en vleselijke kus gekend, nog nooit zo'n intense opwinding gevoeld dat het pijn doet. Mijn huid brandt, mijn hart klopt als een vuist tegen mijn ribbenkast en mijn kern klopt van een wanhopige, opwellende behoefte. Hij legt me op het bed neer, drukt me onder zijn zware gewicht vast, en het enige wat ik kan doen is hulpeloos in zijn mond kreunen terwijl mijn nagels in zijn schouders graven en mijn benen zich om zijn heupen wikkelen, mijn kloppende clit tegen de harde bobbel van zijn erectie.

Een hese kreun ontsnapt uit zijn keel, en hij gaat met een hand langs mijn lichaam; zijn aanraking wordt door een brandend gevoel gevolgd. Hij trekt ruw mijn topje omhoog, en zijn eeltige handpalm sluit zich over mijn linkerborst en kneedt het met een hongerige druk terwijl zijn lippen de mijne verpletteren, zijn kus me verteert en elke uitademing uit mijn longen steelt. Buiten adem en duizelig druk ik me tegen hem aan, mijn handen glijden omhoog om handenvol van zijn zijdezachte haar vast te pakken. Het gevoel van zijn hete handpalm op mijn tepel is zowel een opluchting als een ergernis. Het kalmeert het koortsachtige verlangen naar zijn aanraking terwijl het de snelle opbouw van spanning intensiveert. Als een geladen veer, wordt de druk in mijn kern steeds strakker, elke stotende beweging van mijn heupen brengt me dichter bij de rand, naar de opluchting waar ik zo wanhopig naar op zoek ben.

Ik ga komen. Het besef gaat als een razende door me heen voordat de climax dat doet. Mijn rug kromt zich, mijn benen spannen zich om zijn gespierde kont en een verstikte kreet barst uit mijn keel terwijl het verwarmde genot door mijn lichaam schiet. De ontlading is zo krachtig dat het alle gedachten en alle rede wegvaagt, en pas als ik van de hoogte afdaal en mijn ogen opendoe, realiseer ik me dat hij stil boven op me ligt, zijn hoofd naar de deur gedraaid en zijn krachtige lichaam trilt bijna van spanning.

Een fractie van een seconde later realiseer ik me waarom.

"Chloe, ben jij dat? Ben je-" Alina verstijft in de deuropening, haar in negligé geklede gestalte door het licht omlijnd dat vanuit de gang binnenstroomt.

Een licht dat ze aan moet hebben gedaan toen ze ons hoorde.

Of meer specifiek, *mij* hoorde.

Een opvlieger schroeit mijn gezicht en nek wanneer ik me realiseer wat ze precies heeft gehoord - en wat ze nu ziet.

Ik, midden in de nacht met haar halfnaakte broer in bed, mijn pyjamatopje tot aan mijn oksels omhooggeschoven.

Je kunt dit niet als een ongeluk beschouwen, het niet met iets anders verwarren dan wat het is.

"Excuseer me." Alina's toon wordt kil. "De deur was open. Het was niet mijn bedoeling om te storen."

Ze verdwijnt in de gang en Nikolai mompelt iets dat als een Russische vloek klinkt. Hij rolt met een explosieve beweging van me af, schrijdt naar de wijd openstaande deur en gooit hem dicht, ons terug in de duisternis stortend.

Ik klauter naar een zittende positie, trek mijn topje naar beneden als ik zijn terugkerende voetstappen hoor. *Fuck. Fuck. Fuck. Wat ben ik aan het doen?* Mijn hand klopt als een razende over het nachtkastje, op zoek naar de schakelaar van de bedlampjes, en het licht gaat aan op het moment dat het matras onder zijn gewicht zakt.

Een paar tellen lang staren we elkaar alleen maar aan, en ik registreer allerlei slipjes-smeltende details, zoals de manier waarop zijn steile zwarte haar tussen mijn vingers doorglipt en hoe zijn sensuele lippen rood en gezwollen zijn, glinsterend van onze ruwe kussen. De mijne moeten er hetzelfde uitzien omdat ik ze kan voelen, vochtig en kloppend, verlangend naar meer van zijn verslavende aanraking en smaak. Hij draagt alleen een hardloopshort en zijn borst en schouders zijn alleen maar spieren, zijn buikspieren scherp gedefinieerd. In tegenstelling tot zijn krachtige dijbenen, die met fris, donker haar besprenkeld is, is zijn romp glad, zijn licht gebruinde huid alleen ontsierd door een bleek, gebobbeld litteken op zijn linkerschouder.

Mijn hartslag schiet omhoog.

Schotwond.

Ik heb er nog nooit een gezien, maar ik weet zeker dat ik gelijk heb. Het is dat of er is een boor door zijn schouder gegaan.

De aanhoudende gloed van een orgasme verdwijnt als angst geboren uit helderder denken binnenkomt. Wie is hij, deze beeldschone man die zo goed bekend lijkt te zijn met gevaar?

Waarom is hij in mijn slaapkamer, op mijn bed?

Langzaam schuif ik weg, zonder mijn ogen van de zijne af te wenden. De schotwond, de gekneusde knokkels, de muur rond het complex en de bewakers... Er is hier een verhaal en het is niet goed. Geweld, in welke vorm dan ook, lijkt deel van het leven van mijn nieuwe werkgever uit te maken en ik wil er niets mee te maken hebben, hoe graag mijn lichaam ook verlangt dat we afmaken waar we aan begonnen zijn.

Waar *ik* mee begon, door hem zo gedachteloos, zo brutaal te kussen.

Bij mijn terugtrekking knijpen zijn tijgerogen zich samen en ik voel zijn frustratie, de sudderende woede van een roofdier dat getuige is van de onvermijdelijke ontsnapping van zijn prooi. Het is in ons geval alleen niet onvermijdelijk - met zijn superieure grootte en kracht kan hij me op elk moment stoppen, en het feit dat hij stil blijft zitten ondanks de spanning die zichtbaar is in zijn krachtige spieren is meer dan een beetje geruststellend.

Hij moet beseffen wat ik denk, want zijn uitdrukking wordt neutraler en zijn houding neemt een ontspannen, bijna luie sfeer aan. "Maak je geen zorgen, zaychik. Ik ga je niet aanvallen." Zijn stem is zacht, zijn toon zacht spottend. "Als je dit niet wilt, zeg het dan gewoon. Ik heb niet de gewoonte om met de onwilligen naar bed te gaan... of met iemand die zich voordoet om dat te zijn."

Mijn gezicht voelt alsof iemand kolen onder mijn huid verbrandt. Hij verwijst ongetwijfeld naar mijn spontane orgasme, iets waar ik mezelf nog niet aan heb laten denken. Want hoe schaamteloos mijn gedrag vanavond ook is geweest, er gaat niets boven hem als een loopse teef droogneuken - en ervan klaarkomen.

"Ik ben niet-" Ik stop, terwijl ik me realiseer dat ik op het punt stond om met kinderachtige ontkenningen te beginnen. "Je hebt gelijk," zeg ik op een meer vlakke toon. "Mijn excuses. Ik had je niet moeten kussen. Dat was volkomen ongepast en-"

"En het gaat weer gebeuren." Zijn ogen zijn in het warme licht van de lamp als amberkleurige juwelen. "Je gaat me kussen en we gaan neuken, en je zult keer op keer komen. Je zult op mijn vingers komen en mijn tong en met mijn pik diep in je strakke, natte poesje begraven. Je zult komen als ik je mond en je kont neuk. Je zult zo verdomd vaak komen dat je vergeet hoe het voelt om niet te komen - en je zult nog steeds om meer smeken."

Ik staar hem aan, mijn keel droog en mijn ondergoed drijfnat. Mijn clit pulseert in harmonie met zijn zacht gesproken woorden, mijn hart bonst als een specht, zelfs terwijl mijn longen moeite hebben om één keer adem te halen. Ik heb nog nooit een man op deze manier tegen me laten praten, nooit geweten dat vieze praatjes me tegelijkertijd konden opwinden en me van schaamte konden laten blozen.

"Dat is niet... Ik ga niet..." Ik zuig zuurstof naar binnen. "Het gaat niet gebeuren."

"Oh, maar dat gaat het wel, zaychik. Weet je waarom?"

Ik schud mijn hoofd, ik vertrouw mezelf niet om te spreken.

"Omdat dit onvermijdelijk is. Vanaf het moment dat ik je zag, wist ik dat het zo zou zijn... heet en wild en rauw, totaal oncontroleerbaar. En jij wist het ook. Daarom kun je me tijdens de maaltijden nauwelijks aankijken, waarom alleen met me zijn je zo bang maakt." Hij leunt naar voren, zijn ogen glinsteren. "Je wilt me, Chloe... en geloof me, ik wil jou ook."

Ik zoek iets om te zeggen, maar er komt niets in me op. Waar gedachten zouden moeten zijn, is een grote, lege kloof. Tegelijkertijd bonkt mijn lichaam van elektrisch bewustzijn, waarbij elke zenuw zich visceraal bewust is van zijn nabijheid en de donkere hitte in die leeuwachtige, hypnotiserende ogen. Dit gaat zo ver buiten mijn ervaringsgebied dat ik hier geen draaiboek voor heb, geen idee hoe ik moet reageren, laat staan handelen. Hij is mijn werkgever, de vader van mijn leerling, en zelfs als hij dat niet was, dan zou er nog steeds dat aura van gevaar zijn, van geweld, dat hij als een dodelijke halo draagt. De enige verstandige oplossing is om dit te stoppen, te ontkennen dat ik hem wil, maar ik kan mezelf er niet toe brengen de voor de hand liggende leugen te uiten.

Hij wacht tot ik iets zeg en als ik dat niet doe, vormen zijn lippen een spottend lachje. "Denk er eens over na, zaychik," adviseert hij zacht, terwijl de spieren in zijn krachtige lichaam zich spannen als hij overeind komt. "Denk eraan hoe goed het zal zijn als je bij me komt."

Tegen de tijd dat ik eindelijk een antwoord formuleer, is hij weg, een vaag spoor van bergamot en ceder op mijn lakens achterlatend - en totale onrust in mijn geest en lichaam.

23

NIKOLAI

HET VERGT ALLE ZELFBEHEERSING DIE IK IN DE LOOP DER jaren heb ontwikkeld om mijn slaapkamer binnen te lopen en de deur achter me te sluiten. Lust, duister en krachtig, pulseert door me heen en eist dat ik terugga naar Chloe en verder ga waar we gebleven waren.

In plaats daarvan ga ik naar mijn badkamer. Ik trek mijn met zweet doordrenkte korte broek uit, zet de douche aan en stel de temperatuur helemaal op koud in. Dan stap ik onder de straal en laat de kilte van het water het vuur in mijn bloed afkoelen.

Te verdomde snel.

Ik had haar verder kunnen pushen, dat weet ik, maar het zou te vroeg zijn geweest. Ze is hier niet klaar voor, voor mij. De nachtmerrie heeft ervoor gezorgd dat ze minder op haar hoede was, maar de vroegtijdige onderbreking van mijn zus herinnerde haar aan alle redenen waarom ze me niet zou moeten willen, alle redenen waarom ze denkt dat dit verkeerd is. Haar lichaam wil me misschien, maar haar geest vecht tegen de aantrekkingskracht. Het beangstigt haar, de intensiteit van wat er tussen ons suddert, en ik kan het haar niet kwalijk nemen.

Het maakt *mij* bijna bang.

Er is iets anders aan mijn verlangen naar het meisje, iets dat zowel teder als gewelddadig is... een bezitterigheid die verder gaat dan eenvoudige lust. Toen ik dacht dat ze in de problemen zat, kon ik er alleen maar aan denken om bij haar te komen, haar te beschermen, iedereen te vernietigen die haar pijn had gedaan. En toen ze in de greep van haar nachtmerrie begon te woelen, was de behoefte om haar te troosten te sterk geweest om te ontkennen. Ik behield net genoeg tegenwoordigheid van geest om het wapen in de gang neer te leggen, en toen was ik daar, terwijl ik haar vasthield terwijl ze beefde en snikte, en haar duidelijke angst verscheurde me en vervulde me met frustratie en hulpeloze woede.

Ze is getraumatiseerd, door iemand of iets gekwetst, en ik weet niet door wie of wat.

Ik weet het niet, en ik moet het weten.

Ik heb het nodig, zodat ik haar kan beschermen.

Ik heb het nodig, want in mijn gedachten is ze al van mij.

Ik sta nog steeds onder de koude straal wanneer een duister besef door me heen gaat.

Alina heeft gelijk dat ze zich zorgen maakt om Chloe.

Ik *ben* een gevaar voor haar, maar niet om de reden die mijn zus zich voorstelt. Ze denkt dat ik het meisje als een wegwerpneukspeeltje wil, een simpel speeltje, maar ze heeft het mis. Hoe graag ik mezelf ook in Chloe's strakke lichaam wil begraven, wil ik nog meer in haar geest kruipen. Ik wil elke gedachte achter die bruine ogen kennen, elke behoefte van haar blootleggen... elk litteken en elke wond. Ik wil diep in haar psyche graven en niet alleen vanwege de geheimen die ze verbergt.

Ik wil niet alleen het mysterie ontrafelen dat ze vertegenwoordigt.

Ik wil *haar* ontrafelen.

Ik wil haar ontleden en begrijpen wat haar drijft.

Ik wil dat zodat ik haar alleen voor mij kan laten tikken, zodat ze alleen van mij kan zijn.

Ik wil haar zoals mijn vader mijn moeder ooit gewild moet hebben... een heel leven geleden, voordat hun liefde in haat veranderde.

Voor een lange, maag-uithollende seconde, overweeg ik om het juiste te doen. Ik overweeg om ervan weg te lopen, of liever gezegd, om Chloe dat te laten doen. Morgenvroeg zou ik haar twee maanden loon kunnen geven, zonder verplichtingen, en haar op weg kunnen sturen... toe te kijken hoe ze in haar vervallen Toyota wegrijdt.

Ik overweeg het en ik verwerp het.

Het is misschien te vroeg voor Chloe om mijn bed te delen, maar het is voor mij te laat om het juiste te doen.

Het was op het moment dat ik haar zag al te laat... misschien zelfs op het moment dat ik werd geboren.

Ik meende wat ik vanavond tegen haar zei.

Dit *is* onvermijdelijk. Ik voel de zekerheid daarvan tot diep in mijn botten.

Ze zal naar me toe komen, door dezelfde duistere, primaire behoefte aangetrokken die onder mijn huid kronkelt.

Ze zal zichzelf aan me geven en het zal haar lot bezegelen.

Ik doe het koude water uit, stap naar buiten, droog me af en loop dan stilletjes mijn slaapkamer binnen. De inbouwspots in het hoofdeinde branden en werpen een zachte gloed op de witte zijden lakens, maar het bed voelt niet uitnodigend aan. Niet zoals *haar* bed aanvoelde, met haar kleine, warme lichaam erin. Niet zoals *zij* voelde, tegen me aan kronkelend, niet vragend, maar haar genot van me afnemend, haar lippen als honing en zonde, haar smaak als onschuld en duisternis gecombineerd.

Mijn pik wordt opnieuw hard, een golf van brandende lust verjaagt de kou die na de douche is blijven hangen. Ik ga op het bed zitten, trek de la van mijn nachtkastje open en kijk naar een paar sleutels aan een pluizige roze sleutelhanger - de sleutels die Pavel me gisteravond heeft gegeven, vlak nadat hij Chloe's auto opnieuw had geparkeerd.

Voorzichtig, eerbiedig pak ik ze op en houdt ze bij mijn neus. De sleutels zelf ruiken naar metaal, maar de roze vacht bevat een vaag vleugje van wilde bloemen en lente, de frisse, delicate zoetheid van haar. Ik adem diep in en absorbeer elke noot, elke nuance.

Dan laat ik de sleutels terug in de la vallen en schuif hem dicht.

24

CHLOE

Kʀᴇᴜɴᴇɴᴅ ʀᴏʟ ɪᴋ ᴏᴘ ᴍɪjɴ ʀᴜɢ ᴇɴ sʟᴀ ᴇᴇɴ ᴀʀᴍ ᴏᴠᴇʀ ᴍɪjɴ ᴏɢᴇɴ ᴏᴍ ᴢᴇ ᴛᴇɢᴇɴ ʜᴇᴛ ᴢᴏɴʟɪᴄʜᴛ ᴛᴇ ʙᴇsᴄʜᴇʀᴍᴇɴ. Het heeft me uren gekost om in slaap te vallen nadat Nikolai weg was gegaan en ik voel me een totaal wrak. Ik wil alleen het stomme zonlicht buitensluiten en-

Wacht, zonlicht?

Ik kom met een ruk overeind en tuur naar het felle licht dat door het raam naar binnen valt.

Verdomme.

Ben ik te laat voor het ontbijt?

Ik kijk verwoed de kamer rond, maar er is geen klok. Er hangt echter een tv aan het plafond en ik zie een afstandsbediening op mijn nachtkastje liggen. Ik pak hem en druk op de aan-/uitknop, in de hoop dat het niet een van die ingewikkelde thuisbioscoop-opstellingen is waarvoor een informaticadiploma vereist is.

De tv gaat aan, handig op een nieuwszender afgestemd en ik adem opgelucht uit.

7:48 uur.

Als ik me haast, dan zal ik op tijd beneden zijn.

Ik ren naar de badkamer en haast me door mijn ochtendroutine heen en ga dan naar mijn kast. De tv staat nog aan, de nieuwslezer dreunt door over de komende verkiezingen terwijl ik een van mijn nieuwe spijkerbroeken en een zacht uitziend shirt met lange mouwen pak, nog een nieuwe aankoop. Volgens de informatieve blauwe strook aan de onderkant van het tv-scherm is de temperatuur vanmorgen rond de vijftien graden, beduidend koeler dan gisteren. Trouwens, het kan geen kwaad om de nog steeds genezende korstjes op mijn arm te bedekken - ik zag Nikolai ze gisteravond bekijken.

Ik kom om 7.55 uur volledig gekleed uit de kast vandaan en op het laatste moment denk ik aan het juwelendoosje met de hanger en oorbellen en stop het in mijn zak, zodat ik het aan Alina terug kan geven. Het nieuwsprogramma toont nu een fragment van de presidentiële voorverkiezingen van gisteravond, waarin een van de koplopers, een populaire senator uit Californië, zijn tegenstanders met een spervuur van slim geformuleerde feiten en cijfers decimeert. Ik volg de politiek niet echt - mijn moeder dacht dat alle politici het uitschot van de aarde waren, en haar meningen zijn op mij overgeslagen - maar deze man, Tom Bransford, is prominent genoeg om te weten wie hij is. Met zijn vijfenvijftig jaar is hij een van de jongste kandidaten in de presidentsverkiezingen, en hij is zo knap en charismatisch dat hij met John F. Kennedy wordt vergeleken. Niet dat hij het van mijn werkgever zou kunnen winnen.

Als Nikolai zich voor het presidentschap kandidaat zou stellen, dan zou de hele vrouwelijke bevolking van de Verenigde Staten na elk debat een ander slipje nodig hebben.

De tijd op het scherm verandert in 7:56 en ik zet de tv uit. Misschien heb ik vanavond de kans om iets te kijken, bij voorkeur een lichte, grappige komedie. Maar niets romantisch - ik moet mijn gedachten van Nikolai en de verwarrende situatie die tussen ons speelt afleiden, er niet aan herinnerd worden.

Ik wil niet nog een slapeloze nacht waarin mijn lichaam pijn doet van opwinding en mijn gedachten in een pornografische cirkel gaan, die zijn vieze beloften herhalen en de duistere, verhitte beelden die ze oproepen.

Tot mijn verbazing zit Nikolai niet aan tafel als ik daar om 7:59 ben. Zijn zus zit er echter wel en Slava ook. Het kind schenkt me een heldere grijns die met Alina's veel koelere glimlach contrasteert en ik glimlach naar hen allebei, ook al wil ik bij de gedachte aan wat Alina gisteravond zag wegsluipen en nooit meer mijn gezicht in dit huis laten zien.

"Goedemorgen," zeg ik, terwijl ik op mijn gebruikelijke plaats naast Slava ga zitten. Het is verleidelijk om Alina's blik te vermijden, maar ik ben vastbesloten om niet aan mijn schaamte toe te geven.

En wat dan nog dat ze me op zoenen met haar broer heeft betrapt? Het is niet alsof ik een gouvernante in de Victoriaanse tijd ben die werd betrapt terwijl ze met de heer des huizes aan het flikflooien was.

"Goedemorgen." Alina's toon is neutraal, haar uitdrukking zorgvuldig onder controle. "Nikolai is aan het bellen, dus hij komt niet met ons mee ontbijten."

"Oh, oké." Ik ervaar opnieuw die vreemde mengeling van teleurstelling en opluchting, alsof een zwaar examen waarvoor ik heb gestudeerd, is uitgesteld. Hoewel ik vanmorgen heb geprobeerd om niet aan Nikolai te denken, moet ik mezelf onbewust voor hebben bereid om hem hier te zien, want ik voel me leeg ondanks de afname van de spanning in mijn schouders.

Ik steek mijn hand in mijn zak, haal het juwelendoosje eruit en geef het aan Alina. "Bedankt dat je me dit gisteravond hebt geleend."

Haar lange zwarte wimpers kijken naar beneden als ze het van me aanneemt. "Geen probleem. Wil je wat *grechka?*" vraagt ze, naar een pot donkergekleurd graan gebarend dat naast haar staat. Het ontbijt lijkt hier veel eenvoudiger te zijn, met alleen een pot honing en een paar schotels met bessen, noten en gesneden fruit die het hoofdgerecht aanvullen.

Dankbaar knikkend geef ik Alina mijn kom. "Graag, dank je." Ik ben meer dan blij dat ze normaal doet. Hopelijk zet het door.

Als ze de kom aan me teruggeeft, probeer ik een lepel van het graan dat ze 'grechka' noemde. Het blijkt verrassend smaakvol te zijn, met een rijke, nootachtige smaak. Ik doe wat Alina doet en doe verse bessen en walnoten in mijn kom en besprenkel het geheel met honing.

"Het is geroosterde boekweit," legt ze uit terwijl ik begin te eten. "In mijn vaderland wordt het meestal als hartig bijgerecht gegeten, vaak gemengd met een variatie van gebakken wortelen, champignons en uien. Maar ik vind het op deze manier lekker, meer als havermout."

"Ik vind het lekkerder dan havermout."

Alina knikt en schept voor Slava zijn portie graan op. "Daarom vind ik het lekker als ontbijt." Ze vult Slava's kom met bessen, noten en een flinke scheut honing en zet het voor de jongen neer, die er meteen zijn lepel in steekt. In plaats van te eten, begint hij echter een bosbes rond de kom te achtervolgen terwijl hij binnensmonds motorgeluiden maakt.

Ik grijns en realiseer me dat ik hem eindelijk als een normaal kind met zijn eten zie spelen. Ik vang zijn blik, knipoog en begin mijn bosbessen op elkaar te stapelen, alsof ik een toren bouw. Ik haal het net tot het tweede niveau voordat de bessen van elkaar rollen en in het deel van het graan belanden dat door de honing plakkerig is geworden.

Ik trek een gezicht, veins ontzetting en Slava giechelt en begint zijn eigen toren van bessen te bouwen. Het blijkt veel beter te zijn dan het mijne, omdat hij honing als lijm heeft gebruikt en zijn bosbessen met gesneden aardbeien heeft gestut.

"Heel goed," zeg ik met een geïmponeerde uitdrukking. "Je bent echt een geboren architect."

Hij straalt naar me en schept trots een lepel van de grechka op, samen met een stuk van zijn bessencreatie. Hij stopt het in zijn mond en kauwt triomfantelijk terwijl ik hem prijs, omdat hij zo slim is. Aangemoedigd bouwt hij nog een toren en ik maak hem weer aan het lachen door een van mijn bramen een bosbes te laten achtervolgen die steeds van mijn lepel wegrolt.

"Je houdt echt van kinderen, nietwaar?" mompelt Alina als Slava en ik genoeg van het spel hebben en verder gaan met eten. Haar uitdrukking is beslist warmer, haar groene ogen zijn met een eigenaardige weemoed gevuld als ze naar haar neefje kijkt. "Het is niet alleen maar een baan voor je."

"Natuurlijk niet." Ik glimlach naar haar. "Kinderen zijn geweldig. Ze kunnen ervoor zorgen dat we de wereld zien zoals wij dat ooit deden... ons dat gevoel van vreugde en verwondering laten voelen dat de voorbijgaande jaren van ons stelen. Ze komen het dichtst in de buurt van een tijdmachine - of op zijn minst een venster naar het verleden."

Haar wimpers gaan weer naar beneden en verbergen de blik in haar ogen, maar de plotselinge spanning om haar mond valt niet te missen. "Een venster naar het verleden..." Haar stem heeft een vreemd broze toon. "Ja, dat is precies wat Slava is."

En voordat ik kan vragen wat ze bedoelt, verandert ze het onderwerp naar het koelere weer van vandaag.

25

NIKOLAI

"We hebben een probleem," zegt Konstantin in plaats van een begroeting terwijl zijn gezicht - een slankere, meer ascetische versie van mij, met een zwartomrande bril hoog op zijn haviksneus - het scherm van mijn laptop vult.

Ik leun dichter naar de camera en mijn hartslag versnelt van verwachting. "Wat ben je te weten gekomen?"

Konstantin fronst zijn wenkbrauwen. "Oh, over het meisje? Nog niets. Mijn team is er nog steeds mee bezig." Zich niet van de scherpe steek van teleurstelling bewust die hij zojuist heeft afgeleverd, gaat hij verder. "Het gaat om mijn nucleair project. De Tadzjiekse regering heeft zojuist onze vergunningen ingetrokken."

Ik adem in en laat de lucht langzaam ontsnappen. Op zulke momenten wil ik mijn oudere broer wurgen. "Dus?" Hij moet weten dat ik geen moer om zijn hobbyprojecten geef, vooral niet die aan sciencefiction grenzen.

Aan de andere kant, misschien weet hij dat niet. Ondanks zijn geniale IQ - of misschien juist daardoor - kan Konstantin zich opmerkelijk genoeg niet bewust zijn van wat er om hem heen gebeurt, vooral als het om mensen in plaats van om nullen en enen gaat.

"Dus Valery denkt dat de Leonovs erachter zitten," zegt hij, terwijl zijn ogen achter de glazen van zijn bril glinsteren. "Atomprom is tegen ons aan het bieden en Alexei is tijdens een lunch met het hoofd van de Energiecommissie in Dusjanbe gezien."

Fuck. Het kost me heel wat moeite om de gloed van woede die door me heen gaat te verbergen.

Ik had het fout. Mijn broer weet heel goed wat hij doet door mij hierbij te betrekken. Als het iemand anders was geweest dan de Leonovs, dan *zou ik er geen moer om geven* - zaken zijn zaken - maar ik kan hun bemoeienis met geen mogelijkheid voorbij laten gaan.

Niet na Slava.

"Heeft Valery-" begin ik grimmig, maar Konstantin schudt al zijn hoofd.

"De Energiecommissie weigerde om met hem te praten. Wat onzin over het vermijden van ongepaste beïnvloeding. Valery heeft een paar ideeën over hoe verder te gaan, maar ik dacht dat ik beter eerst met jou kon praten voordat we die weg inslaan."

Ik haal nog een keer rustig adem en dwing mijn gespannen schouders om te ontspannen. "Je hebt het juiste gedaan." De overtuigingstactieken die onze jongere broer graag gebruikt, trekken misschien onnodige aandacht, en na de stunt die de Leonovs twee jaar geleden hebben uitgehaald, bevinden we ons met de Tadzjiekse autoriteiten al op glad ijs.

Een meer delicate manier van handelen is vereist, daarom is Konstantin hiermee naar mij toegekomen.

"Ik zal het hoofd van de Commissie bellen en een vergadering regelen," zeg ik. "We hebben samen op de kostschool gezeten. Hij zal me zien."

Konstantin buigt zijn hoofd. "Ik zie je in Dusjanbe. Hoe laat kun je er zijn?"

"Morgen. Ik vlieg er vanmorgen heen." Hoe eerder ik van deze onzin af ben, hoe eerder ik hier terug ben.

Voor het eerst sinds ik Moskou heb verlaten, windt dit rustige toevluchtsoord in de wildernis me meer op dan welke stad ter wereld dan ook.

26

CHLOE

Tegen de tijd dat we klaar zijn met ontbijten en ik Slava voor mezelf heb, vervangen grijze wolken de felle zonneschijn die me wakker heeft gemaakt en de temperatuur daalt verder als het licht begint te regenen. Volgens Alina zouden we tegen de middag onweer krijgen, dus ik schrap het idee om met mijn leerling nog een wandeling te maken.

In plaats daarvan laat ik Slava kiezen wat hij binnen wil doen, en ik doe bij die activiteit met hem mee - wat toevallig meer LEGO-torenmontage is. Dat werkt prima voor me, omdat we hierdoor enkele van de woorden kunnen oefenen die hij heeft geleerd. Als dat hem gaat vervelen, bouwen we een fort van kussens en dekens en spelen we kampeerders en beren, waar ik grom terwijl ik hem door het hele huis achtervolg, wat ons vaag afkeurende blikken van Lyudmila en Pavel oplevert, die zich in de keuken op de volgende maaltijd voorbereiden. Daarna lees ik hem zijn favoriete stripboeken voor en spelen we met auto's en vrachtwagens. Onze gekozen voertuigen racen tegen elkaar terwijl ik als een NASCAR-sportverslaggever commentaar geef.

De jongen is echt slim en grappig, het is een genot om hem les te geven. Maar hoe boeiend onze spelletjes ook zijn, ik kan me er niet volledig op concentreren, of op hem. Een deel van mijn geest is ergens anders, op een ander paar gouden ogen gericht. Nadat Nikolai weg was gegaan, lag ik uren wakker, mijn huid bloosde en mijn hart bonsde. Elke keer dat ik mijn ogen sloot, hoorde ik zijn diepe, zachte stem die vleselijke beloften deed, en de kloppende pijn tussen mijn benen keerde terug, waardoor ik vochtig en gezwollen werd en zo gevoelig dat ik de aanraking van mijn pyjamabroek nauwelijks kon verdragen. Pas toen ik toegaf en mijn vingers gebruikte om weer een orgasme te bereiken, kon ik in slaap vallen - en zelfs toen was mijn slaap onrustig, met wazige seksdromen gevuld die met fragmenten van nachtmerries werden afgewisseld.

Maar niet mijn gebruikelijke nachtmerries.

Hierin zat maar één man met een masker en hij wilde me niet vermoorden.

Hij wilde me gevangennemen.

Hij wilde me de zijne maken.

Slava en ik liggen op onze buik op zijn bed, door een boek over het ABC bladerend, wanneer ik een tintelend gevoel tussen mijn schouderbladen voel. Ik werp een nieuwsgierige blik over mijn schouder - en hitte doorstroomt mijn hele lichaam als ik Nikolais blik ontmoet.

Hij leunt tegen de deurpost en kijkt naar ons, zijn uitdrukking zorgvuldig verborgen. Ik heb geen idee hoelang hij daar al staat, maar ik kan me niet herinneren dat ik de deur open heb horen gaan, dus het moet al een tijdje geleden zijn geweest.

"Ga je gang, maak af waar je mee bezig bent," mompelt hij. "Ik wil de les niet onderbreken."

Ik slik hard en richt mijn aandacht weer op Slava en het boek. Hij heeft zijn vader ook gezien, maar zijn reactie is veel tammer. Hij is een beetje ingetogen als we de letters en de voorwerpen die ermee beginnen weer benoemen, maar tegen de tijd dat we bij S zijn en ik sussende geluiden maak die bij de illustratie van de slang passen, is hij weer zijn geanimeerde, giechelende zelf.

Ik kan het niet helpen en werp nog een blik over mijn schouder - en mijn hart slaat even een slag over. Nikolai kijkt nu niet naar mij, maar naar zijn zoon, en er is iets zachts en pijnlijks in zijn ogen... een vreemd, wanhopig soort verlangen.

Ik knipper met mijn ogen en net zo snel verschuift zijn aandacht naar mij; de vreemde uitdrukking verdwijnt en maakt plaats voor de bekende verzengende hitte. Blozend kijk ik weg en hervat de les, mijn hartslag onregelmatig. Ik moet me die blik hebben ingebeeld of het op de een of andere manier verkeerd hebben geïnterpreteerd. Het slaat nergens op dat Nikolai naar zijn zoon zou verlangen terwijl die recht voor hem staat. Als hij dichter bij de jongen wil zijn, hoeft hij alleen maar naar hem uit te reiken, naar hem te glimlachen, met hem te praten... hem te leren kennen.

Hij kan proberen om een vader te *zijn* in plaats van deze verre autoriteitsfiguur waar Slava niet goed raad mee weet.

Aan de andere kant heb ik het altijd gemakkelijk gevonden om met kinderen om te gaan. Daarom heb ik voor deze carrière gekozen. Als Nikolai weinig contact had met kinderen voordat hij van het bestaan van zijn zoon hoorde, dan voelt hij zich misschien gewoon verloren en onzeker - hoe moeilijk het ook is om dat van een man die zo krachtig en zelfverzekerd is te geloven.

In een opwelling draai ik me omhoog naar een zittende houding tegenover hem. "Wil je met ons meedoen? Misschien kunnen we samen de laatste paar letters met Slava doornemen."

Er bekruipt hem een eigenaardige stilte. "Wij tweeën?"

"Of je kunt het zelf doen als je dat liever hebt." Ik begin me dwaas te voelen. Het is zeer waarschijnlijk dat ik de hele zaak verkeerd heb ingeschat, door aan Nikolai gedachten en emoties toe te schrijven die mijn eigen wensdenken weerspiegelen. Alleen omdat ik er stiekem van gedroomd heb om mijn vader te ontmoeten en dichter naar hem toe te groeien, betekent niet dat elke ouder-kindrelatie aan een specifieke dynamiek moet voldoen of-

"Ik zal met jullie meedoen." Nikolai duwt zich van de deurpost af en nadert met die lange, sierlijke stappen die me aan een kat uit de jungle doen denken het bed.

Ik klauter naar achteren terwijl hij naast me op het matras gaat zitten, maar met Slava die uitgestrekt tussen mij en de muur ligt kom ik niet ver. Nikolai is zo dicht bij me dat we elkaar bijna aanraken en mijn adem stokt in mijn keel terwijl zijn sensuele geur van ceder en bergamot me omhult en me aan gisteravond doet denken. Levendige seksuele beelden dringen mijn geest binnen en er stroomt meer warmte door me heen, waardoor mijn ondergoed vochtig wordt en mijn hart in een overdrive schiet. Me onaangenaam van Slava's grote ogen bewust die naar ons staren, probeer ik mijn opwinding in te perken, maar de hitte verdwijnt niet, mijn hartslag weigert om een stabieler ritme aan te nemen.

Dit was een slecht idee. Een heel slecht idee. Ik zou afstand moeten houden van mijn werkgever en niet een uitnodiging moeten sturen voor wat op knuffelen op een tweepersoonsbed neerkomt. Er is nauwelijks genoeg ruimte voor mij en Slava. De enige manier waarop we er allemaal op kunnen passen, is als-

"Ga liggen, zaychik," zegt Nikolai zacht, met een boosaardige halve glimlach om zijn lippen terwijl hij om me heen reikt om het boek op te pakken. "Zodat ik er op een normale manier bij kan komen zitten."

Het bloed dat naar mijn gezicht stroomt voelt als lava terwijl ik met tegenzin gehoorzaam en me op mijn buik draai om naast Slava te gaan liggen - die gefascineerd lijkt door wat er gebeurt. Nikolai strekt zich naast me uit, zijn grote, harde lichaam vlak tegen het mijne, en het komt te laat in me op dat Slava als buffer in het midden zou moeten liggen. Voordat ik het kan voorstellen, legt Nikolai een zware arm over mijn schouders, houdt me op mijn plaats en legt het boek voor me neer.

"Ga je gang," mompelt hij in mijn oor. Zijn warme adem zorgt voor kippenvel op mijn arm. "Laat eens zien hoe je met je leermagie werkt."

Magie? De enige magie hier is dat ik op de een of andere manier intact ben en niet in een plas slijm op de lakens ben veranderd - dat is hoe mijn lichaam aanvoelt terwijl ik hier in wat op zijn omhelzing neerkomt lig. Mijn hartslag bonst in mijn slapen, mijn adem komt zagend door mijn lippen terwijl mijn ondergoed nog natter wordt, en alleen de aanwezigheid van het kind naast ons weerhoudt me ervan om de fout van gisteravond te herhalen door aan de gevaarlijke, hypnotiserende aantrekkingskracht toe te geven die Nikolai op me uitoefent.

In plaats daarvan probeer ik me op de taak te concentreren die voor me ligt. Ik schraap mijn keel en lees, "T is voor trein: *tjoeke-tjoek*. Ook voor truck." Mijn stem is een beetje te hees, maar ik ben gewoon blij dat mijn hersenen voldoende functioneren om de woorden op de pagina te onderscheiden. Gelukkig lijkt Slava niets door te hebben terwijl ik verder ga, met een ietwat onvaste vinger naar de foto van de truck wijzend.

Hij werpt een nieuwsgierige blik op zijn vader, herhaalt de woorden na mij, zijn stem eerst zacht en ingetogen, daarna steeds levendiger, en tegen de tijd dat we bij de Z zijn, lacht hij om de strepen op de zebra en spreekt hij het woord doelbewust verkeerd uit, de grote man die bij ons in bed lag helemaal vergetend.

Na zijn derde foutieve poging, maak ik tsk-tsk geluiden voor mijn schijn teleurstelling en kijk naar Nikolai. "Waarom probeer jij het niet te zeggen?" stel ik voor, terwijl ik negeer hoe mijn hartslag stijgt als ik zijn blik ontmoet. "Misschien heb jij meer geluk."

Nikolais gezichtsuitdrukking verandert niet, maar de arm die over mijn schouders hangt verstijft een beetje. "Oké," zegt hij op afgemeten toon, en terwijl hij naar het boek kijkt, zegt hij met een dik, overdreven Russisch accent, "Zye-bruh."

Slava's ogen worden groot. Hij had duidelijk niet verwacht dat zijn vader moeite met het Engelse woord zou hebben. Ik tsk-tsk opnieuw, schud mijn hoofd alsof ik teleurgesteld ben door Nikolais poging en na een kort, spanningsvol moment barst Slava in lachen uit.

"Zebra," corrigeert hij door het gegiechel heen, zijn uitspraak net zo perfect als de mijne. "Zebra, zebra."

"Oh, ik begrijp het." Nikolai kijkt me aan, een ondeugende glans in zijn ogen. "Dus... zee-bro?"

Slava gaat nu bijna dood van het lachen en ik kan het niet helpen om ook te grijnzen. Dit is een kant van mijn werkgever die ik nog nooit eerder heb gezien, en naar de reactie van Slava te oordelen, hij ook niet. Giechelend corrigeert hij de uitspraak van zijn vader, en Nikolai verprutst die weer, waardoor de jongen opnieuw in lachen uitbarst. Eindelijk slaagt Slava erin om Nikolai te 'leren' hoe het moet, en we sluiten, nadat we het hele alfabet hebben behandeld, triomfantelijk het boek.

Onmiddellijk keert de spanning tussen mij en Nikolai terug, de lucht knettert van een seksuele lading. Ik heb mijn best gedaan om het gevoel van hem tegen mijn zij gedrukt te negeren, maar zonder de afleiding van het boek is het onmogelijk. Zijn grote lichaam naast me is warm en hard, zijn arm zwaar over mijn schouderbladen, en hoewel we allebei volledig gekleed zijn, is de intimiteit van zo samen liggen onmiskenbaar.

Tot mijn opluchting haalt Nikolai zijn arm weg en gaat rechtop zitten. Ik doe hetzelfde, snel terugschuivend om wat afstand tussen ons te scheppen - een terugtrekking die hij met duistere geamuseerdheid gadeslaat voordat hij iets in het Russisch tegen zijn zoon zegt.

De jongen knikt, nog steeds rood van opwinding, en Nikolai staat op.

"Laten we naar mijn kantoor gaan," zegt hij tegen me. "Er is iets dat ik wil bespreken."

27

NIKOLAI

IK ZIT AAN DE KLEINE RONDE TAFEL IN MIJN KANTOOR EN Chloe zit tegenover me en kijkt me met die mooie, behoedzame bruine ogen aan. Haar handen draaien in elkaar op de tafel terwijl ze wacht tot ik het gesprek begin, en ik laat het moment zich uitstrekken, van haar nervositeit genietend. Naast haar op Slava's kleine bed liggen was een marteling geweest; als mijn zoon er niet was geweest, dan had ik mezelf niet kunnen beheersen. Zoals het is, vind ik het nog steeds moeilijk om naast haar te zijn, haar warmte te voelen en haar frisse, zoete geur in te ademen. Er is heel wat moeite voor nodig om niet naar haar toe te reiken en haar hier en nu vast te grijpen en haar op deze tafel uit te spreiden.

Met moeite bedwing ik mezelf. Het is te vroeg, vooral omdat ik over een half uur vertrek en pas over een paar dagen terug zal zijn. Een snelle neukpartij is niet wat ik zoek. Het zal verre van genoeg zijn.

Als ik Chloe in mijn bed heb, dan ben ik van plan

om haar daar urenlang te houden. Misschien zelfs dagen of weken.

Trouwens, dat is niet waarom ik haar naar mijn kantoor heb geroepen.

Ik leg mijn onderarmen op tafel en leun naar voren. "Over gisteravond..."

Ze verstijft, de polsslag in haar nek versnelt zich zichtbaar.

"... ging het over je moeder?"

Ze knippert. "Wat?"

"Je nachtmerrie. Ging het over de dood van je moeder?" De vraag kwelt me al de hele ochtend en aangezien Konstantin het rapport niet heeft doorgestuurd, kan ik maar op één manier het antwoord te weten komen.

Bij het woord 'dood' beweegt haar kin bijna onmerkbaar. "Het is... ja, in zekere zin gaat het over haar..." Ze slikt moeizaam. "Haar dood."

"Het spijt me." Wat ze ook verbergt, haar pijn is ongeveinsd en trekt aan me als een botte vishaak. "Hoe is ze overleden?"

Ik weet wat het politierapport zegt, maar ik wil Chloe's mening horen. Ik heb de mogelijkheid al afgewezen dat ze haar moeder zou hebben vermoord - het meisje dat ik de afgelopen twee dagen heb geobserveerd is niet meer een moordenaar dan dat ik een heilige ben - maar dat betekent niet dat er *niet* iets is gebeurd. Iets waardoor ze van de radar af is gegaan en op een rondreis is gestuurd in een auto die tien jaar geleden bij de sloop gegooid had moeten worden.

Chloe's handen verstrengelen zich strakker samen, haar ogen glinsteren van pijnlijke helderheid. "Er werd geoordeeld dat het zelfmoord was."

"En was het dat?"

"Ik... weet het niet."

Ze liegt. Het is duidelijk dat ze geen woord van dat politierapport gelooft, dat er iets is dat ze me niet vertelt. Ik kom in de verleiding om haar zwaarder onder druk te zetten, haar te dwingen om zich voor me open te stellen, maar ook daarvoor is het te vroeg. Ze heeft nog geen reden om me te vertrouwen, als ik te hard push, dan zal het alleen maar averechts werken.

Het laatste wat ik wil is haar bang maken, haar weg laten rennen terwijl ik weg ben.

"Dat is moeilijk," zeg ik in plaats daarvan zacht. "Geen wonder dat je nachtmerries hebt."

Ze knikt. "Het is nogal zwaar geweest." Voorzichtig vraagt ze, "En hoe zit het met jouw ouders? Zijn ze in Rusland?"

"Ze zijn dood." Mijn toon is overdreven bot, maar mijn familie is niet een onderwerp waar ik me in wil verdiepen.

Chloe's ogen worden groot voordat ze zich met verwacht medeleven vullen. "Het spijt me-"

Ik steek een hand op om haar tegen te houden. "Je hebt geen telefoon, laptop of tablet, toch?"

Ze kijkt verbijsterd. "Klopt. Ik heb tijdens de reis niets meegenomen."

Ik sta op en loop naar mijn bureau. Ik open een van

de lades, pak een gloednieuwe laptop, nog steeds in een doos verzegeld, en breng hem terug naar de tafel.

"Hier." Ik leg het voor haar neer. "Ik vertrek over" - ik kijk op mijn horloge - "een kwartier naar Tadzjikistan. Ik weet niet hoelang ik weg zal zijn, maar het zal minstens drie tot vier dagen zijn, en ik wil dat je me van de vorderingen van Slava op de hoogte houdt."

"Ja, natuurlijk." Ze staat ook op, haar bruine ogen staren me aan. "Wil je dat ik je dagelijks een e-mail stuur of...?"

"Ik zal je videobellen. Vraag Alina om op het beveiligde platform dat we gebruiken een account voor je aan te maken. Hier heb je ook" - ik haal mijn visitekaartje tevoorschijn en geef het aan haar - "mijn mobiele nummer voor noodgevallen."

Ik ben van plan om haar ook via de camera's in Slava's kamer in de gaten te houden, maar het zal niet genoeg zijn. Dat weet ik al. Ik heb meer contact met haar nodig, moet haar tegen *me* horen praten, haar naar *mij* zien glimlachen, niet alleen naar mijn zoon. De video-oproepen zullen ook niet genoeg zijn, maar het is het beste wat ik kan doen, afgezien van de reis helemaal te laten schieten, en zo ver ben ik nog niet.

Nee, dit zal het moeten doen, en op de hoogte blijven van de voortgang van Slava is een even goed excuus voor deze telefoontjes als wat dan ook.

Mijn borst verstrakt weer bij de gedachte aan mijn zoon, maar deze keer gaat de pijn met een verontrustend soort warmte gepaard. Slava was met me aan het lachen, keek me vanmorgen met iets anders dan behoedzaamheid aan... en dat kwam door haar, omdat ze daar was en ze me haar lieflijkheid, haar stralende magie had geleend.

En ik wil er meer van.

Ik wil al haar zonneschijn gebruiken om elke duistere, holle hoek van mijn ziel te verlichten.

Langzaam, om haar niet te laten schrikken, stap ik dichterbij en leg zachtjes mijn handpalm over haar zijdezachte wang. Ze staart naar me omhoog, onbeweeglijk, nauwelijks ademend, die zachte, pruilende poppenlippen zijn uit elkaar, en mijn ingewanden verkrampen door een gewelddadige golf van behoefte, een honger net zo intens als dat het duister is. Hoe graag ik haar ook wil neuken, ik wil haar nog meer bezitten.

Ik wil haar van binnen en van buiten bezitten, haar aan me vastketenen en haar nooit meer laten gaan.

Iets van mijn bedoeling moet te zien zijn, want haar adem stokt, haar keel beweegt zich in een nerveuze slik. "Nikolai, ik..."

"Laat 's avonds de laptop aanstaan," beveel ik zacht en ik laat mijn hand vallen en stap achteruit voordat ik aan de gevaarlijke maalstroom die in me woedt kan toegeven.

Aan het beest dat geen enkele mate van verfijning kan verbergen.

28

CHLOE

Met een bonzend hart kijk ik door het raam in Slava's kamer hoe Pavel een koffer op de achterbank van een strakke witte SUV laadt en achter het stuur kruipt. Een minuut later nadert Nikolai de auto. In een strak getailleerd grijs pak en wit overhemd met krijtstreep gekleed, met een laptoptas over een schouder geslagen, ziet hij er in elk geval als de machtige zakenman uit. Met zijn gebruikelijke atletische gratie bewegend, klimt hij op de passagiersstoel voorin en sluit het portier.

Ik slaak een beverige zucht, mijn hartslag vertraagt als de auto wegrijdt en langs de bochtige oprit verdwijnt. Ik heb geen idee hoe ik me over zijn vertrek voel of wat er in zijn kantoor is gebeurd. Stond hij op het punt om me te kussen? Als ik zijn naam niet had gezegd, zou hij dan-

"Chloe?" een kleine, hoge stem klinkt op en ik draai

me met een glimlach om, waarbij ik alle gedachten aan mijn werkgever in de wacht zet.

"Ja, lieverd?"

Slava houdt een doos met LEGO-stukken omhoog. "Kasteel?"

Ik grijns. "Tuurlijk, laten we het doen." Ik vind het geweldig dat hij het woord heeft onthouden en dat hij zich genoeg op zijn gemak voelt om me bij mijn naam te noemen. Hij is echt een van de slimste kinderen die ik ooit heb ontmoet, en ik twijfel er niet aan dat ik Nikolai veel te melden zal hebben als hij me belt.

Mijn hartslag versnelt weer bij de gedachte om met hem te videobellen en ik hou mezelf bezig door de LEGO-stukken uit de doos te halen. Een deel van mij is blij dat Nikolai er niet meer is... dat ik de komende dagen niet met zijn gevaarlijke, magnetische aanwezigheid te maken zal hebben. Maar een ander, zwakker deel van mij rouwt al om zijn afwezigheid. De bewolkte lucht buiten voelt donkerder, grijzer aan, het huis leger en kouder.

Het is alsof er iets essentieels uit mijn leven is verdwenen en een vreemd hol gevoel heeft achtergelaten.

Ik breng de rest van de ochtend met Slava door, speel verschillende educatieve spelletjes, en dan lunchen we met z'n tweeën in de eetkamer, terwijl Lyudmila alle gerechten tevoorschijn haalt.

"Hoofdpijn," informeert ze me als ik naar Alina vraag. "Je eet jezelf, oké?"

Ik knik, een lach om de ongelukkige formulering wegbijtend. Zal Pavels vrouw misschien voor wat Engelse lessen openstaan terwijl ik hier ben? Ik zal het haar eens moeten vragen. Voor nu concentreer ik me erop om Slava een royale portie van alles op tafel te geven en doe hetzelfde voor mezelf terwijl Lyudmila in de keuken verdwijnt. Ik zie haar pas weer bij het avondeten - wat Alina ook overslaat, waardoor ik alleen met mijn leerling kan eten.

Ik vind het niet erg. Sterker nog, het is een verademing. Ondanks de mooie kleding die Slava en ik volgens de 'huisregels' aantrekken, voelt het diner oneindig veel informeler met ons tweeën, de sfeer ontbreekt aan alle spanning en druk die de Molotov-broer en -zus met zich meebrengen. Ik speel met mijn eten, waardoor Slava als een gek moet giechelen, en ik blijf hem woorden voor de verschillende etenswaren leren, samen met basiszinnen die met etenstijd te maken hebben. Het duurt niet lang of hij vraagt me in het Engels om hem een servet aan te geven, en door veel gebaren en gezichtsuitdrukkingen te gebruiken, slagen we erin om te bespreken welk voedsel hij het lekkerst vindt en welk niet.

Pas als Lyudmila Slava meeneemt om hem naar bed te brengen en ik naar mijn kamer ga, besef ik dat ik Alina nodig heb. Zij is degene die voor mij een account op het beveiligde videoconferentieplatform aan moet maken. Ik betwijfel of Nikolai me vanavond zal bellen -

hij is waarschijnlijk nog in de lucht - maar hij zou me morgenochtend gemakkelijk kunnen bellen. Of midden in de nacht, als hij dan landt.

Toch wil ik haar niet lastigvallen als ze zich niet lekker voelt.

Ik besluit om met het instellen van de computer zelf te beginnen. Het is een gestroomlijnde, hoogwaardige MacBook Pro en als ik hem uit de doos haal, realiseer ik me dat ik nog nooit zo'n dure laptop heb gehad. Het is moeilijk te geloven dat Nikolai het als een reservepen in zijn bureaula had liggen.

Maar aan de andere kant, waarom ben ik verrast? Deze familie heeft duidelijk geld te veel.

Ik start de laptop op en ga door de routine van het instellen van de nieuwe computer. Maar als ik wifi probeer te gebruiken, dan lukt dat niet - die is met een wachtwoord beveiligd. Hier heb ik Alina ook voor nodig. Ik veronderstel dat ik het aan Lyudmila kan vragen, maar ze brengt Slava nu naar bed, en er is geen garantie dat ze het wachtwoord weet, gezien hoe paranoïde de Molotovs over beveiliging, digitaal en anderszins, zijn.

Ik adem gefrustreerd uit en sluit de laptop. Zonder internet is het vrijwel nutteloos.

Ik denk dat ik vanavond lekker kan luieren en tv kan kijken.

Ik trek mijn avondjurk uit en trek een zachte legging en een katoenen T-shirt met lange mouwen aan - beide nieuwe aanwinsten - en maak het me gemakkelijk op bed. Ik zet de tv aan, zoek een

natuurshow en breng het volgende uur door met het
leren over de vlaktes van de Serengeti. Het verhaal van
David Attenborough is net zo magnifiek als altijd, en ik
merk dat ik volledig door het verhaal dat zich op het
scherm afspeelt in beslag genomen wordt, mijn geest
voor het eerst sinds weken rustig. Pas als ik naar een
leeuw kijk die een gazelle besluipt, gaan mijn
gedachten naar de moordenaars die op me jagen en
keert mijn onrust terug.

Ik weet nog steeds niet wie die mannen zijn of wat
ze met mijn moeder wilden - waarom ze haar hebben
vermoord en het op zelfmoord hebben laten lijken. De
meest logische mogelijkheid is dat ze bij binnen kwam
lopen terwijl ze in het appartement inbraken, maar
waarom droeg ze dan haar badjas alsof ze thuis aan het
relaxen was? En waarom heeft de politie geen tekenen
van inbraak of vermiste dingen opgemerkt?

Ik neem tenminste aan dat ze het niet gezien
hebben. Als ze dat hadden gedaan en haar dood toch
als een zelfmoord zagen... nou, dat roept allerlei andere
vragen op.

De andere mogelijkheid, die waarschijnlijker en
veel verontrustender is, is dat ze speciaal zijn gekomen
om haar te vermoorden.

Ik zet de tv uit, sta op en loop naar het raam om
naar het snel donker wordende landschap te staren.
Mijn borst is strak, mijn geest gaat weer alle kanten op.
Ik heb sinds het is gebeurd mijn hersens gepijnigd,
proberend redenen te bedenken waarom iemand mijn
moeder zou willen vermoorden, en ik kan er geen

enkele bedenken. Mam was niet perfect - ze kon een scherpe tong hebben als ze moe was en ze was vatbaar voor depressies - maar ik heb haar nog nooit opzettelijk gemeen of onaardig tegen iemand zien zijn. Zolang ik me kan herinneren, had ze twee of meer banen tegelijk om ons te onderhouden, waardoor ze weinig tijd en energie had om te socializen en vrienden of vijanden te maken. Voor zover ik weet, ging ze niet eens uit, hoewel mannen haar de hele tijd probeerde te versieren.

Ze was mooi... en amper veertig toen ze stierf.

Mijn keel knijpt dicht, een stekende druk bouwt zich op achter mijn ogen. Ik heb niet alleen de enige persoon ter wereld verloren die onvoorwaardelijk van me hield, maar haar moordenaars lopen nog vrij rond. De politie geloofde geen woord van wat ik ze vertelde, de verslaggevers met wie ik contact opnam, reageerden niet op mijn e-mails en niemand is naar de moordenaars van mijn moeder op zoek. Niemand jaagt op ze als de hondsdolle dieren die ze zijn.

In plaats daarvan jagen de moordenaars op mij.

Fuck deze shit.

Ik draai me op mijn hakken om, stap naar het bed en pak de laptop. Ik kan niet blijven zitten, tv kijken alsof mijn wereld een maand geleden niet in is gestort. Niet als ik eindelijk veilig ben en een computer heb waarop ik op mijn gemak onderzoek kan doen. Wekenlang ben ik van de ene crisis naar de andere gegaan, al mijn energie op overleven gericht, op ontsnappen, maar de dingen zijn nu anders. Ik heb een volle buik, een veilige plek om mijn hoofd te laten rusten en - als ik dat wifi-wachtwoord maar kan krijgen - een laptop met internetverbinding. Nooit meer een bibliotheek in een klein stadje binnensluipen om achter hun trage, oude desktops te kruipen terwijl ze elke minuut over mijn schouder kijken, geen haastig samengestelde e-mails meer schrijven voordat ik naar mijn auto ren.

Hier, in de privacy van mijn kamer, kan ik de tijd nemen en naar bewijs zoeken om mijn beweringen te staven, voor een soort bewijs om aan de politie te geven.

Ik kan proberen het mysterie van mama's moord op te lossen en de rollen voor haar moordenaars om te draaien, zodat zij degenen zijn die moeten vluchten.

29

CHLOE

Ik weet niet welke kamer van Alina is, maar het moet dicht bij de mijne zijn wil ze me beide avonden hebben kunnen horen. Ik houd de laptop tegen mijn borst, klop op de deur die het dichtst bij mijn slaapkamer is en als ik geen antwoord krijg, ga ik naar de volgende.

Nog steeds geen geluk.

Ik probeer nog drie slaapkamerdeuren, plus Nikolais kantoor, met hetzelfde gebrek aan resultaten. De enige kamer die nog over is, is die van Slava, en aangezien alles daar stil is, moet hij al slapen.

Ik onderdruk mijn frustratie en ga naar beneden. Ik ben er vrij zeker van dat de kamer van Lyudmila en Pavel in de buurt van de wasserij is. Ik heb hun stemmen daar vandaan horen komen toen ik gisteren mijn kleren uit de droger haalde. Hopelijk is Lyudmila nog niet naar bed gegaan en kan ze het wachtwoord geven of Alina voor me lokaliseren.

Niemand geeft antwoord als ik daar klop - noch is Lyudmila in de keuken of in een van de andere gemeenschappelijke ruimtes beneden. Ik sta op het punt om het op te geven en terug naar mijn kamer te gaan wanneer gelach van in de verte mijn oren bereikt.

Het komt van buiten.

Eindelijk.

Ik laat de laptop op een salontafel in de woonkamer staan, haast me naar de voordeur en stap de koele, mistige duisternis in. Het regent niet meer, maar de lucht houdt nog steeds een vochtige kilte vast, met dikke wolken die elk spoor van maanlicht blokkeren. Zonder het licht dat uit de ramen valt en de verlichting van lampen op zonne-energie die langs elke kant van de oprit staan, zou het te donker zijn om iets te zien. Zelfs nu is het nog steeds meer dan een beetje eng en ik sla mijn armen om mezelf heen om te stoppen met rillen terwijl ik naar de achterkant van het huis loop, het geluid van stemmen volgend.

Ik zie Alina en Lyudmila op een paar rotsblokken aan de rand van de klif zitten, een klein vuur is vrolijk voor hen aan het knetteren. Ze lachen en praten in het Russisch – en ik realiseer me als ik dichterbij kom dat ze een joint delen.

De grasachtige geur van wiet is onmiskenbaar.

Als ik ze nader vallen ze stil, Lyudmila kijkt me met openlijke ontzetting aan en Alina met haar gebruikelijke ondoorgrondelijke uitdrukking. Nikolais zus neemt een diepe trek, blaast langzaam de rook uit en houdt me de joint voor. "Wil je wat?"

Ik aarzel voordat ik het voorzichtig van haar aanneem. "Natuurlijk, bedankt." Ik ben geen onbekende in wiet, ik heb in mijn eerste jaar op de universiteit meer dan mijn deel gerookt, maar het is al een tijdje geleden dat ik een joint heb gerookt.

Het hielp me vroeger echter om te ontspannen en dat zou ik vanavond wel kunnen gebruiken.

Ik ga op een rotsblok naast Alina zitten en inhaleer een long vol rook, van de scherpe, grasachtige smaak genietend, en geef de joint dan aan de behoedzame Lyudmila door. Alina mompelt iets tegen haar in het Russisch en de andere vrouw ontspant zichtbaar. Ze neemt een trek, geeft de joint door aan Alina, die een trek neemt en hem aan mij doorgeeft en zo gaan we in een cirkel verder, in vriendschappelijke stilte totdat er slechts een klein, nutteloos stompje overblijft.

"Ik heb tegen haar gezegd dat je ons niet aan mijn broer zult verraden." Alina laat de stomp in het vuur vallen en kijkt naar de resulterende explosie van vonken. "Of tegen haar man."

"Houden ze niet van wiet?" Mijn stem is schor en zacht, mijn geest aangenaam wazig. Zelfs het vooruitzicht om mijn werkgever van streek te maken, houdt me op dit moment niet bezig, hoewel ik weet dat het zou moeten. Trouwens, Alina is technisch gezien ook mijn werkgever en zij bood me de joint aan, dus mij treft geen blaam. Of wel? Is misschien toch alleen Nikolai mijn werkgever?

Het is moeilijk om helder te denken.

"Nikolai kan... over bepaalde dingen bekrompen

zijn. En Pavel heeft geen geheimen voor hem." Alina duwt met de punt van haar schoen tegen een gloeiende kool en ik constateer vaag dat ze stiletto's draagt en een blauwe cocktailjurk die perfect voor een opening van een kunstgalerie zou zijn. Haar enige concessie aan de wildernis om ons heen is een wit nepbont dat om haar slanke schouders is gedrapeerd - vermoedelijk om de kou buiten te houden. Ze draagt ook haar gebruikelijke lippenstift en eyeliner.

"Lyudmila zei dat je hoofdpijn had," zeg ik voordat ik er iets langer over na kan denken. "Doe je zelfs als je ziek bent make-up op en nette kleding aan?"

Alina lacht zacht en steekt nog een joint aan. Ze neemt een trekje en biedt het aan Lyudmila aan, die hetzelfde doet en het mij aanbiedt. Ik begin ernaar te reiken, maar bedenk me. Ik weet uit ervaring dat ik ongeveer net zo rustig ben als ik maar ga worden, iets meer zal me alleen maar traag van begrip maken. Niet dat ik dat nog niet ben - die eerste joint was krachtig spul, zo sterk als alles wat ik heb geprobeerd tezamen. Trouwens, er was een reden dat ik hierheen ben gekomen en het was niet om stoned te worden.

"Nee, bedankt," zeg ik, terwijl ik mijn hand terugtrek en schouderophalend geeft Lyudmila de joint terug aan Alina.

Ik kijk naar de vlammen die knetteren en dansen terwijl ze roken en in het Russisch praten. Ik wou dat ik de taal sprak zodat ik ze kon begrijpen, maar dat is niet zo en het vlotte ritme van hun spraak doet me aan een kabbelende bergbeek denken, de woorden die in elkaar overvloeien, elk begrip tarten.

Is dat hoe het voor Slava is als ik spreek? Of voor Lyudmila?

Is dat hoe het voor mijn moeder was toen ze voor het eerst vanuit Cambodja naar Amerika werd gebracht?

Ze heeft nooit veel over haar vroege jaren gesproken. Ik weet alleen dat ze toen ze rond Slava's leeftijd was door het zendelingenechtpaar geadopteerd is. Ik heb haar nooit om details gevraagd, omdat ik geen slechte herinneringen wilde oproepen. Ik dacht dat we een heel leven zouden hebben om over wat dan ook te praten, en dat ze me het uiteindelijk zou vertellen, als er tenminste iets te vertellen was.

Ik was een kortzichtige idioot.

Ik had alles over mijn moeder te weten moeten komen toen ik de kans had.

Alina's lach trekt mijn aandacht en ik verschuif mijn blik van de dansende vlammen naar haar gezicht, terwijl ik elke opvallende trek bestudeer. Het zou gemakkelijk zijn om jaloers op haar te zijn, zowel om haar buitengewone schoonheid als om haar rijkdom, maar om de een of andere reden krijg ik niet de indruk dat Nikolais zus bijzonder gelukkig is. Zelfs nu, nu ze meer dan een beetje high moet zijn, zit er een broos randje in haar lach... een eigenaardige kwetsbaarheid onder haar glanzende façade. En misschien is het de gloed van het vuurlicht dat de porseleinen perfectie van haar huid verzacht, maar vanavond lijkt ze jonger dan midden tot eind twintig wat ik haar geschat had.

Veel jonger.

"Hoe oud ben je?" flap ik eruit, ineens bang dat ik wiet van een tiener heb aangenomen. Een fractie van een seconde later herinner ik me dat ze aan Columbia is afgestudeerd, dus ze moet minstens mijn leeftijd hebben, maar het is te laat om mijn al te persoonlijke vraag terug te nemen.

Tot mijn opluchting lijkt Alina het niet ongepast te vinden. "Vierentwintig," antwoordt ze op een dromerige toon. "Volgende week vijfentwintig." Haar ogen zijn een beetje onscherp, ze reikt naar me toe en raakt mijn haar aan, terwijl ze een lok tussen haar vingers wrijft. "Heeft iemand ooit tegen je gezegd dat je een beetje op Zoë Kravitz lijkt?" Ze wacht niet op een antwoord en strijkt met haar vingertoppen over mijn kaak. "Ik begrijp waarom mijn broer je wil. Zo mooi... zo lief en fris..."

Ongemakkelijk lachend sla ik haar hand weg. "Je bent zo stoned." Ik voel Lyudmila's blik op ons gericht, nieuwsgierig en oordelend, en mijn gezicht wordt warm als ik erover nadenk hoeveel van Alina's woorden ze heeft begrepen - en wat ze al weet. Deze twee lijken goede vriendinnen te zijn en het zou me niet verbazen als tenminste een deel van hun eerdere gelach ten koste van mij ging.

"Extreem stoned," beaamt Alina, terwijl ze de tweede stomp in het vuur gooit. "Maar dat verandert niets aan de feiten." Ze steunt met haar ellebogen op haar knieën en leunt naar voren, het licht van het vuur danst in haar ogen terwijl ze zachtjes zegt, "Val niet voor hem, Chloe. Hij is niet je prins op het witte paard."

Ik trek me terug. "Ik ben niet op zoek naar een-"

"Maar dat ben je wel." Haar stem blijft zacht, zelfs als haar blik helderder wordt, alle wazigheid verdwenen. "Je hebt een prins op het witte paard nodig, nobel en vriendelijk en puur, een beschermer om je te koesteren en van je te houden. En mijn broer kan dat niet voor je zijn of voor wie dan ook. Molotov-mannen hebben niet lief, ze bezitten - en Nikolai is geen uitzondering."

Ik staar haar aan, mijn maag wordt hol als de aangename toestand van chemisch opgewekte onbezorgdheid verdwijnt en mijn hoofd met de seconde helderder wordt. Ik begrijp niet wat ze bedoelt, niet helemaal, maar ik twijfel er niet aan dat ze oprecht is, dat haar waarschuwing bedoeld is om me te beschermen.

Alina gaat achteruit, steekt een derde joint aan en strekt deze naar me uit. "Meer?"

"Nee, bedankt. Ik, uhm..." Ik schraap mijn keel om de resterende heesheid kwijt te raken. "Ik heb eerlijk gezegd het wifi-wachtwoord nodig. Daarom ben ik naar buiten gekomen om je te zoeken. Nikolai wilde ook dat je me op jullie videoconferentieplatform zou installeren - als je daar nu zin in hebt, tenminste."

Ze neemt een diepe trek en blaast langzaam de rook uit in mijn gezicht. "Ik denk dat dat wel te regelen is."

Ze geeft de joint aan Lyudmila en staat op. "Laten we gaan."

En met maar een beetje onvaste manier van lopen leidt ze me terug naar het huis.

Als we in de woonkamer komen, geef ik haar de laptop en kijk, met niet geringe verbazing, hoe ze naar de instellingen navigeert en het wachtwoord invoert, haar elegante vingers over het toetsenbord vliegend. Zonder de sterke geur van wiet die aan haar haren en kleding kleeft - en als ik niet persoonlijk getuige van het roken van het meeste van die twee joints was geweest, plus hoeveel ze voor mijn aankomst al met Lyudmila had gedeeld - zou ik nooit geweten hebben dat ze high is.

Ze is gewoon feilloos met haar installatie van de videoconferentiesoftware en het instellen van het account; haar rode vingernagels bewegen met een snelheid waar een hacker trots op zou zijn.

"Je bent hier echt goed in," zeg ik nadat ze de laptop aan mij heeft gegeven en de basisprincipes van de software heeft uitgelegd. "Heb je informatica of iets dergelijks gestudeerd?"

"God nee." Ze lacht. "Economie en Politicologie, hetzelfde als Nikolai. Konstantin is de nerd in de familie - de rest van ons is op zijn best bekwaam."

"Begrepen. In ieder geval bedankt hiervoor." Ik klap de laptop dicht en stop hem onder mijn arm. "Ik ga naar bed. En jij...?" Ik zwaai in de richting van de voordeur.

Ze knikt, een mondhoek gaat in een halve glimlach omhoog. "Lyudmila wacht op me. Welterusten, Chloe. Slaap lekker."

30

CHLOE

Terug in mijn kamer neem ik een douche om de resterende wazigheid uit mijn hoofd te laten verdwijnen en trek mijn pyjama aan. Dan ga ik vol verwachting comfortabel op het bed liggen, open de laptop en open een browser.

Ik begin met het zoeken naar berichtgeving over de dood van mijn moeder. Er is niet veel, alleen een overlijdensbericht en een kort artikel in een plaatselijke krant waarin wordt gemeld dat een vrouw dood in haar appartement in East Boston is gevonden. Geen van beiden gaat op details in, waarbij ze tactvol elke melding van zelfmoord weglaten. Ik had zowel het artikel als het overlijdensbericht al gelezen toen ik een paar weken geleden bij een bibliotheek in Ohio was gestopt, dus ik besteed er niet veel tijd aan. In plaats daarvan noteer ik de naam van de verslaggever en zoek ik haar contactgegevens op, log dan in op mijn Gmail en stuur haar een lange, gedetailleerde e-mail waarin ik precies uitleg wat er op die dag in juni is gebeurd.

Misschien heb ik meer geluk met haar dan met de andere journalisten die ik tot nu toe heb gesproken. Geen van hen heeft de moeite genomen om te antwoorden - ze hebben me waarschijnlijk als een gestoorde afgedaan, net zoals de politie had gedaan. Maar dat waren verslaggevers van grote nieuwszenders en ze worden ongetwijfeld door allerlei gekken lastiggevallen. In films is het altijd de kleine journalist die genoeg geïntrigeerd raakt om het te onderzoeken en misschien zal dat hier ook het geval zijn.

Men kan altijd hopen.

Vervolgens typ ik mama's naam in Google in en kijk wat ik nog meer kan vinden. Misschien wordt er ergens vermeld dat ze een geheim dubbelleven had, iets dat zou verklaren waarom iemand haar zou willen vermoorden.

En misschien springen varkens op een ruimteschip en vliegen ze naar de maan.

Ik vind precies wat ik had verwacht: een dikke vette niks. Het enige dat mijn zoektocht oplevert, is mama's Facebook-profiel en ik besteed het volgende halfuur aan het lezen van haar berichten terwijl ik tegen mijn tranen vecht. Mam hield niet van het idee om haar leven tentoon te stellen, dus het aantal vrienden is in de lage dubbele cijfers en haar berichten zijn schaars. Een foto van ons tweeën gekleed om voor mijn eenentwintigste verjaardag uit te gaan, een momentopname van het boeket bloemen dat haar collega's in het restaurant haar voor haar veertigste cadeau hadden gedaan, een video waarin ik tijdens onze recente vakantie in Miami sla aan een giraf voer - haar profiel raakt nauwelijks de hoogtepunten van ons leven, laat staan dat het iets onthult wat ik nog niet wist.

Toch bekijk ik ijverig de profielen van al haar Facebook-vrienden voor het geval dat een van hen een drugsdealer is die stom genoeg is om het op social media te vermelden. Want dat is de beste theorie die ik kan bedenken.

Dat mam getuige van iets was geweest wat ze niet had moeten zien en dat daarom die mannen achter haar aan zijn gekomen - net zoals ze nu achter mij aan komen, omdat ik ze heb gezien en weet dat haar dood geen zelfmoord was.

Toegegeven, er is geen bewijs voor deze theorie, maar ik kan geen redelijk alternatief bedenken. Nou, dat kan ik wel - een inbraak die fout is gegaan - maar er zijn veel te veel problemen met dat idee. Ik bedoel, wapens met geluiddempers? Welke inbrekers hebben die bij zich?

Hoe meer ik erover nadenk, hoe meer ik ervan overtuigd raak dat die mannen haar kwamen vermoorden.

De grote vraag is: waarom?

Drie uur later verwijder ik de geschiedenis van mijn browser en wis ik de cookies - voor het geval ik de computer onverwachts terug moet geven - en sluit ik de laptop. Mijn ogen voelen door al het lezen op het scherm aan alsof ze met schuurpapier zijn ingewreven en de verzachtende effecten van wiet zijn allang uitgewerkt, waardoor ik me moe en ontmoedigd voel. Ik heb zo ongeveer alles gegoogeld wat ik in verband met mama's leven en dood kon bedenken, heb de lokale kranten doorzocht op berichten over andere misdaden rond dezelfde tijd - in het onwaarschijnlijke geval dat mama's moordenaars twee seriemoordenaars waren die samenwerkten - en ik heb met het doorzettingsvermogen van de meest toegewijde online trol al haar Facebook-vrienden en restaurantmedewerkers gestalkt. Ik heb zelfs naar de dood van haar adoptieouders gekeken, voor het geval er meer aan de hand was met hun auto-ongeluk dan mij was verteld, maar het lijkt een duidelijk geval van een dronken chauffeur te zijn geweest die hen op de snelweg heeft geramd.

Er is niets, absoluut niets om aan de politie te geven. Geen wonder dat ze me niet geloofden toen ik die dag bevend en hysterisch het bureau binnenstormde.

Ik zou waarschijnlijk voor nu moeten stoppen en morgen met een fris hoofd alles na moeten lopen, maar ondanks mijn vermoeidheid gonst mijn hoofd van allerlei verontrustende vragen - waarvan er slechts enkele met mama's dood te maken hebben. Want er is nog een mysterie waar ik nog niet aan heb mogen denken, een dat misschien net zo veel invloed op mijn veiligheid heeft.

Wie is Nikolai Molotov precies en wat bedoelde Alina met haar vreemde waarschuwing?

Ik kijk naar het kussen en dan naar de computer. Het is laat en ik moet echt gaan slapen. Maar de kans dat ik kan slapen terwijl ik zo opgefokt ben, is klein, bijna onmogelijk.

Laat maar. Wie heeft er slaap nodig?

Ik open de laptop, typ 'Nikolai Molotov' in de browser en duik erin.

3 1

NIKOLAI

Het eerste wat ik bij aankomst in mijn hotel doe, is mijn laptop opstarten, de videofeed van Slava's kamer openen en controleren of mijn zoon rustig slaapt.

Dat doet hij. Het autovormige nachtlampje waarvan hij graag wil dat we hem aan laten, verlicht zijn slapende gelaatstrekken en onthult een kleine vuist onder zijn lieflijk ronde wang. Mijn hart bonst harder bij het aanzicht, een nu bekende pijn verspreidt zich door mijn borst. Ik begrijp het net zomin als mijn groeiende obsessie met zijn lerares, maar ik kan niet ontkennen dat het er is, net zo echt en concreet als mijn haat voor de vrouw die hem ter wereld heeft gebracht.

Voor Ksenia en de hele Leonov-clan van adders.

Woede ontsteekt zich in mijn maag en ik dwing mijn gedachten bij hen vandaan. Morgen zal snel genoeg zijn om hun laatste sabotage aan te pakken. Vanavond heb ik leukere dingen om over na te denken.

Ik open een nieuw venster, breng de feed van de webcam op Chloe's laptop naar voren, en een warme gloed verspreidt zich door me heen terwijl haar mooie gezicht het scherm vult. Ondanks het late uur is ze wakker, haar gladde voorhoofd in een frons terwijl ze aandachtig naar haar computer tuurt. Ze moet iets online doen, want ik kan zien dat haar browser actief is en als ik in haar zoekgeschiedenis kijk, ben ik blij dat ze onderzoek naar mij doet.

Ik had al gehoopt dat ze aan mij zou denken, net zoals ik aan haar denk.

Ze heeft natuurlijk geen idee dat ik dit kan zien. De laptop die ik haar heb gegeven is van een speciale batch die door een van Konstantins duistere ondernemingen is aangepast. Het ziet eruit als een gewone gloednieuwe Mac, maar is vooraf met niet-detecteerbare spyware geïnstalleerd waarmee we allerlei invloedrijke zakenmensen en politici in de gaten kunnen houden.

Dankzij deze handige software en de geheimen die het heeft onthuld, zijn er veel zakelijke deals tot stand gekomen.

Ik kijk een paar minuten naar haar, geamuseerd door haar pogingen om een artikel uit een Russische krant met behulp van gratis online vertaaltools te lezen. Ze trekt haar neus op de meest schattige manier omhoog als ze verbaasd is en haar ogen gaan van wijd naar smal en terug, haar tanden bijten vaak op haar onderlip. Ik wil op die volle lip bijten en hem met een kus verzachten en dan hetzelfde over haar heerlijke kleine lichaam doen.

Mijn pik beweegt bij de gedachte en ik haal diep adem om mezelf van de hitte die zich in me opbouwt af te leiden. Hoe leuk het ook is om haar te observeren, wat ik nog meer wil, is met haar praten, haar zachte, hese stem horen en haar zonnige glimlach zien. Ik mis die glimlach.

Fuck, ik mis *haar*.

Het is belachelijk, ik weet het - ik heb haar deze week pas ontmoet en we zijn nu minder dan een dag uit elkaar - maar zo is het nu eenmaal, dat is de onvermijdelijkheid van dit alles. Het lot heeft haar bij mij gebracht en nu is ze van mij, ook al weet ze het nog niet. Zonder deze reis zou ze al in mijn armen zijn, maar de Leonovs hebben hun vuile poten in onze zaken gestoken en hier zijn we dan.

Ik haal nog een keer kalmerend adem, open de videosoftware van Konstantin en bel.

32

CHLOE

Ik ben bezig met het nauwgezet vergelijken van de Bing-vertaling van het Russische artikel met de Google-versie in de hoop drie bijzonder verwarrende zinnen te begrijpen wanneer een zacht belsignaal klinkt en er een video-oproepverzoek verschijnt, met Nikolais foto erin.

Mijn hartslag schiet omhoog en mijn ademhaling versnelt zich oncontroleerbaar. Het is alsof hij de spreekwoordelijke duivel is, opgeroepen door mijn gedachten - of mijn onderzoek. Is dat mogelijk? Weet hij op de een of andere manier dat ik op dit moment over hem aan het lezen ben?

Belt hij daarom zo laat? Om me te ontslaan, omdat ik aan het rondsnuffelen ben?

Nee, dat is waanzin. Hij is waarschijnlijk net geland, zag op de videoconferentie-app dat ik online ben en besloot toen om te bellen.

Ik haal bevend adem, strijk met mijn handpalmen mijn haar glad en klik op 'Accepteren'.

Zijn prachtige gezicht vult het scherm, waardoor mijn hart harder begint te bonzen. "Hallo, zaychik." Zijn stem is zacht en diep, zijn blik betoverend, zelfs door de camera heen. Over het algemeen is de kwaliteit van de video krankzinnig; het is als een film in HD. Ik kan alles zien, van de kunstzinnige duikvluchten in het abstracte schilderij dat een paar meter achter zijn stoel aan de muur hangt tot de bosgroene vlekjes in zijn amberkleurige ogen. Hij moet net zijn aangekomen, want hij draagt nog steeds het overhemd en de stropdas waarin ik hem zag vertrekken, maar in plaats van er moe en verfomfaait uit te zien, zoals een normaal persoon er na een trans-Atlantische vlucht uit zou zien, is hij het toonbeeld van moeiteloze elegantie, elk glanzend zwart haartje perfect op zijn plek.

Ik realiseer me dat ik als een gefascineerde groupie naar hem staar en dwing mijn stembanden tot actie. "Hoi." Mijn keel is nog een beetje rauw van de rook, maar ik hoop dat hij de heesheid in mijn stem aan het late tijdstip toeschrijft. "Hoe was je vlucht?"

Zijn sensuele lippen krullen zich in een warme glimlach. "Rustig. Waarom ben je nog wakker? Het is daar al na middernacht."

"Gewoon... niet moe." Zeker niet nu ik met hem praat. Het krijgen van dit telefoontje is als het drinken van vijf espresso's, zelfs mijn vermoeidheid is verdwenen, door een zenuwachtig soort opwinding vervangen - een die slechts gedeeltelijk verband houdt met wat ik aan het lezen was.

Zoals ik al vermoedde, zijn de Molotovs stinkend rijk en in Rusland heel belangrijk. "Een van de machtigste oligarchenfamilies" is een door Google vertaald citaat uit een Russisch artikel, en er zijn in de Russische pers tal van vermeldingen van Nikolai en zijn broers - en daarvoor van Vladimir, hun vader. Ik heb zelfs een foto van vorig jaar gevonden waarop Nikolai op een black-tie-evenement in Moskou naast de Russische president zit, net zo cool en comfortabel als tijdens zijn familiediners.

Wat ik tot mijn grote opluchting niet heb gevonden, is dat de Molotovs van de maffia zijn of criminele banden hebben, hoewel ik misschien niet diep genoeg heb gegraven. Zelfs met de hulp van online vertaaltools is het moeilijk om in het Russisch de juiste zoektermen te vinden en er is in het Engels verrassend weinig over Nikolais familie geschreven - een terloopse vermelding op CNN van een pijpleiding in Syrië die door een van hun oliemaatschappijen is aangelegd, een paragraaf op Bloomberg over een nieuw kankermedicijn dat door een van hun farmaceutische bedrijven ontwikkeld is, in een artikel in de *New York Times* een regel over Vladimir Molotov waarin de enorme rijkdom in Rusland wordt besproken. Er zijn geen Wikipedia-vermeldingen over en ook niets in de roddelbladen. Ze verschijnen zelfs niet op de lijsten van *Forbes*, hoewel verschillende Russische miljardairs daar wel op staan en de Molotovs nog rijker lijken.

Het is natuurlijk mogelijk dat ik niets heb kunnen vinden omdat alle verwijzingen naar molotovcocktails de zoekresultaten verstoppen. Ik zal Nikolai of zijn zus moeten vragen of ze familie van de Sovjetminister van Buitenlandse Zaken zijn waar de zelfgemaakte explosieven pejoratief naar vernoemd zijn.

Bij mijn antwoord kijkt Nikolai bezorgd in de camera. "Je hebt toch niet nog een nachtmerrie gehad, ofwel?"

Ik schud lachend mijn hoofd. "Ik ben gewoon nog niet gaan slapen."

Misschien is het het ontbreken van enige alarmerende ontdekkingen in mijn zoektocht, of de simpele realiteit dat hij hier niet is om mijn lichaam met fysiek bewustzijn te laten pulseren, maar ik voel me rustiger als ik vanavond met hem praat... veiliger. Het is tenslotte mogelijk dat mijn ervaringen van de afgelopen maand mijn zenuwen hebben verscheurd, waardoor ik gevaar zag waar er geen gevaar was, en alle veronderstelde waarschuwingssignalen - zijn litteken van een kogelwond en kapotte knokkels, de bewakers en alle veiligheidsmaatregelen - onschuldige verklaringen hebben. Trouwens...

"Heb je ooit in het leger gezeten?" vraag ik impulsief en meer spanning verlaat mijn schouders als Nikolai knikt, een vage glimlach danst op zijn lippen terwijl hij achteroverleunt in zijn stoel.

"Mijn familie heeft een lange geschiedenis van voorname dienst aan het land en mijn vader stond erop dat mijn broers en ik de traditie zouden volgen. We zijn alle drie toen we achttien waren in dienst gegaan en hebben een aantal jaren in het leger gediend." Hij houdt zijn hoofd schuin en kijkt me peinzend aan. "Was je je dit aan het afvragen?" Hij raakt zijn linkerschouder aan.

"Dat was ik," geef ik schaapachtig toe. Ik begin me een idioot te voelen, omdat ik eerder mijn fantasie de vrije loop heb laten gaan. "Wat is er gebeurd? Ben je neergeschoten?"

Hij knikt. "Een sluipschutter schoot een kogel mijn kant op. Gelukkig heeft hij me gemist.

"Gemist?"

Zijn witte tanden zijn zichtbaar in een grijns. "Ik ben toch niet dood, ofwel?"

"Nee, godzijdank." Toch knijpt mijn borstkas zich samen als ik me dat litteken voorstel en de pijn die hij moet hebben ervaren toen de kogel door zijn vlees scheurde. "Heeft het lang geduurd om te herstellen?"

"Enkele weken. Ik was toen pas twintig, wat heeft geholpen."

"Toch kan ik me niet voorstellen dat het leuk was." Omdat ik de verleiding niet kan weerstaan, vraag ik: "Houd je je training tot op de dag van vandaag bij? Zoals... vechten en zo?"

Ik probeer subtiel te zijn, maar hij kijkt toch dwars door me heen.

Hij grijnst kwaadaardig, houdt zijn handen omhoog en draait ze om de gekneusde knokkels voor de camera te laten zien. "Je vraagt je dit af, neem ik aan? Dat komt door het sparren met een paar van mijn bewakers. Ze zijn van mijn voormalige eenheid en we gaan er af en toe tegenaan – tenminste, als Pavel er niet is."

Ik grijns naar hem terug, zo opgelucht dat ik zou kunnen huilen. Natuurlijk zijn zijn bewakers zijn vrienden uit het leger, dat is zo logisch en het spreekt boekdelen over zijn karakter. "Zat Pavel ook bij jou in het leger?" Ik kan me de man-beer met gemak in legeruitrusting voorstellen, een M16 en misschien een tank op zijn schouders dragend.

Tot mijn verbazing schudt Nikolai zijn hoofd. "Hij heeft eigenlijk met mijn vader gediend. Hij is op zijn veertiende in dienst gegaan en ze hebben hem toegelaten, aangezien hij al zijn huidige lengte had en er als vijfentwintig uitzag."

"Oh wauw. Dus hij kent je familie al van voor je geboorte?"

"Lang daarvoor," bevestigt Nikolai. "Mijn vader heeft hem rechtstreeks uit het leger ingehuurd en sindsdien is hij bij ons gezin."

"Lyudmila ook?"

"Nee, ze zijn pas een jaar of tien getrouwd." Hij lacht. "Alina kreeg bijna een aanval toen hij Lyudmila voor het eerst aan ons voorstelde. Ik denk dat mijn zus de indruk had dat Pavel haar exclusieve eigendom was."

Mijn ogen worden groot. "Was ze verliefd op hem?"

"Niet precies, nee. Ik denk dat ze hem meer als een tweede vader zag." Zijn glimlach vervaagt en er flikkert iets sombers in zijn ogen voordat zijn lippen hun gebruikelijke duistere sensuele vorm aannemen - die cynische, verleidelijke glimlach die, besef ik nu, zijn ware emoties verbergt. Hij leunt dichter naar de camera en zegt zachtjes, "Genoeg over hen. Vertel me over je dag, zaychik. Wat hebben jij en Slava gedaan toen ik weg was?"

Juist, daarom belt hij: om een rapport over zijn zoon te krijgen. Ik verberg een irrationele steek van teleurstelling, zet mijn leraarspet op en vertel hem over onze activiteiten en de vorderingen die Slava maakt. Hij luistert aandachtig, onderbreekt af en toe om vervolgvragen te stellen en naarmate ons gesprek vordert, realiseer ik me dat ik nog een negatieve mening die ik over hem had moet herzien.

Nikolai geeft wel om zijn zoon. Heel veel.

Ik heb er vanmorgen een glimp van opgevangen, toen Slava en ik daar op het bed lagen en ik zie het nu aan de manier waarop zijn gezicht zachter wordt als ik over de jongen praat. Ik weet niet waarom hij weigert om zijn zoon tegen zulke voor de hand liggende gevaren als een scherp mes te beschermen, maar het is niet omdat hij niet van hem houdt. Dat doet hij wel – hoewel, te oordelen naar de manier waarop hij zich in de buurt van Slava gedraagt, zou het me niet verbazen als hij moeite heeft om het toe te geven.

Ik denk dat Nikolai hechter met zijn zoon wil zijn, maar niet weet hoe.

Ik denk... dat hij toch een goede man kan zijn.

Alina's waarschuwing komt weer bij me boven, maar ik duw hem weg. Ze was high, en er is tussen broer en zus duidelijk spanning, een soort geschiedenis waar ik niet bekend mee ben. Trouwens, ik weet niet wat ze denkt dat er tussen mij en Nikolai gebeurt, maar het heeft niks met liefde te maken. Seks misschien - ik ben realistisch genoeg om toe te geven dat mijn vastberadenheid om niet met mijn baas naar bed te gaan niet tegen de sterke aantrekkingskracht tussen ons is opgewassen - maar liefde is een heel ander iets. Ik zou een idioot zijn om verliefd op een man als Nikolai te worden, die er ongetwijfeld aan gewend is dat de mooiste vrouwen ter wereld zich voor zijn voeten gooien. Als we met elkaar naar bed zouden gaan, dan zou het voor hem niets betekenen - en ik moet ervoor zorgen dat het voor mij ook niets te betekenen heeft.

Beter nog, we moeten niet met elkaar naar bed gaan.

Op die manier raakt er ook niemand gekwetst.

We praten nog twintig minuten over Slava voordat het late uur me inhaalt en een geeuw me in het midden van een zin onderbreekt. Ik probeer het meteen te onderdrukken, maar Nikolai laat zich niet voor de gek houden.

"Je bent uitgeput, nietwaar?" mompelt hij en kijkt me bezorgd aan. "Je had iets moeten zeggen, zaychik. Het was niet mijn bedoeling om je wakker te houden."

"Nee, het is goed. Ik ben gewoon…" Een andere onbeheersbare geeuw onderbreekt mijn woorden en ik bedek hem met de rug van mijn hand voordat ik hem een berouwvolle glimlach schenk. "Oké, ja, het is bedtijd voor me. Hoe kun jij zo wakker zijn? Je moet bovenop alles een jetlag hebben."

De groene vlekjes in zijn ogen schitteren feller. "Ik heb niet veel slaap nodig."

Natuurlijk niet. Het zou me niet verbazen als hij deels bovenmenselijk was - dat zou de buitengewone knappe looks verklaren die hij met zijn zus deelt.

"Nou, in ieder geval welterusten," zeg ik, tegen nog een geeuw vechtend. "En veel succes met de zaken die je daar moet doen."

"Dank je, zaychik." Zijn glimlach bevat een tedere noot. "Welterusten. Ik bel je morgenavond."

Hij hangt op en terwijl ik de laptop opberg, merk ik dat mijn hart in een nieuw, onregelmatig ritme klopt, mijn borst met een warmte gevuld die ik niet durf te onderzoeken.

33

NIKOLAI

I<small>K SLUIT MIJN OGEN NADAT WE DE VERBINDING HEBBEN</small>
<small>VERBROKEN</small>, in een poging om aan het ongewone gevoel
van welzijn vast te houden dat het praten met Chloe
heeft opgewekt, maar het vervaagt snel. In plaats
daarvan is er een grimmig besef vermengd met
duistere anticipatie van wat ik vandaag moet doen.

Het is zes maanden geleden dat ik in deze wereld
ben geweest. Zes maanden geleden heb ik me op elk
niveau, behalve het meest oppervlakkige, in ons bedrijf
laten onttrekken. En hoewel ik zou willen zeggen dat
ik het vreselijk vind om terug te zijn, kan ik niet
ontkennen dat een deel van mij ervan geniet... dat mijn
bloed sneller door mijn aderen pompt.

Ik open mijn ogen, sluit de laptop en sta op.

Tijd om aan het werk te gaan.

Pavel wacht al in de lobby van het hotel en we lopen samen naar buiten. Onze bestemming is een kleine herberg een paar straten verderop, of meer specifiek de kelder ervan.

De aanblik die ons begroet als we afdalen is niet mooi. Een man hangt met zijn polsen aan een ketting die in het plafond is geschroefd, terwijl de tenen van zijn gelaarsde voeten net over de kale betonnen vloer schuren. Zijn bleke gezicht is gekneusd en opgezwollen, het gebied onder zijn niet-gecentreerde neus is met donker bloed bedekt. Twee van Valery's mannen staan naast hem, hun gezichten hard en hun ogen emotieloos.

"Al iets gehoord?" vraag ik aan een van hen en hij schudt zijn hoofd.

"Beweert dat hij de toegangscode niet heeft. Dat is een leugen. We hebben hem de code zien gebruiken."

"Hmm." Ik nader de gevangene en maak een langzame cirkel om hem heen, terwijl ik merk hoe zijn ademhaling versnelt als ik dat doe. Er komt een scherpe geur van urine uit het gebied van zijn kruis, en er zitten vuil- en bloedvlekken op zijn beige Atomprom-uniform.

De arme man weet dat hij de lul is.

"Hoe heet je?" vraag ik terwijl ik voor hem stop.

Hij staart me met trillende mond aan en barst dan uit, "Ik weet de code niet. Ik weet het niet!"

"Ik vroeg naar je naam. Dat weet je toch?"

"Iv..." Zijn stem slaat over, alsof hij een tiener in plaats van een man van in de twintig is. "Ivan?"

"Oké, Ivan. Laat me je eens wat vertellen: ik weet dat je je werkgever niet kwaad wilt maken, maar je hebt niet echt een keuze." Ik schenk hem een meelevende glimlach. "Dat weet je, toch?"

"Ik weet de code niet!" Zweetdruppels vormen zich op zijn voorhoofd. "Ik zweer het - ik zweer op het leven van mijn moeder."

"Maar ze is dood, Ivan. Ze is bij een fabrieksbrand overleden toen jij vijftien was. Dat was tragisch, het spijt me."

Zijn gezicht wordt zo wit als een doek en ik ga op dezelfde meelevende toon verder. "Luister, je bent geen slechterik, Ivan. Je hebt een zwaar leven gehad en je hebt er alles aan gedaan om je familie te helpen en voor je jongere zus te zorgen. Ze zit nu in, wat, groep zeven?"

"J-jullie..." Hij beeft bijna te hard om te spreken. "Jullie klootzakken!"

Ik maak tsk-tsk geluiden. "Met beledigingen kom je nergens. Luister nu naar me, Ivan. Ik kan hen" - ik gebaar naar de emotieloze bewakers - "het antwoord uit je laten slaan. En als ze falen, is er altijd nog mijn compagnon" - ik werp een blik op Pavel, die stilletjes in een hoek staat - "en zijn vaardigheid met messen. Om nog maar over allerlei andere, minder prettige tactieken te zwijgen die mijn broer graag gebruikt. Maar waarom die kant op gaan als jij en ik een deal kunnen sluiten?"

Zijn adamsappel beweegt in een nerveuze slik. "W-wat voor deal?"

Ik glimlach vriendelijk naar hem. "Je bent bang voor de Leonovs, nietwaar? Daarom ben je zo moedig. De fabriek die je bewaakt kan je niets schelen. Wat maakt het jou uit of we de toegangscode krijgen, toch? Maar de familie Leonov..." Ik maak nog een langzame cirkel om hem heen. "... ze kunnen dingen met je doen, met je dierbaren. Met je kleine zusje." Ik blijf voor hem stilstaan. "Knik als ik op de goede weg zit."

Hij beweegt zijn kin in een nauwelijks waarneembaar knikje, het zweet loopt over zijn gezicht.

"Ja, dat dacht ik al." Ik haal een tissue uit mijn zak en dep ermee op zijn voorhoofd. "Dus wat dacht je hiervan: jij vertelt ons de toegangscode en deelt alles wat je over het beveiligingsprotocol in de fabriek waar je werkt weet, en we zetten jou en je gezin op de eerstvolgende vlucht naar een bestemming naar keuze. Het kan elke plaats zijn: Zimbabwe, Fiji, Thailand... de Kaaimaneilanden. Noem maar op, en we sturen je daarheen met een nieuwe identiteit en honderdduizend in contanten als verhuisbonus. Hoe klinkt dat?"

Hortend ademhalend staart hij me aan, in zijn ogen strijdt hoop met angst.

"Ik weet wat je denkt, Ivan," vervolg ik zacht, terwijl ik de vieze tissue op de grond laat vallen. "Hoe kun je erop vertrouwen dat ik me aan mijn kant van de afspraak houdt? Wat houdt ons tegen om je te vermoorden zodra je ons vertelt wat we willen weten, toch?"

Hij slikt weer. "J-juist."

"Het antwoord is niets." Ik laat een vleugje wreedheid in mijn glimlach sijpelen. "Helemaal niets. Maar dat maakt niet uit, want mij vertrouwen is de enige optie die je hebt. Als je dat niet doet, dan zul je ons alles op de harde manier vertellen - en wanneer de Leonovs van de inbraak in de fabriek horen, dan gaan ze naar de boosdoener op zoek. Als ze ontdekken dat jij het bent, dan *zullen* ze achter je familie aan gaan. Begrijp je dat, Ivan? Begrijp je wat je moet doen als je wilt dat je zus blijft leven?"

Zijn kin trilt als hij naar me staart, de tranen stromen uit zijn ooghoeken. Ten slotte buigt hij verslagen zijn hoofd.

"Goed. Vertel deze heren nu wat ze willen weten."

Ik draai me om en knik naar Valery's mannen, die prompt naar voren stappen en hun telefoons tevoorschijn halen om met opnemen te beginnen.

"Je had dit niet persoonlijk hoeven te doen, weet je," zegt Pavel met gedempte stem als we de herberg uitlopen. "Ze hadden de antwoorden uit hem kunnen krijgen. Zo niet, dan had ik actie ondernomen. Dan was het goedkoper geweest."

"Misschien. Maar op deze manier weten we dat hij ons niet voor de gek houdt om de pijn te laten stoppen." Ik werp een blik op mijn levenslange lijfwacht, wiens blik rusteloos door onze omgeving dwaalt ondanks het feit dat Valery's bewakers de omgeving al hebben beveiligd. "Talrijke onderzoeken hebben aangetoond dat informatie die onder marteling is verkregen, onbetrouwbaar is."

"Niet de informatie die ik verkrijg," zegt hij duister, en ik grinnik.

"Bang dat je mes roestig wordt?"

Pavel ontkent het niet. Hij mist het om midden in het gebeuren te zijn, net als ik - of dat deed ik. Op dit moment ben ik veel liever in Idaho met Chloe. Ik wil er zijn voor het geval ze weer een nachtmerrie heeft. Ik wil haar vasthouden, kalmeren, troosten... en uiteindelijk verleiden. Haar vastberadenheid wankelt al, ik voel het - daarom besloot ik om haar gerust te stellen over de verwondingen op mijn knokkels en het litteken op mijn schouder.

Ik ben niet van plan om tegen haar te liegen over het soort man dat ik ben, maar ik wil niet dat ze bang voor me is.

Ik zal haar geen pijn doen... tenminste niet op die manier.

"Heb je al een afspraak met het hoofd van de Energiecommissie gemaakt?" vraagt Pavel als we bij een kruising stoppen en ik knik en leid mijn gedachten van Chloe af.

"Ik heb maandag een lunchafspraak met hem," zeg ik, terwijl ik de straat op stap als het licht voor ons op groen springt. Er waren drie telefoontjes voor nodig om de man te bereiken, maar het is me gelukt, zoals ik wel wist. "Dat is nog een reden waarom ik deze weg met Ivan ben ingeslagen," vervolg ik. "Er was geen tijd om hem goed te breken - we hadden die code zo snel mogelijk nodig."

"Ik had er ook niet lang over gedaan," mompelt Pavel en ik lach - net op het moment dat er een motorfiets de hoek om buldert en recht op me af komt rijden.

34

NIKOLAI

IK REAGEER IN EEN FRACTIE VAN EEN SECONDE, MAAR Pavel is nog sneller. Hij geeft me net op het moment dat ik opzij duik een duw en we raken allebei hard de grond terwijl de motor langs ons raast, zo dichtbij dat ik een vlaag van hete lucht op mijn gezicht voel.

Adrenaline stuwt me meteen overeind, maar de motorrijder is al halverwege het blok, zich met de snelheid van een raceauto door het verkeer wevend. Het enige wat ik van deze afstand kan zien, is dat het een man is met een zwart leren jack en een helm.

Pavel is ook alweer op de been, zijn kaken staan strak van woede. "Heb je zijn gezicht gezien?"

"Nee." Ik trek mijn jas en das recht en veeg het vuil en het grind van mijn geschaafde handpalmen. Mijn schouder bonst, doordat ik erop geland ben en kille woede gaat door me heen, maar mijn stem is kalm. "Zijn helm had een gespiegeld vizier. Misschien heeft een van Valery's jongens zijn kenteken gezien." Ik neem de verzamelende menigte van ooggetuigen in me op, van wie sommigen hun telefoon tevoorschijn halen, vermoedelijk om de politie te bellen. "We kunnen maar beter weggaan."

Pavel knikt grimmig en we gaan snel naar het hotel.

***

Levan Abkhazi, Valery's plaatselijke veiligheidschef, ontmoet ons een uur later in mijn kamer. Een stevige Georgiër van ongeveer Pavels leeftijd, helemaal kaal, maar hij heeft een dikke zwarte doorlopende wenkbrauw en een bijpassende baard.

Hij haalt een map tevoorschijn en legt een reeks korrelige foto's op het bureau. "Dit is alles wat we via de nabijgelegen winkel en verkeerscamera's te pakken hebben kunnen krijgen," meldt hij in het Russisch met een zwaar accent. "Het team dat op de daken was gestationeerd, had op geen enkel moment een goed zicht op de kentekenplaat en er waren te veel burgers om het risico te nemen om op hem te schieten."

Pavel en ik bekijken de foto's. Op een ervan is een deel van een cijfer te onderscheiden, maar op de andere foto's is hoogstens een hoek van de kentekenplaat te zien. De motorrijder is ofwel de gelukkigste klootzak die ooit op aarde heeft rondgelopen, of hij wist waar Valery's team gestationeerd was.

Ik kijk naar Pavel. "Wat denk je?"

"Een pro, zeker weten." Zijn gezicht staat strak. "Hij

remde niet af, reageerde op geen enkele manier toen hij je bijna omverreed. En hij wist hoe hij met die motor om moest gaan - en hoe hij de camera's moest vermijden.

Abkhazi's doorlopende wenkbrauw fronst zich. "Denk je niet dat het een ongeluk zou kunnen zijn? Als de man een pro is, dan moet hij weten dat iemand op straat aanrijden niet de meest efficiënte manier is om een aanslag te plegen."

"Dat hangt ervan af of je het wel of niet op een ongeluk wilt laten lijken," zegt Pavel. "Het was bovendien geen aanslag."

De Georgiër kijkt hem verward aan. "Wat was het dan?"

"Een waarschuwing," zeg ik, terwijl ik de foto's weer in de map leg. "Van onze vrienden, de Leonovs. Ze wilden dat ik wist dat ze het weten. De vraag is: wat weten ze?"

35

CHLOE

I**K WORD LACHEND WAKKER EN GEDURENDE EEN PAAR MINUTEN LIG IK DAAR GEWOON**, met gesloten ogen, zwevend in die gelukzalige staat tussen dromen en volledig wakker zijn.

En wat voor dromen waren dat.

Mijn hand glijdt tussen mijn dijen en ik druk op de zoete pijn die daar is blijven hangen, terwijl ik me de sensuele scènes probeer te herinneren die zich de hele nacht in mijn hoofd hebben afgespeeld. Ik herinner me er nu alleen nog maar fragmenten van, maar ik weet dat ze allemaal Nikolai bevatten... zijn kwaadaardige glimlach... zijn diepe, soepele stem... Het beste van alles was dat het de enige dromen waren die ik vannacht heb gehad.

De nachtmerries die me sinds mama's dood hebben geplaagd, zijn weggebleven.

Met een glimlach die breder wordt, open ik mijn ogen en ga rechtop zitten. Het is helder en zonnig, dus ik heb me waarschijnlijk verslapen. Ik maak me echter niet al te veel zorgen. Nikolai is er niet om de maaltijden af te dwingen en nu ik hem beter ken, denk ik niet dat hij me voor zo'n kleine overtreding zal ontslaan.

Toch wil ik er geen misbruik van maken, dus spring ik uit bed en zet het nieuws aan. Ze brengen weer verslag uit over de primaire debatten, maar het enige waar ik om geef is de tijd – 9.20 uur. Als ik naar de datum kijk, besef ik ook dat het een zaterdag is. Ik vraag me af of dat betekent dat ik een vrije dag krijg.

De volgende keer dat we met elkaar praten, moet ik dat waarschijnlijk aan Nikolai vragen.

Een warme gloed vult mijn borst bij de gedachte dat hij me weer gaat bellen en dat we tot diep in de nacht met elkaar praten - bijna als een stel dat met elkaar uitgaat. Want zo voelde dat videogesprek van gisteravond aan: zoiets als wat je met je vriend doet terwijl hij weg is, een soort date op afstand. Hoewel we het grootste deel van de tijd over Slava hebben gesproken, zoals het onze relatie tussen werkgever en docent betaamt, was er een duidelijke zachtheid in de manier waarop Nikolai naar me keek en de manier waarop hij sprak... een onderstroom van tederheid die elke keer als ik eraan denk mijn hart een slag laat overslaan.

Het is bijna alsof hij om me begint te geven, alsof er meer tussen ons is dan dierlijke aantrekkingskracht.

Ik probeer er tijdens mijn dag niet aan te denken, want het is zo'n dwaas idee. Het is onmogelijk dat Nikolai gevoelens voor me ontwikkelt. Het is niet alleen veel te vroeg, maar ik zou ook een idioot zijn om me voor te stellen dat zo'n man om een andere reden dan nabijheid in me geïnteresseerd zou zijn. Ik *ben* de enige beschikbare vrouw hier, hij kan moeilijk Lyudmila of zijn zus versieren. Dus wat dan nog dat hij me belde zodra hij gisteren was geland? Dat betekent niet dat hij tijdens de lange vlucht aan mij dacht.

Hij had gewoon bezorgd kunnen zijn over zijn zoon.

Toch blijft die warme gloed bij me als ik naar de keuken sluip om voordat ik Slava meeneem voor een mooie lange wandeling een laat ontbijt te pakken - het officiële ontbijt is al voorbij. En het houdt tijdens de lunch aan, ondanks Alina's aanwezigheid aan tafel, wat me aan haar vreemde waarschuwing herinnert.

"Hoe gaat het met je hoofdpijn?" vraag ik wanneer we gaan zitten om te eten, en ze wuift mijn bezorgdheid weg en beweert dat ze volledig hersteld is. Het valt me echter op dat ze stil en vreemd afstandelijk is en tijdens de maaltijd vaak in de ruimte staart. Ik vraag me af of ze weer high is, maar ik besluit het niet te vragen.

Gisteravond verminderden het kampvuur en de wiet ieders remmingen, waardoor er een vals gevoel van intimiteit ontstond, maar vandaag voelt ze weer als een vreemde aan. Dat geldt ook voor Lyudmila, die niet eens naar me glimlacht als ze het eten komt brengen.

Misschien schaamt ze zich dat ik haar stoned heb gezien? Hoe dan ook, ik haast me door de maaltijd heen en zodra Slava klaar is met eten, breng ik hem naar zijn kamer voor onze speellessen.

We bouwen nog een kasteel en bekijken het alfabet, en ik leer hem hoe hij in het Engels tot tien moet tellen. Daarna spelen we verstoppertje en lezen we wat boeken, waaronder op Slava's verzoek een verhaal over een eendenfamilie. Voordat we beginnen, laat hij me trots een Russisch boek zien dat er een vertaling van lijkt te zijn, en ik realiseer me dat hij zijn kennis van het plot en de personages probeert toe te passen om de Engelse woorden en zinnen die ik hem voorlees beter te begrijpen.

"Je bent zo'n slimme jongen," zeg ik tegen hem en hij straalt naar me. Hoewel ik betwijfel of hij precies begrijpt wat ik zeg, is mijn goedkeurende toon onmiskenbaar.

Ik zit op de grond, met mijn rug tegen het bed leunend, en Slava kruipt op mijn schoot terwijl we aan het verhaal beginnen - wat voor een kinderboek verrassend ingewikkeld blijkt te zijn. De eendenfamilie is niet alleen maar blij en gelukkig. Ze kibbelen en hebben conflicten en op een gegeven moment loopt de hoofdheld, een jong eendje, van huis weg. Als hij terugkomt, ontdekt hij dat mama Eend weg is en hij huilt, denkend dat het door hem komt dat ze weg is gegaan.

Ik houd Slava tijdens dit deel in de gaten, bang dat dit herinneringen aan het verlies van zijn moeder oproept, maar de uitdrukking van de jongen blijft nieuwsgierig en ontspannen. Wanneer we echter bij het gedeelte komen waar het jonge eendje bij zijn grootvader moet blijven, verstijft Slava en staat hij erop om de volgende drie pagina's over te slaan.

"Vind je opa Eend niet leuk?" raad ik en het kind haalt zijn schouders op en ontwijkt mijn blik.

"Oké. We hoeven niet over hem te lezen. Vergeet opa Eend." Glimlachend strijk ik door zijn haar en ga verder met een minder problematisch deel van het boek.

Alina komt niet met ons mee eten - alweer hoofdpijn, zegt Lyudmila nors - dus Slava en ik eten nog een keer samen een ontspannen maaltijd voordat ik voor de avond naar mijn kamer ga. Ik verwissel mijn formele dinerkleding voor iets comfortabelers, maak het me gemakkelijk op het bed en open de laptop - om wat meer onderzoek te doen, zeg ik tegen mezelf. Niet om als een verliefde vriendin op Nikolais telefoontje te wachten. Dus wat dan nog als hij heeft beloofd dat hij zou bellen? Misschien zal hij dat doen en misschien doet hij het niet.

Het zou me in elk geval niets kunnen schelen.

Vastbesloten om niet op mijn nagels te gaan zitten bijten, hervat ik mijn onderzoek naar mama's dood. De verslaggever die ik gisteravond heb gemaild, heeft niet geantwoord, dus ik zoek de contactgegevens van nog een paar journalisten uit de omgeving van Boston en stuur ze een bericht. Ik onderzoek ook de eigenaar van het restaurant waar mama heeft gewerkt, evenals het bedrijf achter het luxe hotel waar het restaurant is gevestigd.

Er moet een reden zijn waarom die mannen mijn moeder hebben vermoord.

Ik vind hetzelfde als gisteren: niets. Wat ik echt nodig heb, is een privédetective, maar die kan ik me op dit moment niet veroorloven. Hoewel... het kan geen kwaad om wat offertes aan te vragen. Aanstaande dinsdag heb ik geld en als ik hier blijf - en ik zie niet in waarom ik dat niet zou doen - dan kan ik dat geld net zo goed gebruiken om wat antwoorden te krijgen.

Ja, dat is het.

Dat is precies wat ik zal doen.

Aangemoedigd zoek ik een paar veelbelovende privédetectives op en e-mail ze voor een offerte. Dan, met een voldaan gevoel voor de avond, schakel ik naar mijn andere project over: alles wat ik kan over Nikolai te weten komen.

Ik heb nog een paar zinnen bedacht die ik in het Russisch kan vertalen en mijn zoektocht levert verschillende tabloidfoto's op. Een daarvan is van Nikolai op een liefdadigheidsgala in Warschau met een lange blonde schoonheid aan zijn arm. Een andere is van hem op een modeshow in Moskou, naast een verveeld kijkende Alina zittend. Een paar meer laten hem tijdens vakanties op verschillende exotische bestemmingen zien, steevast met een langbenig model aan zijn zijde die hem met aanbidding aanstaart.

Ik had gelijk. Hij verdrinkt bijna in prachtige vrouwen. Voor zover ik weet, ligt hij misschien op dit moment met een prachtig model in bed, nadat hij haar gisteravond in een of andere VIP-nachtclub heeft opgepikt.

De gedachte is als een plons kokend water op mijn borst. Ik heb niet het recht om me zo te voelen, maar ik wil plotseling elke haar op het hoofd van deze denkbeeldige vrouw eruit trekken - vlak voordat ik hetzelfde met Nikolai doe.

Ik leg de laptop opzij, spring van het bed en begin te ijsberen.

Waarom belt hij niet?

Hij had gezegd dat hij dat zou doen.

Hij heeft het beloofd.

Hij moet weten dat het hier met de minuut later wordt.

Is het omdat hij het te druk met zijn werk heeft of met een of andere vrouw? Ik stel me haar glanzende rode lippen voor die om zijn pik gewikkeld zijn, haar ogen die tussen vakkundig aangebrachte nepwimpers naar hem opkijken terwijl ze—

Er klinkt een zachte bel vanuit het bed en ik duik naar de opengeklapte laptop en mijn hartslag schiet omhoog. Ik plof op mijn buik, trek de computer naar me toe en druk met een onvaste vinger op 'Accepteren' op Nikolais videogesprekverzoek.

Zijn gezicht vult het scherm, zijn hotelkamer is

achter hem zichtbaar en ik adem beverig uit. Mijn irrationele jaloezie vervaagt als ik de tedere blik in zijn tijgerogen zie.

"Hoi, zaychik," mompelt hij, zijn diepe stem zo fluwelig dat ik hem tegen mijn wang wil wrijven. "Hoe was je dag?"

"Goed. Hoe was die van jou? Ik bedoel, je ochtend - of je dag gisteren?" Ik klink buiten adem, maar ik kan er niets aan doen. Mijn hart bonst in een technobeat en elke cel in mijn lichaam trilt van opwinding. Hoe zielig het ook is, ik heb de hele dag naar dit telefoontje uitgekeken. Zelfs als ik er niet bewust over nadacht, lag het in mijn achterhoofd op de loer.

Hij schenkt me een wrange glimlach. "Mijn ochtend was oké en de rest van gisteren ook. Een paar vergaderingen, wat bullshit – gewone gang van zaken."

"Wat voor soort zaken?" Ik realiseer me hoe nieuwsgierig dat klinkt en open mijn mond om de vraag terug te nemen, maar hij geeft al antwoord.

"Schone energie. Met name kernenergie. Een van onze bedrijven heeft een gepatenteerde technologie ontwikkeld die kleine, draagbare kernreactoren mogelijk maakt die kunnen worden gebruikt om in kleine dorpen en andere afgelegen nederzettingen goedkope elektriciteit te leveren."

"Wauw. En ze zijn veilig? Niet zoals - wat was die beroemde in de Oekraïne?"

"Tsjernobyl? Nee, zo zijn ze niet. Om te beginnen is elke reactor slechts ongeveer zo groot als een auto, dus zelfs als er een ongeluk zou zijn, dan zou de hoeveelheid straling die vrijkomt veel minder zijn. Wat nog belangrijker is, is dat onze ingenieurs zoveel afvloeiingen hebben toegevoegd dat een ongeval bijna onmogelijk is. Ons motto is *veiligheid voorop*, in tegenstelling tot onze rivalen." Zijn stem verhardt zich op het laatste deel.

"Zijn er andere bedrijven die hetzelfde doen?" vraag ik, gefascineerd door deze blik in een wereld waar ik niets van af weet.

Zijn ogen glinsteren duister. "Eén. Ze bieden tegen ons op voor een enorm contract met de Tadzjiekse regering. Degene die het wint, zal deze opkomende industrie in Centraal-Azië domineren - daarom heeft mijn broer me gevraagd om me erin te mengen."

"Oh?"

"Het hoofd van de Tadzjikistan Energie Commissie was een klasgenoot van me op de kostschool en mijn broer hoopt dat ik meer geluk zal hebben om onze zaak bij hem neer te leggen." Een wrange glimlach raakt zijn lippen. "Zoals je waarschijnlijk al geraden hebt, zijn persoonlijke connecties erg belangrijk in het bedrijfsleven."

Ik laat mijn ogen overdreven groot worden. "Nee! Echt?"

Hij lacht. "Ik weet het. Moeilijk om je voor te stellen, toch? Maandag heb ik een lunchafspraak met hem en dan kan ik hopelijk terugvliegen."

"Dus dan ben je dinsdag terug?" Ik tel de dagen al af tot mijn eerste salaris en nu heb ik nog een reden om te wensen dat ik de komende vijftig uur vooruit kon spoelen.

"Dat zou ik moeten zijn, ja." Hij pauzeert en zegt dan zacht, "Ik mis je, zaychik."

Mijn adem stopt, letterlijk, zelfs als mijn hart sneller bonst en mijn huid van een blos tintelt. Ongeacht wat ik gisteravond in zijn ogen dacht te zien - wat ik hoopte dat hij zou voelen - ik had nooit gedroomd dat ik hem dat vanavond zo terloops... zo openlijk tegen me zou horen zeggen.

Als een vriendje.

Hij kijkt me aan en wacht geduldig op mijn antwoord, dus zodra ik weer ademhaal, dwing ik mezelf om te spreken. "Ik... Ik mis jou ook. En Slava ook. Hij mist je. We missen je allebei. Hij mist je echt." Ik weet dat ik onzin uitkraam, maar ik kan er niets aan doen. Ik heb met de jongens met wie ik heb gedate nooit problemen gehad met het uiten van mijn gevoelens, maar ik heb nog nooit met iemand zoals Nikolai gedate - niet dat we aan het daten zijn. Of zijn we dat wel? Misschien mist hij me gewoon in de zin van een gewone vriendin? Of mijn leervermogen richting zijn zoon?

God, ik heb geen idee wat er gebeurt.

De hoeken van zijn sensuele lippen trillen van onderdrukte geamuseerdheid en ik heb weer het zenuwslopende vermoeden dat hij recht in mijn hersenen kijkt en de verwarring daar ziet. "Vertel me meer, zaychik," mompelt hij, terwijl hij dichter naar de camera leunt. "Wat heeft mijn zoon vandaag uitgespookt?"

Slava, dat is het. Ik grijp het onderwerp als een drenkeling vast die zich aan een boei vastklampt en begin met een gedetailleerde beschrijving van alles wat Slava en ik hebben gedaan en geleerd. Nikolai luistert geboeid toe, zijn blik met die speciale zachtheid gevuld die hij voor zijn zoon bewaard. Maar als ik bij het boek van Slava kom en bij het verhaal wat ik als laatst heb voorgelezen - het verhaal over de eendjes - en ik lachend melding van Slava's schijnbare afkeer van opa Eend maak, verdwijnen alle sporen van zachtheid uit Nikolais gezichtsuitdrukking, zijn ogen krijgen een harde, scherpe glans.

"Heeft hij iets gezegd?" vraagt hij eisend. "Het op de een of andere manier uitgelegd?"

"Nee, ik... Ik heb het niet gevraagd." Ik trek me terug bij de blik op zijn gezicht, een uitdrukking die zo duister en koud is dat er een rilling door mijn lichaam gaat. Dit is een kant van Nikolai die ik nog nooit heb gezien en plotseling lijken mijn eerdere zorgen over de maffia niet zo dwaas.

Ik kan me voorstellen dat deze man opdracht tot een aanslag geeft - zelfs de trekker overhaalt.

Maar het volgende moment strijken zijn gelaatstrekken zich glad, verdwijnt de huiveringwekkende blik als hij me vraagt door te gaan en opnieuw vraag ik me af of mijn onhandelbare fantasie een loopje met me heeft genomen. Misschien heb ik te veel in die korte verandering van uitdrukking gelezen... of misschien heb ik gewoon een glimp van een of ander Molotov-familiedrama gekregen. Het kan gewoon zijn dat Nikolai het niet goed met Slava's grootvader kan vinden - ervan uitgaande dat er een aan zijn moeders kant is.

Er is nog veel dat ik niet over deze familie weet.

Ik besluit daar iets aan te doen en eindig mijn verslag over Slava's vorderingen door door te nemen wat ik hem tijdens het diner heb geleerd, en dan vraag ik Nikolai voorzichtig - heel voorzichtig, zodat ik niet op landmijnen stap - of hij me over zijn broers wil vertellen.

Gelukkig maakt mijn verzoek hem niet van streek. "Ik ben de op een na oudste," vertelt hij me. "Valery is vier jaar jonger dan ik en Konstantin - het genie van de familie - is twee jaar ouder dan ik. Hij leidt al onze technische ondernemingen, terwijl Valery toezicht op de hele organisatie houdt."

"Wat jij vroeger deed, toch?" vraag ik, terugdenkend aan wat Alina me heeft verteld.

"Dat klopt." Hij kijkt niet verbaasd dat ik het weet. "Maar het is moeilijk om op afstand te doen, dus ik heb Valery gevraagd om in te grijpen terwijl ik weg ben."

"Waarom *ben* je weg?" vraag ik, niet in staat om de vraag te weerstaan die me al zo lang bezighoudt. "Wat heeft je naar deze uithoek van de wereld gebracht?"

Hij glimlacht om mijn schaamteloze nieuwsgierigheid. "Ik weet het. Het is vreemd, nietwaar?"

"Extreem vreemd." Zo vreemd zelfs dat ik een

krankzinnig maffiaverhaal in mijn hoofd heb verzonnen, maar daar houd ik mijn mond over.

Hij leunt achterover in zijn stoel, de glimlach vervaagt totdat er slechts een spoor van de sensuele ronding overblijft. "Het is een lang verhaal, zaychik, en het wordt al laat. Je moet gaan slapen."

"Het is oké, ik ben niet moe." En zelfs als ik dat was, dan zou ik het ontkennen omdat ik dolgraag dit verhaal wil horen, hoe lang het ook mag zijn. Ik ga rechtop zitten, plaats de computer comfortabeler op mijn schoot en geef hem mijn beste puppyogen, knipperende wimpers, de hele rataplan. "Alsjeblieft, Nikolai... vertel het me. Alsje, alsje, alsjeblieft."

Ik bedoelde het als een grap, op zijn best een lichte flirt, maar zijn gezicht staat strak en zijn blik wordt duisterder terwijl hij naar de camera leunt. "Ik hoor graag mijn naam op je lippen." Zijn stem is een laag, honingzoet gespin. "En ik vind het echt heel leuk als je smeekt."

Mijn mond wordt zo droog als de Sahara, mijn hartslag is onregelmatig als vuur door mijn aderen en centra laag in mijn kern schiet. Nu hij zo ver weg is en onze videochats meestal over veilige onderwerpen gaan, heb ik mezelf op de een of andere manier de seksuele spanning laten vergeten die tussen ons smeult, klaar om bij de minste vonk in een vuurzee te ontbranden. Ik heb mezelf ervan overtuigd dat ik me dat gevoel van opgejaagde prooi voorstelde... dat alarmerende, maar vreemd opwindende besef dat ik aan deze gevaarlijk verleidelijke man ben overgeleverd.

"Is dat-" ik slik, onzeker of ik me daar zou wagen. "Is dat jouw ding? Vrouwen laten smeken?"

De duistere hitte in zijn ogen wordt intenser. "Mijn *ding*, zaychik, ben jij. Ik wil je op alle mogelijke manieren... lief en ruw... op je knieën, en op je rug, en bovenop, mij berijdend... Ik wil na elke maaltijd je poesje als toetje opeten en mijn sperma elke ochtend in je keel gieten. Ik wil je zo hard neuken dat je schreeuwt en dan wil ik je urenlang knuffelen. Bovenal wil ik je in genot verdrinken... zoveel genot dat je het niet erg zal vinden om af en toe een beetje pijn te hebben... Sterker nog, je zult erom smeken."

Oh. Mijn. God.

Ik staar hem aan, mijn ademhaling is kort en oppervlakkig, mijn clit bonkt en mijn tepels zijn zo hard als kiezelstenen. Mijn lichaam voelt als een van zijn kernreactoren aan die aan het instorten is, de hitte onder mijn huid is zo verzengend dat ik spontaan zou kunnen ontbranden. *Of komen.* Als ik nu enige druk op mijn clit uitoefen, dan zou ik zeker kunnen komen.

Ik bevochtig mijn lippen en probeer de pulserende pijn tussen mijn benen te negeren. "Dus... je *houdt* van dingen. Zoals, kinky dingen."

Zodra de woorden mijn mond verlaten, krimp ik ineen bij hoe jeugdig en saai ik klink. En ik ben niet saai. Tenminste, ik denk niet dat ik dat ben. Mijn seksuele fantasieën hebben altijd een duisterder tintje gehad en ik heb een vriend gehad die me een of twee keer vast heeft gebonden - en een andere keer sloeg hij me. Niets van dat alles windt me op, maar aan de andere kant, het was niet echt het ding van mijn vriend. Het voelde ongemakkelijk en geforceerd bij hem... op de een of andere manier kinderachtig.

Ik heb het gevoel dat het met Nikolai niets van dien aard zal zijn.

De man kent de betekenis van kinderachtig en onhandig niet.

En ja hoor, zijn lippen vormen zich in een andere duistere sensuele glimlach. Met een stem als verhitte zijde, mompelt hij, "Chloe, zaychik... Ik ben voor alles in - zolang het maar met jou is."

Deze keer is het mijn hart dat in de meltdown-modus gaat. Want het klinkt heel erg als... "Bedoel je dat je geen andere vrouwen wilt zien?" flap ik eruit en ik wil mezelf meteen voor m'n kop slaan omdat ik weer klink alsof ik op de middelbare school zit. Hij is gewoon aan het flirten, hij gaat geen enkele exclusiviteitsverbintenis aan. We hebben niet eens—

"Ik niet," zegt hij zacht, waardoor mijn gedachten tot stilstand komen. "Ik wil niemand anders dan jou. Niet meer sinds het moment dat we elkaar hebben ontmoet."

"Oh." Ik kijk hem aan, ik kan niets anders bedenken om te zeggen.

Dit is groot nieuws.

Enorm, eigenlijk.

Er is hier geen misverstand mogelijk, geen kans dat ik een dwaze romanticus ben.

Nikolai zegt me dat hij mij wil en niemand anders... dat we in wezen exclusief *zijn*.

"Vind je dat eng?" vraagt hij verontrustend scherpzinnig. "Is dit te veel voor je?"

Dat is het. Veel te veel. En toch... "Nee," zeg ik en raap al mijn moed bij elkaar. "Dat is het niet. En ik - ik wil ook niet met iemand anders zijn."

Zijn neusvleugels trillen. "Goed. Als je eenmaal van mij bent, dan zal ik niet vriendelijk omgaan met een man die je probeert te stelen."

Een geschrokken lach ontsnapt uit mijn keel, maar Nikolai glimlacht niet. Zijn blik blijft op mij gericht, zijn uitdrukking duister vastbesloten, en tot mijn schrik realiseer ik me dat hij het meent, dat het helemaal geen grap is.

Ik probeer er toch een te maken. "Een beetje bezitterig?"

"Wat jou betreft," zegt hij, zijn blik onwankelbaar, "heel erg."

Mijn hart slaat weer over. "Waarom ik?" vraag ik wanneer ik mijn stem terug heb. "Is het omdat ik de enige vrouw hier ben, die binnen handbereik is? Is het gemakzucht of..." Ik dwaal af terwijl geamuseerdheid het donkere goud van zijn ogen opfleurt en de vlekjes bosgroen benadrukt.

"Als ik daartoe geneigd was," zegt hij vriendelijk, "dan zou ik elke week een andere vrouw over kunnen laten vliegen - en dat heb ik voordat jij kwam ook vaak gedaan. Er is geen gebrek aan kandidaten die de reis willen maken, geloof me, zaychik."

Oh, ik geloof hem. Zelfs voordat ik die tabloidfoto's had gezien, wist ik dat hij een stal met prachtige vrouwen moest hebben die hem op zijn wenken zou bedienen. Hoe kon hij dat met zijn uiterlijk, rijkdom en sexappeal niet hebben?

Het wonder is niet dat vrouwen bereid zijn om over te vliegen, het is dat ze niet in het bos kamperen.

"Waarom dan?" vraag ik onvast. "Waarom ik?"

Hij houdt zijn hoofd schuin. "Geloof je in het lot, zaychik?"

"Het lot? Zoals God of het lot?"

"Of voorbestemming. We zijn allemaal met elkaar verbonden, als draden in een tapijt dat lang voor onze geboorte is geweven."

Ik staar hem verbijsterd aan. "Ik weet het niet. Ik heb er nooit veel over nagedacht."

Zijn lippen vormen een flauwe glimlach. "Ik wel. En ik denk dat op een bepaald moment tijdens het weven van dit tapijt, jouw draad met de mijne was verbonden. Onze paden zouden elkaar kruisen, onze ontmoetingsdatum was lang voordat ik je zag. Alles wat er in ons leven is gebeurd, heeft ons naar dat punt gebracht, naar die plaats en tijd… alle goede en slechte dingen." Zijn stem wordt heser. "Vooral de slechte."

Zoals de dood van mijn moeder. Als dat niet zo was, dan zou ik nooit op deze rondreis zijn gegaan, nooit de vacature hebben gezien, hem nooit hebben ontmoet. Niet dat het betekent dat dit voorbestemd is. Maar Nikolai lijkt dat te geloven en ik moet toegeven dat we hier vandaag zonder de gewelddadige omwenteling in mijn leven niet zouden zijn. En, zo klinkt het, zonder enige opschudding in de zijne.

"Welke nare dingen zijn er met jou gebeurd?" vraag ik zacht. "Of is dat het lange verhaal dat je me blijft beloven?"

Zijn glimlach krijgt een treurig randje. "Min of meer. Helaas, zaychik, moet jij gaan slapen en ik moet naar mijn broer. Zal ik je morgen rond dezelfde tijd bellen en dan verder praten?"

"Oh, natuurlijk. Het was niet mijn bedoeling om je op te houden."

"Dat heb je niet." Die tedere blik is weer in zijn ogen, mijn hart bonst in een onregelmatig, vrolijk ritme. "Als ik kon, zou ik de hele dag met je praten."

"Ik ook met jou," geef ik met een verlegen glimlach toe.

Zijn antwoordende glimlach is oogverblindend. "Tot morgen. Slaap lekker, zaychik."

En terwijl hij de verbinding verbreekt, duw ik de computer van mijn schoot en dans ik door de kamer, zo hard grijnzend dat mijn wangen pijn doen.

36

NIKOLAI

"Je bent in een goed humeur voor iemand die
gisteren bijna werd vermoord," zegt Konstantin
nadat we onze bestellingen bij de ober hebben
geplaatst, en ik realiseer me dat ik zoveel heb gelachen
dat zelfs mijn sociaal onwetende broer het heeft
opgemerkt. En dat komt allemaal door haar.

Chloe.

Ze is hard op weg mijn feelgood-drug te worden.

Ik vind het geweldig dat ze me begint te
vertrouwen, begint te accepteren wat er tussen ons
gebeurt. Ik wilde tijdens ons telefoongesprek van
vandaag niet te veel druk zetten, maar het werd tijd dat
ze mijn bedoelingen wist - en nu weet ze die. Wat nog
belangrijker is, ik heb haar zover gekregen om toe te
geven dat ze mijn gevoelens beantwoordt.

Haar lief gemompelde "ik ook" blijft zich in mijn
gedachten steeds herhalen.

"Heb je het rapport?" vraag ik, de opmerking van

Konstantin negerend. Het gaat hem niet aan in wat voor bui ik ben of waarom. Trouwens, er gaat niets boven bijna doodgaan om iemand het leven en al zijn prachtige mogelijkheden te laten waarderen - zoals Chloe mee naar bed nemen zodra ik thuiskom.

"Nog niet," zegt Konstantin terwijl hij zijn kopje kamillethee oppakt. "Hopelijk later vandaag of morgen. Maar we hebben de informatie geverifieerd die de bewaker heeft verstrekt en het klopt allemaal. De operatie gaat vanavond door."

"Waarom duurt het zo lang? Je hackers zijn er meestal binnen enkele uren doorheen."

Hij knippert achter de glazen van zijn bril met zijn ogen. "Heb je het nog steeds over het rapport over het meisje?"

Ik knars met mijn tanden. "Wat anders?"

"Mijn team heeft het druk gehad en het is geen gemakkelijke taak die je hen hebt toegewezen."

"Hoe dat zo? Het enige wat ik heb gevraagd, is dat je naar de dood van haar moeder kijkt en haar bewegingen van de afgelopen maand. Hoe moeilijk is dat? Ik weet dat ze van de radar is geweest, maar er moeten verkeerscamera's zijn, de camera's van tanksta-'

"Er lijkt enige interferentie te zijn." Hij nipt van zijn thee. "Een paar van de beveiligingstapes die mijn mannen in handen hebben gekregen, zijn beschadigd of schoongeveegd."

Ik verstijf. "Schoongeveegd?"

"Professioneel gedaan, zo te zien." Hij zet zijn kopje

neer. "Je hebt gezegd dat ze maar een burger is, toch? Geen connecties?"

"Niet dat ik weet," zeg ik gelijkmatig.

Is het mogelijk?

Zou ze me voor de gek hebben gehouden?

Is lieve kleine Chloe bij de maffia betrokken... of nog erger, de overheid?

"Waarom heb je me dit niet eerder verteld?" vraag ik Konstantin, die zich wederom niet bewust is van de bom die hij heeft afgeleverd. Hij is rustig zongedroogde tomatenpesto op een stuk versgebakken roggebrood aan het smeren. "Denk je niet dat het belangrijk is dat ik het weet?"

Hij hapt in het brood en kauwt rustig. "Ik zeg het je nu," zegt hij nadat hij het heeft doorgeslikt. "Bovendien realiseerden mijn jongens zich pas gisteravond wat er aan de hand was. Een paar beschadigde banden kunnen gewoon pech zijn. Maar meerdere - dat is een patroon."

"Dus even voor de duidelijkheid. Je vertelt me dat iemand alle beveiligingsbanden wist waar ze op staat."

"Niet alle banden." Hij reikt naar een ander stuk brood. "Mijn team heeft van het grootste deel van de afgelopen maand haar bewegingen kunnen reconstrueren. Alleen bepaalde banden... waarvan ik vermoed dat ze de antwoorden bevatten die je zoekt."

Fuck.

Dit is groot.

Ik weet niet wat ik dacht dat Konstantins hackers zouden ontdekken, maar dit was het niet.

Een gedachte kronkelt zich een weg door mijn

hoofd, een vermoeden zo afschuwelijk dat mijn maag zich ervan omdraait. "Denk je dat het de-"

"Leonovs zijn?" Konstantin legt zijn brood neer. "Dat betwijfel ik. Mijn jongens zijn het werk van hun hackers al eens tegengekomen, en dit voelt niet zo."

"Voelt niet zo?"

Het licht glinstert van de glazen van zijn bril. "Het is moeilijk om aan een niet-techneut uit te leggen, maar ja. Er zit een zekere slordigheid in de manier waarop dit is gedaan die niet bij de Leonovs past."

"Ik dacht dat je zei dat het professionals waren."

"Er zijn verschillende niveaus van professionaliteit. Mijn jongens zijn top, het team van de Leonovs loopt niet ver achter, en velen zijn veel, veel slechter. Deze jongens zitten ergens in het midden, daarom denk ik dat mijn team de antwoorden voor je zal vinden. Ze hebben alleen meer tijd nodig."

Ik adem diep in en langzaam weer uit. Alleen al de mogelijkheid dat Chloe door mijn vijanden ingehuurd kan zijn is genoeg om mijn bloeddruk te doen stijgen. Maar Konstantin weet waar hij het over heeft en als hij denkt dat zij het niet zijn, dan moet ik die verdenking voorlopig laten rusten. Trouwens, als de Leonovs genoeg wisten om Chloe op mijn terrein te plaatsen, dan betwijfel ik of ze een man op een motorfiets als waarschuwing zouden hebben gestuurd.

Er zou geen waarschuwing zijn geweest, gewoon regelrechte oorlog.

"Over de motorrijder," zeg ik. "Is het al gelukt om hem op te sporen?"

"Nee. En dat heeft alle vingerafdrukken van de Leonovs. Als ik zou moeten raden, dan is Alexei boos dat je hier bent en zijn bod verstoord."

"Je hebt waarschijnlijk gelijk." Ik val stil als de ober ons eten komt brengen. Als hij weg is, ga ik verder. "Hij moet achter mijn afspraak met het hoofd van de Commissie zijn gekomen."

"Valery verdubbelt tot die tijd je beveiliging, gewoon voor het geval dat. Laten we" - Konstantin druppelt dressing over zijn Griekse salade - "nu de punten voor morgen bespreken."

En terwijl hij de technische specificaties van ons product doorneemt, doe ik mijn best om me op zijn woorden te concentreren in plaats van het groeiende aantal vragen over Chloe en mijn toenemende obsessie met haar.

37

CHLOE

Ik heb me nog nooit zo opgewonden gevoeld als deze zondag. De hele dag betrap ik mezelf erop dat ik oncontroleerbaar aan het lachen ben en rondloop alsof ik op een wolk zweef. Het is echt gênant, maar ik kan er niet mee stoppen. Elke keer als ik aan het telefoontje van gisteravond denk, gaat mijn hart van opwinding sneller kloppen.

Nikolai wil me.

Hij mist me.

Hij wil dat we exclusief zijn.

Ik voel me als een tiener die door de filmster waar ze verliefd op is net op een date is gevraagd. Wat in zekere zin is wat er gebeurt.

Nikolai wil dat we gaan daten, of beter gezegd, een relatie hebben.

Het zou gek moeten lijken, en ergens is dat ook zo. We kennen elkaar nog geen week en de afgelopen dagen is hij hier niet persoonlijk geweest. Het is veel te vroeg om over exclusiviteit te praten, laat staan over het lot en voorbestemd zijn. Maar ik kan de kracht van de aantrekkingskracht die tussen ons brandt niet ontkennen, die krachtige, magnetische kracht die me vanaf het begin doodsbang heeft gemaakt. Het was echter niet de aantrekkingskracht zelf waar ik bang voor was - het was angst om gekwetst te worden. Ik was bang om voor een man te vallen die me op zijn best als een paar avonden van entertainment zag. Maar zo is het voor Nikolai niet. Dat heeft hij gisteravond duidelijk gemaakt, en hoewel het misschien naïef van me is, geloof ik hem.

Ik zie geen reden waarom hij tegen me zou liegen.

Er zijn natuurlijk nog andere obstakels voor onze relatie, zoals zijn status als mijn werkgever en het feit dat ik voor een stel meedogenloze moordenaars op de vlucht ben. Binnenkort zal ik dat moeten onthullen, en ik heb geen idee hoe hij zal reageren. Maar dat is een zorg voor een andere dag.

Op dit moment wil ik er alleen maar aan denken dat ik hem vanavond op mijn computerscherm zal zien.

"Word je door iemand achternagezeten?" vraagt Alina tijdens het eten, en ik verstijf, mijn hart stopt even voordat ik besef dat ze naar de snelheid verwijst waarmee ik mijn eten verslind.

"Gewoon honger," zeg ik nadat ik heb doorgeslikt. "Sorry als ik onbeleefd ben."

Ze haalt haar sierlijke schouders op, die door haar strapless avondjurk zijn ontbloot. "Het maakt me niet uit. Gewoon nieuwsgierig waarom je zo'n haast hebt."

Ik heb haast omdat ik dolgraag naar mijn kamer wil voor het geval Nikolai vroeg belt, maar dat kan ik haar met geen mogelijkheid vertellen. "Geen andere reden dan jammie eten."

Slava giechelt naast me. "Jammie. Ik hou van jammie in mijn buikie."

Ik kijk hem stralend aan. "Ja daar hou je wel van." We zijn de hele dag bezig geweest met het leren van verschillende woorden en zinsdelen, waaronder dit kleine zinnetje en ik ben heel blij dat hij het zich herinnert.

"In dit tempo zal hij over een week Engels spreken," zegt Alina, terwijl ze een stuk kip afsnijdt en op zijn bord legt.

Ik grijns naar haar. "Ik hoop het - maar realistischer gezien, over een paar maanden."

Ze glimlacht terug en gaat verder met eten en ik doe hetzelfde, ik kan niet wachten om klaar te zijn met eten en comfortabel met de laptop op bed genesteld te liggen. Net als Alina draag ik een avondjurk en ik kijk ernaar uit om mijn pyjama aan te trekken. Hoewel... misschien zou ik dat niet moeten doen. Nikolai vindt het misschien leuk om me zo te zien, zelfs via een camera.

Sterker nog, ik moet waarschijnlijk mijn make-up opfrissen voordat hij belt.

"Wil je racen?" vraag ik Slava en maak motorgeluiden om hem aan ons racespel met speelgoedauto's te herinneren. "Kijken wie van ons er sneller kan eten?"

Hij knippert niet begrijpend met zijn ogen, dus pak ik mijn vork en begin met overdreven snelheid voedsel in mijn mond te scheppen. Wanneer hij het snapt, doet hij hetzelfde en we hebben onze borden in recordtijd leeg. Alina, die in een normaal tempo eet, kijkt geamuseerd naar onze race en tegen de tijd dat we klaar zijn, duwt ze haar half opgegeten kip weg.

"Ik denk dat ik ook klaar ben," zegt ze droog. Harder roept ze, "*Lyuda, Slava gotov!*"

Lyudmila komt uit de keuken en veegt haar handen aan haar schort af. Ik glimlach en bedank haar voor de heerlijke maaltijd, maar eerlijk gezegd was het lang niet zo lekker als wat haar man maakt. De kip was aan de droge kant, de aardappelen waren te zout en de meeste voor- en bijgerechten waren restjes. Maar ik ben niet van plan om moeilijk te doen: eten is eten, en ik ben dankbaar dat ik het heb.

Lyudmila glimlacht terug en tilt Slava op, en zo begint mijn vrije avond.

Zodra ik in mijn kamer ben, doe ik mijn make-up volledig opnieuw - het enige wat ik tijdens het avondeten op had, was een lichte laag foundation en een laag mascara - en ik doe mijn haar. Ik zie er nog lang niet zo verzorgd uit als toen Alina dit voor me had gedaan, maar hopelijk zal Nikolai dat niet erg vinden.

Ik had tijdens onze laatste twee gesprekken geen make-up op en had toen mijn pyjama aan, dus dit is een duidelijke verbetering.

Ik raak weer opgewonden en grijns naar mijn spiegelbeeld. Ik zie er veel beter uit dan toen ik hier voor het eerst kwam. Ik heb niet langer een pijnlijk ingevallen gezicht en de donkere kringen onder mijn ogen zijn vervaagd, net als de blik van wanhoop die erin te zien was. Gisteravond was weer een nacht zonder nachtmerries, alleen dromen over seks, en dat heb ik aan Nikolai te danken. Ik ben misschien nat en pijnlijk, met mijn hand tussen mijn dijen gedrukt wakker geworden, maar ik heb in ieder geval de hele nacht doorgeslapen.

God, ik kan niet wachten om met hem te praten.

Ik haast me naar mijn bed, ga languit op mijn buik liggen en pak de laptop, in de hoop dat hij op dit moment gaat bellen.

Dat doet hij niet. Ik denk dat mijn mentale krachten niet sterk genoeg zijn.

Zuchtend ga ik naar mijn inbox om te kijken of er antwoorden van de journalisten zijn. Er is natuurlijk niets, hoewel er wel een offerte van een van de privédetectives *is*, waarin uurtarieven en provisievergoedingen worden vermeld.

Ik kijk het door en huiver. Het is veel, veel meer

dan ik kan hopen om met het salaris van mijn eerste week te dekken, tenminste gezien het aantal uren dat ik verwacht dat ze eraan zullen moeten besteden. Alleen al voor de provisie heb ik een paar weken loon nodig. Misschien zijn de andere privédetectives goedkoper, maar ze hebben nog niet gereageerd, dus ik zal moeten wachten.

Net zoals ik op Nikolai wacht, *die nog steeds niet belt*.

Ik adem in en herinner mezelf eraan om geduldig te zijn. Hij heeft gezegd dat hij me rond dezelfde tijd als gisteren zou bellen en daar komt het nog niet eens bij in de buurt. Voor nu moet ik mezelf ergens mee afleiden, dus begin ik opnieuw onderzoek naar de vrienden en collega's van mijn moeder te doen voor het geval ik de eerste keer iets gemist heb.

Ik scrol door de foto's van de quinceañera van de dochter van haar manager wanneer het oproepverzoek verschijnt, waardoor mijn hartslag omhoogschiet.

Stralend maak ik mijn haar glad en klik op 'Accepteren'.

NIKOLAI

CHLOE'S GLIMLACH IS ZO STRALEND DAT HET LIJKT ALSOF ik uit een ondergrondse bunker op een zonovergoten strand ben gestapt. "Hoi," zegt ze, een beetje buiten adem terwijl ze tegen een stapel kussens leunt en de computer op haar schoot zet. "Hoe gaat het? Hoe gaat het met je biedingen op dat nucleaire ding?"

Ik glimlach terug, genot verspreidt zich als gesmolten honing door me heen. "Het gaat goed, zaychik, dank je."

En dat is zo. Valery's operatie is vlekkeloos verlopen en de Energiecommissie zwermt al rond de Atomprom-fabriek, op zoek naar een manier om de radioactieve neerslag onder controle te krijgen van de reactor die 's nachts is ontploft. De stralingslekkage is minimaal, zoals verwacht, maar de schade aan de reputatie van Atomprom is aanzienlijk - wat ons op mijn lunchvergadering met het hoofd van de Commissie vandaag een streepje voor geeft.

Wat nog belangrijker is, het afgelopen uur heb ik Chloe's online activiteiten bekeken en haar browsergeschiedenis van gisteren bestudeerd, en ik ben tot de conclusie gekomen dat het onwaarschijnlijk is dat ze connecties met welke regering dan ook of rivaliserende organisatie heeft. Als ze een infiltrant was, dan zou ze al alles over me weten en dan zou ze geen Russische artikelen met behulp van gratis online tools hoeven te vertalen. Ze zou dan evenmin alleen via hun openbare social media de vrienden en collega's van haar moeder onderzoeken - of privédetectives bekijken.

Er is iets anders met Chloe aan de hand, iets wat ik zowel zorgwekkend als intrigerend vind.

Ik kan er het beste voor zorgen dat ze zich voor me open gaat stellen, om me de waarheid te vertellen, maar als ik er nu bij haar op aandring, dan kan ze angstig worden en proberen ervandoor te gaan - en dat wil ik niet. Niet als ik een oceaan bij haar vandaan ben. De volgende beste optie is om Konstantins team haar Gmail te laten hacken; door de spyware kan ik zien op welke sites ze zit, maar niet de inhoud ervan, zoals de individuele e-mails.

Ik zal hoe dan ook de antwoorden krijgen. Ik moet alleen nog even geduld hebben.

"Hoe was jouw dag?" vraag ik, terwijl ik wat comfortabeler in mijn stoel ga zitten. "Wat hebben jij en Slava gedaan?"

Haar glimlach wordt hoe onmogelijk ook nog helderder en ze vertelt me alles over de verbazingwekkende vooruitgang van mijn zoon, haar kleine gezichtje zo levendig dat ik mijn ogen er niet van af kan houden. Ze klinkt net zo trots als een ouder en voor het eerst sinds ik van Slava's bestaan en Ksenia's dood heb gehoord, voelt mijn borst niet zo pijnlijk strak als ik aan hem denk en aan de toekomst die hem vanwege het bedorven bloed dat door zijn aderen stroomt te wachten staat. In plaats daarvan voel ik een sprankje hoop als ik me Chloe met Slava voorstel, die met hem speelt, hem knuffelt, van hem houdt... hem geeft wat zijn moeder niet kan geven.

Wat *ik* niet kan geven.

En dat is er een deel van, realiseer ik me, een deel van waarom ik haar zo graag wil. Ik wil haar niet alleen voor mezelf, maar ook voor mijn zoon. Ik wil dat haar zonneschijn hem raakt, hem verwarmt... om de duisternis van zijn erfgoed zo lang mogelijk bij hem weg te houden. Ik wil haar zoals ik haar door de camera's in Slava's kamer heb gezien, mijn zoon met haar stralende glimlach sieren, hem het gevoel geven dat hij de belangrijkste persoon ter wereld voor haar is.

En ik wil dat hij dat is.

Ik wil dat ze nog meer van Slava houdt dan dat ik wil dat ze van mij houdt.

Hongerig luister ik naar hoe ze over hem praat, elk woord absorberend, elke uitdrukking in me opnemend. Ze draagt een van haar nieuwe avondjurken, een lichtgeel item met dunne bandjes die haar tere schouders ontbloten. Haar bruine ogen fonkelen en zelfs door de camera straalt haar gebronsde huid in het gouden licht van haar bedlampje. Ze is adembenemend, dit lieve mysterie van een meisje - en de mijne. Helemaal van mij. Ik heb haar misschien nog niet fysiek opgeëist, maar dat verandert niets aan de feiten. Ze is voor mij gemaakt, haar licht de perfecte weerspiegeling van de duistere leegte in mij, haar warmte vult elke koude, lege kloof in mijn hart. Het kan me niet schelen wie ze blijkt te zijn of welke geheimen ze verbergt.

Crimineel of slachtoffer, ze is van mij, wat er ook gebeurt.

Als ze klaar is met me over Slava te vertellen, vraag ik haar naar haar favoriete boeken en muziek, en we krijgen een band over onze wederzijdse liefde voor bands uit de jaren tachtig en boeken van Dean Koontz. Het verbaast me niet dat we dingen gemeen hebben. Zo werkt het vaak als je je wederhelft vindt, het puzzelstukje dat je compleet maakt. Ze is op zoveel manieren mijn tegenpool, maar toch zijn er draden die ons verbinden, die ons lang voordat we elkaar hebben ontmoet samenbinden.

We praten een dik uur en ik kom meer over haar kinder- en tienerjaren te weten, over haar jonge moeder en hoe hard ze heeft gewerkt om Chloe in haar eentje op te voeden. Ze vertelt me dat ze met haar vrienden in het centrum rondhing en met haar moeder in Florida op vakantie is geweest, dat ze op de middelbare school met wiskunde worstelde en dat ze drie zomers lang twee banen heeft gehad om in haar eentje haar gammele Corolla te kunnen kopen.

"Hij is bijna net zo oud als ik," zegt ze liefdevol, "maar hij loopt nog steeds. Zelfs na alle kilometers die ik ermee door het land heb gereden. Nu we het erover hebben, heb je nog de kans gehad om Pavel naar mijn autosleutels te vragen? Ik heb ze nog steeds niet."

Ik hou mijn gezichtsuitdrukking neutraal en verberg het beest dat zich in me beweegt bij de gedachte dat ze in haar roestbak van een auto stapt en weggaat. "Hij zei dat hij ze niet kon vinden. We gaan ze zoeken als we terug zijn."

Het is een leugen, maar ik kan haar de waarheid niet vertellen. Ze zou het niet begrijpen. Ik begrijp het zelf niet helemaal. Het enige wat ik weet is dat ik beter slaap, als ik weet dat de sleutels aan die pluizige ketting in mijn bezit zijn, dat mijn zaychik veilig onder mijn dak is.

Een kleine frons verschijnt op haar voorhoofd. "Oh, oké. Maar hij zal ze wel vinden, toch?"

"Ik weet het zeker. Zo niet, dan koop ik een andere auto voor je."

Ze lacht en denkt duidelijk dat het een grap is, maar ik meen het serieus. Ik *zal* een auto voor haar kopen, iets beters, veiliger dan de Corolla. Het is een wonder dat hij het niet op een verlaten weg heeft begeven, waardoor ze zonder telefoon was gestrand, aan de genade van een moordenaar of verkrachter overgeleverd die toevallig langskwam.

Alleen al door de gedachte aan haar in die situatie laat het koude zweet bij me uitbreken.

"Ik bel wel een slotenmaker," zegt ze als ze stopt

met lachen. "Er zijn slotenmakers in Elkwood Creek, toch?"

"Ik weet zeker dat er minstens één is." En ik ben er net zo zeker van dat hij niet in de buurt van Chloe's auto komt. Hoe meer ik eraan denk dat ze helemaal alleen door het land rijdt, hoe duisterder mijn stemming wordt. Er had haar van alles kunnen overkomen, echt alles - en voor zover ik weet, is dat ook gebeurd.

Haar nachtmerries hebben misschien helemaal niks te maken met wat er met haar moeder is gebeurd en alles met een of andere dwaas die haar onderweg heeft aangevallen.

Woede komt in me boven als ik me voorstel dat ze wordt aangevallen, gekwetst en getraumatiseerd en het kost me heel veel moeite om niet te eisen dat ze me nu de waarheid vertelt, zodat ik de verantwoordelijken uit kan roeien. Alleen de angst dat ze zich terug zou trekken en zou proberen om weg te gaan, zorgt ervoor dat ik mijn mond hou. Dat en de herinnering aan die beschadigde banden, die aangeven dat er meer aan de hand is, dat ze bij iemand of iets betrokken is die de middelen heeft om haar bewegingen te verbergen.

Zich niet bewust van de storm die in me woedt, grijnst ze en zegt, "Goed dan. Je kunt tegen Pavel zeggen dat hij zich er niet druk om moet maken. Ik neem aan dat hij van slag is dat hij ze kwijt is?"

"Ik zal met hem praten, maak je geen zorgen." En dat zal ik doen. Ik moet de situatie uitleggen en hem vragen om zich bij Chloe te verontschuldigen. Op dit moment heeft hij geen idee dat er iets mis is. "Wat betreft de -"

Een zachte bel onderbreekt me en tot mijn teleurstelling zie ik dat het tijd is om naar mijn vergadering te gaan. Ik heb een alarm op mijn telefoon gezet zodat ik niet te laat zou komen.

"Moet je gaan?" vraagt Chloe scherpzinnig en ik knik, terwijl ik mijn jas dichtknoop.

"Dit is de vergadering waarvoor ik hier ben. Het goede nieuws is dat als alles gaat zoals verwacht, ik meteen daarna op het vliegtuig naar huis stap."

Haar ogen lichten op. "Echt? Hoe laat vertrekt je vlucht?"

"Als ik het vertel om te vertrekken. Het is mijn vliegtuig." Ik leun naar de camera en mompel, "Ik kan niet wachten om je in het echt te zien."

Ze schenkt me een lieve glimlach. "Hetzelfde geldt voor mij. Veel succes bij je afspraak en veilige vlucht naar huis."

"Dank je, zaychik." Met een hese stem, adviseer ik, "Slaap lekker vannacht - je zult het nodig hebben."

En terwijl haar lippen zich bij een geschrokken inademing van elkaar scheiden, hang ik op, verlangend om de vergadering af te sluiten zodat ik in de lucht kan zijn en op weg naar haar.

———

Ik zit al aan tafel als Yusup Bahori Al Sham binnenloopt, in een van de beste Midden-Oosterse restaurants in Dusjanbe en, volgens het onderzoek van Konstantin, een favoriete plek van Yusup. Na het verplichte half uur van bijpraten over onze favoriete schoolherinneringen en het bespreken van onze klasgenoten en andere wederzijdse kennissen, verschuif ik het gesprek naar onze vergunningen en het bieden op het contract met de Tadzjiekse regering.

"Nikolai, je weet dat ik niet -" begint hij, maar ik steek mijn hand op om de onzin te stoppen.

"Laten we geen spelletjes spelen. Jij en ik weten allebei dat ons product superieur is aan dat van Atomprom. Dus waarom zijn onze vergunningen ingetrokken?"

Hij knippert met zijn ogen, hij had niet verwacht dat ik zo direct zou zijn. "Nou, er waren veiligheidsproblemen en-"

"We hebben nog nooit een meltdown of lekkage gehad. Onze veiligheidsprotocollen gaan verder dan alle overheidsvereisten en het beste van alles is dat onze reactoren goedkope, schone energie aan elke nederzetting en elk dorp kunnen leveren, hoe ontoegankelijk of afgelegen het ook ligt."

Hij zucht en duwt zijn half opgegeten kebab weg. "Luister, ik weet de bijzonderheden niet, maar als onze inspecteurs-"

"Zijn dit dezelfde inspecteurs die groen licht voor het bod van Atomprom gaven? Zo ja, voor hoeveel?"

Hij heeft het fatsoen om te blozen. "We zijn net met het onderzoek naar het ongeluk van gisteravond begonnen," zegt hij stijfjes. "Als blijkt dat er sprake van onbehoorlijk gedrag is, dan nemen we passende maatregelen. We tolereren geen corruptie en omkoping. De veiligheid van onze burgers en het milieu is voor ons van het grootste belang."

Ik knik en pak mijn vork. "Daarom was Atomprom nooit het juiste bedrijf om met jullie samen te werken. Hun staat van dienst op het gebied van veiligheid is verschrikkelijk."

Ik eet rustig twee happen falafel en laat hem erover nadenken, en ik ben niet in het minst verrast als hij abrupt zegt, "Goed dan. Ik kan de vergunningen voor je nakijken. Misschien is een of andere inspecteur overijverig geworden."

"Dat zou zeer gewaardeerd worden. En mocht er toch een misverstand blijken te zijn, dan zouden we het op prijs stellen als je de beslissing terug zou draaien en tijdens de bieding een goed woordje voor ons zou kunnen doen."

Hij likt zijn lippen. "Ik begrijp het."

Natuurlijk begrijpt hij het. Dankbaarheid van de Molotov-organisatie is een zeer lucratieve zaak. Net als de dankbaarheid van de Leonovs, maar die heeft hij al ontvangen.

Zijn nieuwe landhuis in Khujand is daar het bewijs van.

Het zou gemakkelijk zijn om daarop te wijzen, om het bewijs van corruptie te gebruiken dat de hackers van Konstantin hebben ontdekt om hem te laten doen wat we willen, maar in tegenstelling tot Valery, geloof ik in eerst met een wortel te zwaaien voordat ik naar de stok grijp.

Dingen hebben de neiging om op die manier soepeler te gaan.

Nu mijn doel bereikt is, ga ik terug naar neutrale onderwerpen en de rest van de maaltijd verloopt in een prettig gesprek. Hij brengt de bijzonderheden van onze 'dankbaarheid' niet ter sprake en ik ook niet. Laat hem maar aannemelijke ontkenning hebben wanneer onze betaling op zijn buitenlandse rekening belandt, het raakt ons niet in het minst.

Als we klaar zijn, gaat hij naar zijn auto en ik stop bij het toilet voor de lange rit naar het kleine vliegveld waar mijn jet staat te wachten. Ik was mijn handen als de deur opengaat en een lange, atletisch gebouwde man van ongeveer mijn leeftijd binnenstapt.

Een man die ik meteen herken.

"Nou, als het niet de vermiste Molotov-broer is," zegt Alexei Leonov lijzig terwijl hij tegen de deur leunt en zijn getatoeëerde armen voor zijn borst vouwt. "Leuk dat ik je hier tegenkom."

39

NIKOLAI

Ik veeg mijn handen nonchalant aan een papieren handdoek af en gooi hem in de prullenbak. Tegelijkertijd scan ik mijn vijand op zichtbare wapens. Er is niks te zien, maar dat zegt niets. Hij zou een wapen aan zijn enkel kunnen hebben of in de achterkant van zijn spijkerbroek. En er zitten zeker een paar messen in zijn motorlaarzen.

Alexei Leonov staat om zijn lust naar geweld bekend.

"Toeval is iets grappigs," zeg ik kalm, terwijl ik me klaarmaak om naar de Glock te grijpen die onder mijn jas aan mijn borst is vastgemaakt. "Wat brengt je naar Dusjanbe?"

Hij grijnst scherp. "Hetzelfde als jij, stel ik me voor." Hij laat zijn armen los, duwt zich van de deur vandaan en komt naar me toe. Hij stopt voor me en vraagt, "Hoe is het leven in... waar verblijf je tegenwoordig? Thailand? De Filipijnen?" Zelfs van dichtbij lijken zijn donkerbruine ogen bijna zwart, bij de tint van zijn haar passend.

"Het leven is geweldig. Hoe gaat het met je ouwe?" Als hij denkt dat ik mijn locatie eruit ga flappen na alle moeite die Konstantin heeft gedaan om het te verbergen, dan komt hij bedrogen uit. "Nog steeds springlevend?"

Zijn glimlach is een en al tanden. "Je weet hoe die oude mannen zijn. Praktisch onverwoestbaar. Je moet *echt* je best doen om ze te verwoesten."

Ik ga hier ook niet op in. "Doe hem de groeten van me. En aan je broer."

Zijn ogen glinsteren hard. "Niet mijn zus? Oh, ja, ze is verdomme dood."

Ik moet moeite doen om een pokerface te houden. "Dat heb ik gehoord. Het spijt me." Het is een leugen - Ksenia verdient het om tussen de wormen te liggen rotten - maar alles wat meer is dan de meest neutrale reactie kan te veel prijsgeven en hij lijkt al wat vermoedens te hebben.

Zijn woeste grijns keert terug. "Over zussen gesproken... hoe is het mijn aanstaande?"

Dit kan ik dus niet laten gaan. Ik kijk hem aan en geef hem een ijskoude blik. "Alina is niet van jou. Nooit geweest, zal ze nooit zijn."

"Dat is niet wat er in ons verlovingscontract staat."

"Dat contract is door de dood van mijn vader ontbonden en dat weet je."

"Is dat zo?" Hij leunt voorover tot we bijna neus aan neus staan. Er is geen spoor van humor op zijn gezicht te zien, zijn harde trekken hebben een onmiskenbaar patina van wreedheid. Op dodelijk zachte toon zegt hij, "Zeg tegen Alina dat het tijd is. Ik ben klaar met geduld hebben."

En hij doet een stap achteruit en gaat door de deur naar buiten.

Roodgloeiende woede brandt nog steeds in mijn borst als Konstantins Tesla voor het vliegtuig stopt.

"Bedankt voor het wachten," zegt hij terwijl hij naar buiten klimt. "Ik dacht dat het beter zou zijn om je dit persoonlijk te geven." Hij geeft me een flashdrive.

"Chloe?"

Hij knikt. "Het is een juweeltje. Je had gelijk dat ik dieper moest graven. Het meisje is niet wie ze lijkt te zijn."

Fuck. "Maffia?"

"Misschien. Bekijk de video. Mijn mannen doen hun best om meer te weten te komen."

Klootzak. Ik wil nu alle antwoorden eisen, maar het vliegtuig is klaar om te vertrekken en ik moet hem over mijn ontmoeting met Alexei vertellen. Ik doe dat snel en als ik bij het stuk over Alina kom, zie ik dezelfde woede op zijn gezicht weerspiegeld staan.

"Ik vermoord hem als hij alleen maar haar kant op ademt," zegt Konstantin woest. "Als hij denkt dat we dat verdomde middeleeuwse contract zullen nakomen, dat is gemaakt toen onze zus amper vijftien was, dan is hij-"

"Ik betwijfel of hij serieus was. Hoogstwaarschijnlijk probeerde hij me als wraak voor de explosie in hun fabriek te provoceren. Hoe dan ook, hij weet niet zeker of ze bij mij is. Hij gokte maar wat."

Konstantin haalt diep adem en is zichtbaar tot zichzelf gekomen. Van ons drieën heeft hij de beste band met Alina, omdat hij tijdens schoolvakanties en zomervakanties vaak op haar heeft gelet. Die luxe heb ik nooit gehad. Onze vader had al vroeg besloten dat ik de zoon was die het meest geschikt was om de leiding van onze organisatie op zich te nemen, en al mijn kinder- en tienerjaren werden aan het leren van het familiebedrijf besteed.

"Je hebt gelijk," zegt hij op een kalmere toon. "Hij is boos en hij wil ons kwaad maken. Maar voor het geval dat, zeg tegen Alina dat ze op haar hoede moet zijn."

"Ik denk niet dat dat een goed idee is. Ze heeft... de afgelopen dagen wat problemen gehad."

Zijn wenkbrauwen trekken zich samen. "Is de hoofdpijn terug?"

Ik knik grimmig. "Lyudmila zegt dat ze behoorlijk veel medicijnen heeft genomen terwijl ik weg was. En wiet."

Alina denkt dat ik dat laatste niet weet, maar dat weet ik wel - en ik heb Lyudmila gevraagd om haar gezelschap te houden wanneer ze wil roken. Ik ben geen fan van geestverruimende middelen, maar ik weet waarom mijn zus het nodig heeft en wiet heeft de voorkeur boven sommige medicijnen die ze in haar nachtkastje heeft liggen.

Konstantins frons wordt dieper. "Ze gaat weer bergafwaarts."

"Laten we hopen van niet." Maar als dat zo is, dan is dat nog een reden voor me om me terug te haasten. Hoewel Alina en ik nauwelijks met elkaar overweg kunnen, houdt iets in mijn aanwezigheid haar in evenwicht - misschien zelfs de wrijving die tussen ons bestaat. Het geeft haar een externe focus, een afleiding van haar innerlijke onrust.

Bij mij heeft ze een duidelijk en aanwezig doel in plaats van de schaduwen die in haar hoofd op de loer liggen.

"Luister," zeg ik tegen Konstantin, "ik moet gaan. Ik zal je laten weten hoe het met haar gaat als ik haar persoonlijk heb gezien. Zeg gewoon tegen je team dat ze moeten blijven doen wat ze doen - Alexei kan er niet achter komen waar we zijn."

Zijn kaken spannen zich aan. "Maak je geen zorgen. Dat zal hij niet."

"Dank je."

Met een laatste blik op mijn broer stap ik het vliegtuig in.

Pavel zit op de bank in de cabine van het vliegtuig op me te wachten, er staat op de salontafel voor hem een laptop open. Zonder iets te zeggen ga ik naast hem zitten en steek de flashdrive in de computer.

Er staan twee bestanden op, een met de titel 'Bijgewerkt rapport' en de andere 'Winkelcamera, Boise, 14 juli'.

Mijn hartslag versnelt als de spanning mijn lichaam binnendringt.

Dat is dezelfde dag dat ze zich heeft aangemeld om Slava's lerares te worden.

Ik klik op de video.

De korrelige opname toont een onopvallende straat met een paar winkels, een coffeeshop, wat geparkeerde auto's en af en toe voetgangers. Het tijdstip in de hoek vertelt me dat het even na tienen in de ochtend is.

In eerste instantie lijkt het alsof er niets gebeurt, maar na ongeveer dertig seconden krijg ik een bekend slank figuur in het oog. In een T-shirt en een spijkerbroek gekleed loopt Chloe stevig door over straat.

Ze komt langs een kledingboetiek als het gebeurt.

Met een scherpe *knal* ontploft de etalage links van haar.

Pavel laat een geschrokken scheldwoord horen, maar ik negeer hem, al mijn aandacht op Chloe's kleine, bevroren gestalte gericht. Elke spier in mijn lichaam is strak gespannen, angst en woede pulseren in misselijkmakende golven door me heen. Zelfs op de wazige video zie ik de schok op haar gezicht terwijl haar grote ogen onbegrijpend de straat afspeuren. Dan begint het geschreeuw over schoten en het alarmnummer en ze haast zich in een sprint - net op het moment dat er nog een *knal* klinkt en meer glas om haar heen vliegt.

Binnen enkele seconden is ze uit beeld verdwenen en wordt de video afgebroken.

"Klootzak," mompelt Pavel, maar ik ben het andere bestand al aan het openen.

Het bijgewerkte rapport.

40

CHLOE

IK SLAAP NIET GOED. HELEMAAL NIET. WIE ZOU DAT MET zo'n waarschuwing kunnen?

Slaap lekker vannacht - je zult het nodig hebben.

Ik kan niets bedenken dat Nikolai had kunnen zeggen waardoor ik *minder* snel in slaap zou vallen. Hij had me net zo goed kunnen vertellen dat hij van plan is om me tot uitputting toe te neuken zodra hij thuiskomt.

Eigenlijk heeft hij me dat min of meer verteld voordat hij vertrok. Zijn vieze beloften hebben voldoende voer voor mijn natte dromen en masturbatiesessies onder de douche gegeven - inclusief de lange na ons telefoontje van gisteravond.

Ik dacht dat een paar orgasmes me misschien zouden helpen ontspannen, maar ze hadden het eigenlijk alleen maar erger gemaakt. De hele tijd dat ik met mezelf speelde, bleef ik denken aan wat hij met me zal doen als hij terugkomt... hoe zijn handen en lippen op me zullen voelen... hoe zijn pik in me zal voelen. Mijn fantasie ging de vrije loop en schilderde allerlei pornografische, niet-pc-scenario's af en ze spelen nu nog steeds in mijn gedachten, in het heldere licht van de ochtend, waardoor mijn ondergoed vochtig wordt en mijn hart sneller gaat kloppen.

Het helpt niet dat Alina weer nergens te bekennen is. Ze komt niet naar beneden voor ontbijt of lunch en als ik het aan Lyudmila vraag, zegt ze dat Nikolais zus weer hoofdpijn heeft.

"Heeft ze daar vaak last van?" vraag ik bezorgd tijdens de lunch en Lyudmila knikt, haar gezicht gespannen terwijl ze haar ogen afwendt.

Ik vraag me af waarom, maar Lyudmila is niet echt spraakzaam bij mij in de buurt, dus ik besluit haar niet verder te ondervragen. In plaats daarvan besteed ik de middag aan Slava lesgeven en tel ik de minuten tot het etenstijd is af, wanneer Nikolai verwacht wordt te arriveren.

Mijn leerling is net zo ongeduldig. Lyudmila moet hem verteld hebben dat zijn vader vandaag terugkomt, want hij blijft opspringen en naar het raam rennen terwijl we het alfabet doornemen.

"Wil je je vader verrassen?" vraag ik wanneer hij voor de vijfde keer van zijn expeditie terugkomt. "Hem gelukkig maken?"

Slava's fronst met zijn wenkbrauwen. "Gelukkig?"

"Ja, gelukkig." Ik teken een lachend gezicht met geel krijt. "Wil je dat je vader gelukkig is?"

Hij knikt en ploft naast me op de grond.

ANNA ZAIRES

"Zeg mij dan maar na: 'Hoi, papa.'"

Slava is stil. Hij kent beide woorden uit de boeken die we hebben gelezen, en hij herhaalt zinnen na mij als ik erom vraag, dus ik weet dat het geen begripsprobleem is.

Voorzichtig probeer ik het opnieuw. "Hoi, papa."

Hij staart naar zijn sneakers. "Hoi, papa." Zijn stem komt nauwelijks boven een fluistering uit, maar de woorden zijn duidelijk, evenals de behoedzaamheid in zijn grote gouden ogen wanneer hij zijn blik opheft.

Hij aarzelt en ik kan het hem niet kwalijk nemen. Ondanks het kleine beetje vooruitgang dat we onlangs met onze gezamenlijke leessessie hebben geboekt, zijn vader en zoon nog steeds vreemden voor elkaar.

Ik reik naar voren om zijn handen in de mijne te nemen. "Ik ben erg trots op je. Je bent moedig en sterk, net als Superman."

Zijn kleine gezichtje klaart op. "Superman?"

"Superman," bevestig ik, terwijl ik zachtjes in zijn handen knijp voordat ik ze loslaat. "Dapper en sterk."

"Dapper en sterk," fluistert hij terwijl hij de woorden uitprobeert. Hij wijst naar zijn borst. "Dapper en sterk?"

Ik kijk hem stralend aan. "Ja, je bent dapper en sterk, net als Superman. En je zult je vader heel gelukkig maken."

Hij geeft me een grote grijns. "Gelukkig, ja." Hij wijst naar de tekening met het smiley-gezicht en zet zijn magere borstkas uit. "Heel gelukkig."

Hij is zo schattig dat ik het niet kan laten om hem

een knuffel te geven, en mijn hart smelt als zijn korte armen om mijn nek gaan en stevig knijpen. Dit, hier, is waarom ik zoveel van kinderen hou. Het enige wat ze willen is liefde en genegenheid en als ze het eenmaal hebben, geven ze het met bergen terug.

Nikolai begrijpt dat nog niet van zijn zoon, maar dat zal wel komen.

Het is gewoon een kwestie van tijd en een beetje moeite van mijn kant.

Een uur voor het eten laat ik Slava bij Lyudmila achter en ga naar mijn kamer om me om te kleden en me klaar te maken. Ik ben zo opgewonden en nerveus dat ik nauwelijks kan voorkomen dat mijn handen trillen terwijl ik mijn make-up aanbreng en mijn haar gladstrijk tot een schijn van de gepolijste golven die Alina voor me had gemaakt. Als ze zich goed zou voelen, zou ik haar vragen om haar magie te herhalen, maar aangezien ik haar vanmiddag nergens heb gezien, moet ik aannemen dat ze nog steeds hoofdpijn heeft.

Arme meid. Ik hoop dat ze zich snel beter voelt.

Als mijn haar en make-up klaar zijn, struin ik door mijn belachelijk grote collectie avondjurken om de absoluut beste te vinden. Zonder Nikolai hier, heb ik voor degene gekozen die het comfortabelst en het gemakkelijkst aan te trekken leek te zijn, maar vanavond wil ik extra mijn best doen.

Ik wil zijn adem zien stokken en zijn ogen met die

duistere, woeste hitte zien ontbranden die me zowel opwindt als alarmeert.

Ik neem genoegen met een delicate ivoren jurk waarin subtiele gouden draden zijn geweven. Het is van een doorschijnend materiaal gemaakt, het is strapless, met een hartvormig korset dat mijn borsten omhoogduwt en mijn taille definieert. De nauwsluitende rok glijdt op de meest flatterende manier die je je kunt voorstellen over mijn heupen en als ik loop, onthult een dijhoge spleet aan de linkerkant flitsen van mijn been. Ik combineer de jurk met de gouden Jimmy Choos die ik op mijn eerste formele avond hier droeg en ik ben er klaar voor.

Klaar om Nikolai te zien en onze relatie verder te brengen.

De auto rijdt voor als ik de trap afkom. Ik vang er in een van de grote ramen een glimp van op en mijn hart gaat sneller kloppen. Lyudmila en Slava staan al in de woonkamer, met de jongen in zijn avondkleding gekleed. Als ik dichterbij kom, glimlacht hij verlegen naar me en ik geef hem een bemoedigend schouderklopje.

"Denk eraan, dapper en sterk, zoals Superman," fluister ik, terwijl ik mijn eigen nervositeit probeer te bedwingen, en hij giechelt - alleen om bij het geluid van de voordeur die opengaat, gevolgd door voetstappen die onze richting uitkomen, stil te vallen.

Pavel verschijnt als eerste, maar zijn huisgrote gestalte valt in mijn visie nauwelijks op. Al mijn aandacht is op de lange, donker mooie man achter hem gericht, wiens tijgerheldere blik op me inzoomt met een intensiteit die mijn vlees verschroeit en mijn longen tot stilstand laat komen.

In de afgelopen paar dagen ben ik vergeten hoe het is om bij hem in de buurt te zijn, om de verwoestende impact van zijn aanwezigheid te ervaren. Ik zie hem niet alleen, ik *voel* hem met elke centimeter van mijn huid, met elke cel van mijn wezen. Hulpeloos glijden mijn ogen over zijn gelaatstrekken, nemen de compromisloze hoeken van zijn kaak en de sensuele vorm van zijn lippen in me op, de verbazingwekkende dikte van zijn gitzwarte wimpers en de manier waarop zijn ravenzwarte haar van zijn voorhoofd is geborsteld, die hoge, brede jukbeenderen onthullen. Hij is nonchalanter gekleed dan toen hij wegging, met een blauw overhemd met knoopjes in een op maat gemaakte broek, en hij ziet er zo ontzettend heet uit dat ik moeite moet doen om overeind te blijven. Mijn hart bonst, mijn hele lichaam zoemt alsof er een netwerk van stroomdraden onder mijn huid zit, en ik ben me slechts oppervlakkig van Lyudmila bewust die naar voren stapt om haar man te omhelzen terwijl ze opgewonden in het Russisch kletst.

Nikolai moet in dezelfde krachtige betovering worden gevangen, want een lang moment staat hij stil, met glinsterende ogen terwijl hij mijn uiterlijk in zich opneemt.

Dan komt hij naar me toe.

Ademloos staar ik naar hem op terwijl hij voor me stopt. Hij is van dichtbij zoveel meer dan op een computerscherm. Groter, langer... gevaarlijker, primitief mannelijk. Met zijn verleidelijke charme en mooie kleding is het mogelijk om die rauwe, dierlijke kwaliteit die hij bezit te vergeten, het gevoel dat er iets wilds onder zijn prachtige façade schuilt... iets dat me naar hem toe trekt, zelfs als het het fijne haar in mijn nek waarschuwend omhoog laat staan.

Op een afstand was het gemakkelijk om mijn verbeelding dat hij gevaarlijk zou zijn te negeren.

Van dichtbij is het oneindig veel moeilijker.

"Hoi, papa."

Het geluid van dat kleine, hoge stemgeluid haalt me uit mijn trance - en het heeft een nog sterker effect op Nikolai. Elke spier op zijn gezicht spant zich aan terwijl zijn blik naar de jongen springt die dapper naast me staat.

Heel even staren vader en zoon elkaar aan. Dan gaat Nikolai langzaam op één knie zitten.

"Hoi," zegt hij hees terwijl een mengelmoes van emoties over zijn gezicht speelt. "Hoi, Slavochka."

Mijn hart verkrampt zich met een golf van warmte. Die versie van de naam van de jongen is een vertedering. Ik heb de afgelopen dagen genoeg Russisch gehoord om dat te weten.

Slava glimlacht onzeker naar zijn vader voordat hij naar mij opkijkt.

"Je hebt het goed gedaan," zeg ik hees, terwijl ik

mijn hand over zijn zijdezachte haar strijk. "Net als Superman." Glimlachend vang ik Nikolais blik. "Zeg tegen hem dat hij het goed heeft gedaan."

Zijn gezicht betrekt, iets duisters en pijnlijks flitst in zijn ogen voordat hij de controle terugkrijgt. "Je hebt het goed gedaan," zegt hij toonloos tegen de jongen, en hij staat op, doet een stap achteruit, zijn uitdrukking weer gesloten.

Verward begin ik te praten, maar hij is me voor.

"Ik moet met je praten," zegt hij met harde stem en hij neemt mijn hand in een onontkoombare greep en leidt me naar zijn kantoor.

41

CHLOE

Mijn maag draait zich om en mijn hartslag is misselijkmakend snel als hij tegenover me aan de ronde tafel gaat zitten, zijn ogen met een duisternis gevuld waarvan ik mezelf niet langer kan overtuigen dat het uitsluitend uit mijn verbeelding voortkomt. Er is geen spoor meer van de tedere, verleidelijke man over met wie ik zoveel uren via videobellen heb gesproken, een man die zo open over zijn gevoelens voor mij was. In zijn plaats is een mooie, angstaanjagende vreemdeling gekomen, zijn gezicht strak van woede.

Het ergste is dat ik geen idee heb wat ik heb gedaan, waardoor hij zo van streek is geraakt. Was het wat Slava zei? Of mijn onhandige suggestie dat hij de jongen zou prijzen voor-

"Je hebt tegen me gelogen, zaychik," zegt hij op een dodelijk zachte toon, en mijn hart schiet in mijn keel.

Ik had het fout.

Dit heeft niets met Slava te maken.

Het is oneindig veel erger.

Ik hap naar adem. "Nikolai, ik-"

Hij steekt zijn hand op en opent dan een laptop waarvan ik nu pas zie dat die op tafel staat. "Kijk hier," beveelt hij, terwijl hij het scherm naar mij draait.

Ik kijk - en wat ik zie verandert mijn bloed in ijzige modder.

Ik ben het, op die dag in Boise.

De dag dat ze openlijk op me hadden schoten.

Er is niets meer vernietigend dat Nikolai tegen had kunnen komen, geen incident dat duidelijker over het gevaar spreekt dat ik voor zijn familie ben - een gevaar waar ik mezelf niet op een echte manier aan heb laten denken, in plaats daarvan op *mijn* situatie, *mijn* overleving gericht. Pas nu, met die korrelige video voor me, besef ik hoe onnadenkend, hoe egoïstisch ik ben geweest.

Ik heb twee gewelddadige moordenaars achter me aan, en hier ben ik dan, verkleedspelletjes aan het spelen in de kleren die hij voor me heeft gekocht, doen alsof ik veilig ben op een terrein dat hij voor zijn zoon heeft gebouwd, een slim, lief kind waar ik al dol op ben geworden.

Een kind dat elke seconde dat ik hier ben in gevaar is.

Ik had dat op de een of andere manier uit mijn gedachten verbannen, samen met de verpletterende angst van die dag, maar ik kan dat nu niet langer.

Trillend, ziek vanbinnen, sta ik op. "Nikolai, het spijt me zo erg. Ik zal gaan. Ik zal nu gaan-"

"Ga zitten." Zijn stem is nog zachter, een angstaanjagend contrast met de woeste wreedheid in zijn ogen. "Jij gaat nergens heen."

"Maar-"

"Zitten."

Mijn knieën knikken onder me, zijn bevel gehoorzamend.

Hij leunt naar voren en zijn blik houdt me op mijn plaats. "Ik wil de waarheid. De volledige waarheid. Begrepen?"

Ik knik, ook al ben ik van binnen aan het instorten, al mijn hoop en dromen verpletteren om me heen.

Ik zal het hem vertellen.

Ik zal hem alles vertellen.

Na alle leugens verdient hij de waarheid.

42

CHLOE

"Het begon allemaal toen ik na mijn afstuderen naar huis reed," zeg ik, terwijl ik probeer - en faal - om mijn stem kalm te houden. "Het was de bedoeling dat ik voor het avondeten thuis zou zijn, maar het verkeer was ongewoon druk en ik was bijna een uur te laat. Zodra ik een parkeerplek voor ons gebouw had gevonden, rende ik naar het appartement, mijn koffer in de auto achterlatend. Ik dacht dat ik hem wel kon pakken nadat we hadden gegeten.

"Ik had mijn sleutels, dus ik ging naar binnen en ging direct naar de keuken, waar ik dacht dat mama zou zijn om eten op te warmen. Maar toen ik daar aankwam-" Ik stop om de brok door te slikken die mijn keel dicht lijkt te drukken.

"Ze was dood," raadt Nikolai grimmig, en ik knik, terwijl hete tranen in mijn ogen prikken.

"Ze lag in een plas bloed op de keukenvloer, haar polsen waren doorgesneden. Ik voelde geen hartslag, dus ik rende naar mijn telefoon - ik had zo'n haast gehad dat ik mijn tas met de telefoon in de auto had laten liggen. Maar voordat ik het appartement kon verlaten, hoorde ik stemmen, mannenstemmen, uit mama's slaapkamer komen."

Zijn ogen vernauwen zich gevaarlijk. "Ze waren daar? Met jou in het appartement?"

"Ja. Ik sprong in de kleine nis bij de deur en verstopte me daar achter de jassen. Toen zag ik ze. Twee grote mannen met skimaskers. Ze verlieten het appartement en kwamen meteen weer binnen. Ik hoorde ze weer de slaapkamer ingaan en aangezien ik vlak bij de deur was, ben ik er vandoor gegaan. Ik rende alle vijf de trappen af en bleef rennen tot ik bij mijn auto kwam." Ik haal huiverend adem en duw de herinnering aan die geestdodende paniek weg, het hyperventileren en gesnik terwijl ik moeite had om mijn sleutels in het contact te steken.

Nikolai geeft me even de tijd om tot mezelf te komen. "Wat gebeurde er toen?"

"Ik heb het alarmnummer gebeld en ben naar het dichtstbijzijnde politiebureau gereden. Ik heb hen verteld wat er was gebeurd en ze hebben een eenheid naar mijn appartement gestuurd. Maar de moordenaars waren toen al weg, en de politie, ze beschouwden het-" Mijn stem breekt. "Ze beschouwden het als zelfmoord."

Zijn wenkbrauwen trekken zich samen. "Ik begrijp het niet. Heb je ze over de twee mannen verteld? Heb je officieel aangifte gedaan bij de politie?"

"Dat heb ik gedaan. Ik heb ze over de maskers en de wapens met geluiddempers verteld en-"

"Wapens met geluiddempers?"

Ik knik en sla mijn armen om mezelf heen. Ik heb het zo koud dat mijn tanden beginnen te klapperen. "Ik heb ze door de jassen heen in de gang gezien. Nou, technisch gezien zag ik maar één wapen, maar later, toen ik ze weer zag, waren het er twee, dus ik neem aan-"

"Later?" Zijn kaak spant zich aan. "Heb je ze weer van dichtbij gezien?"

"Niet van dichtbij, nee. Ze waren ongeveer een blok bij me vandaan. Het was na dit." Ik beweeg mijn kin naar de laptop. "Ze renden achter me aan en toen zag ik ze. Ze hadden allebei een wapen."

"Ook skimaskers?"

"Ja." Ik probeer me de twee figuren voor de geest te halen, maar afgezien van hun algemene lengte en de wapens in hun handen, zijn ze wazig in mijn gedachten. "Ik ben er in ieder geval vrij zeker van."

Nikolais blik wordt scherper. "Maar niet zeker?"

"Ik... nee." Wat dom van me is. Ik had op moeten letten, elk klein detail moeten onthouden, zodat ik-

"Was dat de enige andere keer dat je ze hebt gezien? De enige keer dat ze achter je aan kwamen?"

"Nee." Een rilling trekt door mijn lichaam. "Niet eens in de buurt."

Zijn gezicht is een masker van nauwelijks ingehouden woede. "Vertel me alles."

Dus dat doe ik. Ik vertel hem over de zwarte pick-up met getinte ruiten die me bijna omver reed toen ik het politiebureau uitkwam en hoe het op een parkeerplaats van Walmart opnieuw gebeurde, amper een uur nadat ik de eerste poging had gemeld. Ik vertel hem over de brand in het plaatselijke motel waar ik een kamer had geboekt om niet in het appartement te hoeven slapen, en over een busje dat me bijna van de weg reed toen ik al op de vlucht was. Ik vertel hem over mijn ontsnapping bij een Airbnb in Omaha, waar ik een paar weken geleden voor de broodnodige rust was gestopt, om uiteindelijk midden in de nacht op het nippertje door het raam te ontsnappen toen ik krassende geluiden bij de deur hoorde.

"Het slot. Ze waren het aan het openbreken." Nikolais kaken zijn op elkaar geklemd. "Als je niet wakker was geworden-"

"Ja. En er waren andere gevallen waarin ik dacht dat ze misschien in de buurt waren, zoals de keer dat ik een zwarte pick-up met getinte ramen zag die bij een benzinestation stopte net toen ik wegreed. Ik was toen echter zo paranoïde dat het mijn verbeelding geweest zou kunnen zijn. Of misschien niet. Misschien waren zij het wel. Ik weet het niet. Het enige wat ik weet is dat ze achter me aan bleven komen en het enige wat ik kon doen was in beweging blijven. Tenminste totdat ik geen geld meer had."

"Toen kwam je mijn advertentie tegen."

"Ja." Ik slik moeizaam. "Het spijt me, Nikolai. Het spijt me echt. Ik dacht niet goed na toen ik solliciteerde. Ik had nog maar een paar dollar over en ik was doodsbang, omdat ze me net weer hadden gevonden, en ze werden brutaler en schoten op klaarlichte dag op me. Ik zal gaan, dat zweer ik. Je hoeft me niet eens voor de week te betalen. Ik zal een andere baan vinden en-"

"Waar heb je het verdomme over?" Hij komt met een schok overeind, steunt met zijn vuisten op de tafel en leunt naar voren. Zijn stem is hard. "Ik heb je toch gezegd dat je nergens heen gaat."

Ik krabbel overeind en loop achteruit. "Nikolai, alsjeblieft. Het *spijt me echt*. Ik wilde je familie niet in gevaar brengen. Ik ga vandaag. Nu meteen. Voordat ze erachter komen dat ik hier ben en..." Mijn hart schiet in mijn keel als hij met ogen als vuur en zwavel op me afkomt. "Alsjeblieft. Ik zweer dat ik-"

Zijn handen sluiten zich in een ijzeren greep om mijn bovenarmen. "Je gaat niet weg," gromt hij, en hij trekt me naar zich toe en drukt zijn lippen op de mijne.

43

NIKOLAI

Ik verslind haar mond met alle woede en angst die in me zit, alle honger die ik heb tegengehouden. Er is nu zoveel logisch: haar uitgehongerde uiterlijk en haar eetlust van een bouwvakker, de wonden aan haar arm en de nachtmerries die haar elke nacht teisteren. Wekenlang hebben ze op haar gejaagd, geprobeerd om haar uit te roeien, haar om te leggen en op die dag in Boise waren ze er bijna in geslaagd.

Een paar centimeter naar rechts en de kogel zou door haar schedel zijn gegaan.

De hele vlucht naar huis heb ik van woede zitten beven en dat was voordat ik de rest wist. Voordat ik wist hoe vaak ze bijna dood was geweest. Als ze niet wakker was geworden toen ze hoorde dat de sloten werden opengebroken, of niet uit de weg was gesprongen van die pick-up... Fuck, als ze in die garderobekast maar iets te hard had geademd, dan zou ze vandaag niet hier zijn.

Dan had ik haar niet vast kunnen houden, haar niet kunnen proeven.

Ik zou dan niet weten hoe het is om de andere helft van mijn ziel te hebben gevonden.

Haar hoofd valt onder de brute druk van mijn lippen naar achteren, haar handen grijpen wanhopig naar mijn armen, en ik weet dat ik rustiger aan moet doen, zachtaardig moet zijn, maar ik kan het niet. De zelfbeheersing die ik bezat is verdwenen, in het vuur van mijn woede tot as verbrand, door mijn angst voor haar gedecimeerd.

Er stond zo weinig van wat ze me heeft verteld in Konstantins rapport, zo veel verdachte lege plekken in de politiedossiers die hij voor me te pakken had gekregen. Geen melding van de twee gemaskerde mannen in het appartement van haar moeder, niets over de poging tot aanrijding en doorrijden. Zelfs haar e-mails aan de journalisten, de e-mails die Konstantins hackers in haar verzonden map hebben gevonden, lijken hun bestemming niet te hebben bereikt, alsof iemand haar berichten heeft geblokkeerd of als spam heeft gemarkeerd. En dan zijn er nog alle gewiste en beschadigde banden, die waarschijnlijk als bewijs van de andere aanslagen op haar leven zouden hebben gediend.

Iemand heeft enorme moeite gedaan om haar moeder te vermoorden en hun sporen uit te wissen, iemand met enorme middelen, en het feit dat ik niet weet wie het is, vreet als zuur aan me.

Ik adem zwaar, trek mijn mond van de hare weg en ontmoet haar verdwaasde blik. "Je gaat niet weg."

Ik was eerder al niet van plan om haar te laten gaan, maar nu ik weet dat ze in levensgevaar is, zal ik er alles aan doen om haar hier te houden. Ik zal haar letterlijk aan me vastketenen als het moet.

Ze kijkt knipperend naar me op, haar gezwollen lippen gaan van elkaar. "Maar-"

"Niks te maren. Ik wil het niet meer horen. Je bent nu van mij, begrepen?" Mijn stem is hard. Ik maak haar bang, ik kan het zien, maar ik kan mezelf niet inhouden, kan het beest niet terug in zijn kooi krijgen.

Ze doet haar mond open om te reageren, maar dat laat ik niet toe. Ik laat ruw mijn hand door haar haar glijden en pak een handvol, terwijl ik haar stilhoud terwijl ik naar haar toe duik voor nog een diepe, rovende kus. Er is iets duisters en verwrongen in de manier waarop ik haar nodig heb, in deze dwangmatigheid die ik voel om haar op te eisen. Mijn honger naar haar komt uit het diepste, meest woeste deel van me voort, het deel waarvoor ik mijn best heb gedaan om het voor haar en voor de wereld in het algemeen te verbergen... een die mijn zus die vreselijke winternacht, tot groot nadeel van haar heeft gezien.

Chloe heeft gelijk dat ze voor me op haar hoede is.

Ik ben geen normale, vriendelijke man.

Beschaving is gewoon een ander pak dat ik draag.

Eerst verstijft ze onder mijn aanval, maar na een moment wordt haar lichaam zachter tegen het mijne, haar armen zijn om mijn nek geslagen terwijl ze aan de verhitte behoefte toegeeft die ons verteert. Ze omhelst me terwijl ik haar met mijn tong neuk en van haar zachte, weelderige lippen eet. Ze houdt me vast terwijl ik haar naar de tafel draag, mijn handen gretig over haar heupen, haar ribbenkast, de kleine, mollige heuvels van haar borsten.

Haar jurk zit in de weg, dus ik scheur hem bij het korset open, te ongeduldig om alle haken en ritsen te openen. Ze heeft eronder geen bh aan en haar borsten vallen rond en perfect in mijn handen, door prachtige bruine tepels afgewerkt. Het water loopt me in de mond bij het zien ervan en ik buig mijn hoofd en zuig er aan een met mijn mond. Het smaakt naar zout en bessen, naar alles waarvan ik nooit heb geweten dat ik ernaar verlangde, en terwijl ze zich met een hijgende kreet tegen me aan buigt, haar kleine handen als vuisten in mijn haar, weet ik dat ik nooit genoeg van haar zal krijgen.

Het is volkomen onmogelijk.

Mijn pik is zo hard dat het pijn doet, mijn ballen voelen strak tegen mijn lichaam terwijl ik mijn focus naar de andere tepel verleg, hem diep naar binnen zuigend voordat ik er met berekende kracht in bijt. Ze schreeuwt het weer uit, haar nagels graven zich in mijn schedel, en ik verzacht de steek met zachte streken van mijn tong voordat ik nog een beet van pijn uitdeel.

Ze hijgt nu, kronkelt onder me, en ik weet dat ik gelijk over haar had, over onze compatibiliteit in dit opzicht. Het beest in me roept naar zijn spiegelbeeld in haar, waardoor de duistere chemie tussen ons wordt versterkt. Pijn en genot, geweld en lust - ze bestaan sinds het begin der tijden naast elkaar, voeden zich met elkaar en vormen als geen ander een sensuele symfonie.

Een symfonie die ik met haar wil spelen.

Ik laat haar tepel los, beweeg me langs haar lichaam naar beneden en scheur onderweg haar jurk doormidden. Het was een fijne, mooie jurk, maar ik koop wel een andere voor haar. Ik zal alles voor haar kopen, voor al haar behoeften zorgen. Ze zal nooit hongerlijden, ze zal nooit meer gebrek kennen. Omdat ze nu van mij is, haar lichaam en haar geest, haar geheimen en haar angsten en haar verlangens.

Ik wil het allemaal van haar.

Ik grijp haar handen vast en zet ze langs haar zij vast terwijl ik brandende kussen over haar deinende ribbenkast, haar platte buik, de kwetsbare V onder haar navel trek. Ze draagt een witte string, en die ruk ik er ook af, en druk haar handen dan weer vast terwijl ik verder ga met mijn orale verkenning van haar lichaam. Het is mooi, helemaal slank en strak, haar gebronsde huid is als warme zijde onder mijn lippen. Het haar op haar vagina is delicaat en fijn, alsof het gewoon na het harsen weer aan het groeien is en jaloezie schroeit me als de hel als ik me voorstel dat ze zichzelf voor een ex-vriendje heeft geschoren... voor een andere man dan ik.

Nooit meer.

Niemand anders zal haar ooit aanraken.

Ik zal elke man die het probeert uit elkaar rukken.

Haar ademhaling versnelt als mijn lippen haar vagina naderen, de spieren in haar dijen spannen zich aan als haar benen uit elkaar gaan en haar heupen van de tafel komen. Ze wil dit, heel graag, en hoewel ik haar dolgraag volledig wil proeven, verleng ik haar kwelling door net aan de buitenkant van haar zachte plooien te kussen, haar geur in te ademen en de verwachting toe te laten nemen.

"Nikolai, alsjeblieft..." Haar stem trilt, haar handen spannen zich in mijn greep terwijl ik aan de naad van haar spleet kus en lik, waardoor ze net een fractie meer krijgt. "Oh God, alsjeblieft, geef gewoon-" Ze hapt naar adem terwijl mijn tong eindelijk tussen haar plooien glijdt en ik aan het romige bewijs van haar verlangen lik, terwijl ik haar zoete, rijke essentie proef. Ze is alles wat ik me heb voorgesteld, alles wat ik ooit heb gewild, en mijn pik klopt hevig met de behoefte om in haar te zijn, om diep in haar strakke, natte warmte te glijden. In plaats daarvan vind ik haar clit en val ik het gretig aan, afwisselend zuigend en likkend, en terwijl ze met een verstikte kreet klaarkomt, duw ik twee vingers in haar verkrampte vlees, haar orgasme intensiverend en haar op wat komen gaat voorbereidend.

Omdat ik niet zachtaardig zal zijn als ik haar neem.

Dat kan ik niet.

Deze keer niet.

44

CHLOE

NASCHOKKEN KABBELEN NOG STEEDS DOOR MIJN
lichaam wanneer ik mijn ogen open en Nikolai over
me heen geleund zie staan, een hand naast me op de
tafel leunend en de andere bezitterig bij mijn vagina
met twee lange, dikke vingers die in me begraven
zitten. Zijn ogen zijn vurig samengeknepen, zijn kaken
staan strak. "Ik ga je nu neuken." Zijn stem komt hard
en gevaarlijk woest uit zijn keel. "Is dat duidelijk?"

Ja. Het is evenzeer een waarschuwing als een
feitelijke constatering.

Dit gebeurt en er is geen weg meer terug.

Het gezonde deel van mij wil het op een lopen
zetten, voor de duistere intensiteit in zijn blik
terugdeinzen, zelfs als een verwrongen iets in mij in
zijn verlies van controle zwelgt, in de rauwe,
onverbloemde honger op zijn gezicht. Zijn gladde
zwarte haar zit door mijn vingers in de war, zijn lippen
glinsteren van mijn nattigheid en de bovenste knopen

van zijn overhemd ontbreken, alsof hij ze eraf heeft gescheurd.

Dit is niet de elegante, verfijnde man die starre maaltijden oplegt.

Dit is het wilde wezen dat ik heb gevoeld dat eronder op de loer lag.

"Ik..." Ik maak mijn lippen nat, mijn lichaam klemt zich om zijn vingers. "Het is duidelijk."

Zijn kaak spant zich met geweld aan, en dan ligt hij op me, zijn lippen en tong verteren me terwijl zijn vingers dieper in me steken, een plek vinden die vonken aan de randen van mijn zicht laat dansen. Hij smaakt naar het bos, oers en wild, zijn geur van ceder en bergamot vermengd met de muskusachtige ondertoon van mijn opwinding. In zijn mond hijgend, krom ik me tegen hem aan, grijp hem vast terwijl hij me met die vingers begint te neuken, ze met een hard, meedogenloos ritme in me duwend waardoor de spanning in mijn kern omhoogschiet. Ik voel het orgasme met de snelheid van een op hol geslagen locomotief op me af komen en dan stort het over me heen en blaast het met een gloeiendheet, duizelingwekkend genot op me neer.

Hijgend lig ik als pudding op het harde oppervlak van de tafel, maar Nikolai is nog niet klaar met me. Voordat ik kan herstellen, trekt hij zijn vingers eruit en duwt hij zich van me af. Ik dwing mijn zware oogleden open en kijk hoe hij zijn rits naar beneden trekt en een condoom over zijn erectie rolt.

Een zeer grote erectie.

Ik had gelijk over zijn formaat. Hij is groter dan elke man die ik ken.

Een rilling van puur vrouwelijk alarm giert door me heen, maar hij hangt al boven me en grijpt mijn polsen vast om ze boven mijn hoofd vast te houden terwijl hij mijn lippen in een nieuwe verzengende kus opeist. De brede, dikke kop van zijn pik duwt bij mijn ingang, en als hij hem vindt, drukt hij zich naar binnen.

Ik ben van de twee orgasmes nat en zacht, maar de stretch brandt nog steeds, mijn lichaam worstelt om zich aan zijn grootte aan te passen terwijl hij dieper glijdt. Een geluid van ongemak ontsnapt uit mijn keel en hij houdt zich stil en tilt zijn hoofd op.

Zwaar ademend staren we elkaar aan en ongevraagd komen zijn woorden tot mij. Gekke woorden, over voorbestemming en draden van het lot... over de onvermijdelijkheid van ons. Ik weet nog steeds niet of ik het geloof, maar ik kan de krachtige connectie die tussen ons borrelt niet ontkennen, kan niet weerleggen dat dit meer als een band voelt dan louter seks.

Hij moet het ook voelen, want het woeste vuur in zijn ogen wordt sterker en zijn greep om mijn polsen verstrakt. "Ja, zaychik..." Zijn stem is een diepe, donkere rasp. "Je bent nu van mij."

En met een flinke duw stoot hij zich helemaal naar binnen.

De schok van de invasie weergalmt nog steeds door mijn lichaam terwijl hij begint te bewegen, zijn ogen op de mijne gericht. Zijn stoten zijn meedogenloos, zo hard en diep dat ze pijn doen, maar de pijn wordt al snel door een duister soort genot verzacht, een die slechts gedeeltelijk verband houdt met de nieuwe spanning die zich in mijn kern opbouwt. Elke meedogenloze stoot slaat zijn bekken tegen de mijne en drukt op mijn clit, maar het is de blik in zijn ogen die mijn opwinding verhoogt en een ander orgasme door me heen laat schieten.

Het is een blik van bezitterigheid, compleet en totaal, vermengd met iets gevaarlijk teder en intens.

Hij komt een paar ogenblikken nadat ik dat doe, nog steeds mijn blik vasthoudend, en mijn hart bonst wild als ik zie hoe zijn prachtige gezicht met het genot en pijn van zijn ontlading verwrongen raakt terwijl hij tegen me aan stoot en zich diep in mijn lichaam leegt.

Het is het meest intieme wat ik ooit heb meegemaakt, en het mooiste.

Onze lichamen zijn nog steeds verbonden, mijn polsen in zijn greep, wanneer hij zijn hoofd laat zakken en de zachtste, liefste kus op mijn lippen drukt, dan zijn wang tegen de mijne legt, zijn warme adem die over mijn blote schouder blaast. Ik wil mijn handen vrij hebben zodat ik hem kan vasthouden, maar dit voelt ook goed, op een vreemde manier geruststellend. De tafel is koud en hard onder mijn rug, mijn innerlijke vlees klopt van zijn ruwe bezit, maar ik voel me volkomen vredig, mijn snelle ademhaling vertraagt terwijl elk overblijfsel van spanning uit mijn lichaam wegvloeit.

Ik zou uren, dagen, weken zo kunnen liggen, maar

na een paar lange momenten beweegt hij zich en heft hij zijn hoofd op om me met een tedere glimlach aan te kijken. Hij laat mijn polsen los, trekt zich voorzichtig van me terug en duwt zich omhoog om op te staan. "Gaat het, zaychik?" mompelt hij, terwijl hij met een warme, eeltige handpalm over mijn arm gaat, en ik knik, blozend terwijl ik rechtop ga zitten.

"Meer dan oké," geef ik toe, terwijl ik de randen van mijn gescheurde jurk samentrek terwijl hij het condoom in een prullenbak bij het bureau weggooit.

"Goed," zegt hij zacht terwijl hij zijn broek dichtritst. "Want we zijn nog lang niet klaar."

En hij tilt me op tegen zijn borst en draagt me het kantoor uit.

45

CHLOE

Ik verwacht half Alina of Lyudmila tegen te komen, maar we bereiken Nikolais slaapkamer zonder iemand te zien. Het is een enorme opluchting, gezien de staat van mijn jurk - en, besef ik als ik een glimp van ons in een spiegel opvang, mijn gezicht en haar.

Met mijn lippen opgezwollen van zijn kussen en mijn haar wild, zie ik er niet alleen net geneukt uit...

Ik zie er onteerd uit.

En dat is ongeveer hoe ik me voel als hij me op zijn kingsize bed neerlegt en begint te strippen, vulkanische hitte die opnieuw in zijn gouden ogen ontsteekt. Ik weet niet of ik al zo snel klaar ben voor meer, vooral met de vragen die door de video boven ons hangen, maar wanneer hij volledig naakt is, zijn prachtige lichaam voor mijn ogen ontbloot, kan ik de wil niet vinden om te protesteren terwijl hij boven op me klimt en mijn lippen in een diepe, teder erotische kus neemt.

Het is deze keer de liefde bedrijven, niet neuken. Hij aanbidt elke centimeter van mijn lichaam en brengt me met zijn lippen en tong weer tot een orgasme voordat hij zichzelf voorzichtig in mijn pijnlijke vlees duwt. Op de een of andere manier lukt het me om naast hem terecht te komen en dan, uitgeput, lig ik als een lappenpop in zijn armen voordat ik in slaap val.

Ik word wakker met het gevoel in warm water ondergedompeld te zijn. Ik knipper met mijn ogen en realiseer me dat we allebei half in een bubbelbad liggen, terwijl Nikolai me van onderen vasthoudt zodat ik er niet in glibber en verdrink.

"Ontspan, zaychik," mompelt hij in mijn oor, terwijl hij een spons met zeep over mijn borsten en buik haalt. "Doe je ogen dicht, laat me voor je zorgen."

Dat hoeft hij niet twee keer te zeggen. Na de slapeloze nacht die ik heb gehad en met mijn lichaam die door al die orgasmes als pudding aanvoelt, drijf ik al weg naar dromenland. Vaag merk ik dat hij me helemaal aan het wassen is, me uit het bad optilt en een grote, donzige handdoek om me heen slaat. Op dat moment word ik wakker genoeg om privacy te vragen om naar het toilet te gaan, en dan strompel ik naar bed, waar hij met een dienblad met eten op me wacht.

Slaperig laat ik hem me druiven, kaas en verschillende soorten broodbeleg op crackers voeren -

omdat we ten gunste van seks en zo het avondeten hadden gemist - en daarna val ik in zijn omhelzing, me veilig, zeker en verzorgd voelend, in slaap.

Met het gevoel alsof ik mijn nieuwe thuis heb gevonden.

46

CHLOE

WE BEDRIJVEN GEDURENDE DE NACHT NOG TWEE KEER DE LIEFDE, waarbij Nikolai me elke keer twee orgasmes geeft, en tegen de ochtend ben ik zo beurs dat ik me niet kan bewegen, maar toch zo tevreden dat het het waard is. Het is natuurlijk mogelijk dat ik me niet kan bewegen omdat zijn zware arm over mijn ribbenkast is geslagen en me tegen hem aanhoudt terwijl hij slaapt - bijna als een kind met een teddybeer.

Om de misplaatste gedachte grijnzend wurm ik me voorzichtig uit zijn omhelzing en ga op mijn tenen de aangrenzende badkamer in, waar ik een gloednieuwe tandenborstel vind die zorgzaam voor me is klaargelegd. Ik probeer zo stil mogelijk te zijn, poets mijn tanden en handel mijn dingen af, en trek dan een enorme, zachte badjas aan die ik aan de deur zie hangen. Hij is duidelijk van hem, maar hopelijk zal hij het niet erg vinden als ik hem lang genoeg draag om terug naar mijn kamer te gaan.

Hij heeft tenslotte mijn jurk kapot gemaakt.

De gedachte is zowel verontrustend als opwindend; mijn hartslag versnelt als ik eraan denk hoe hij reageerde toen ik voorstelde om te vertrekken. Ik weet niet wat ik had gedacht dat zijn reactie zou zijn toen hij van mijn hachelijke situatie hoorde, maar dat was het niet.

Er is tussen ons niets opgelost, maar er is één ding dat ik nu zeker weet en het vervult me met immense dankbaarheid en hoop.

Ondanks het gevaar dat ik met me mee heb gebracht, wil Nikolai niet dat ik wegga.

Het verbaast me niet dat hij nog slaapt als ik terugkom in de slaapkamer. Tussen de jetlag en de lange vlucht - plus al die seks - moet hij uitgeput zijn. Terwijl ik de zijkanten van de badjas omhooghoudt om te voorkomen dat hij over de vloer sleept, loop ik zachtjes naar de deur, maar terwijl ik langs het bed loop, kan ik de drang niet weerstaan om even te stoppen en naar mijn nieuwe minnaar te staren.

Want dat is wat mijn prachtige, mysterieuze Russische werkgever nu is.

Mijn minnaar.

Tot aan zijn middel met een deken bedekt, ligt hij half op zijn zij, half op zijn rug, zijn gezicht gedeeltelijk naar mij toegekeerd en een gespierde arm boven zijn hoofd gevouwen. Sommige mannen zien er in rust jonger uit, zachter, maar Nikolai niet. Slaap versterkt alleen maar die gevaarlijke, dierlijke kwaliteit die ik in hem heb gevoeld, zelfs als het zijn opvallende mannelijke schoonheid verhoogd. Met die intense ogen gesloten kan ik zien hoe lang en dik zijn gitzwarte wimpers zijn, hoe scherp zijn jukbeenderen zijn. Zijn lippen zijn een beetje uit elkaar, maar zelfs in deze ontspannen toestand is er iets cynisch in hun ronding, een boosaardige sensualiteit in de manier waarop hun zachtheid met de hint van stoppels contrasteert die de harde, gevormde lijnen van zijn kaak verdonkeren.

Ik zou een uur lang naar hem kunnen staren, maar dat zou raar zijn, en in ieder geval moet ik terug naar mijn kamer en me aankleden voordat de rest van het huishouden wakker wordt. Ik weet niet hoe laat het is, maar naar het zachte licht te oordelen dat door de jaloezieën sijpelt, is het niet lang na zonsopgang - wat logisch is, gezien hoe vroeg ik gisteravond in slaap ben gevallen.

Met een laatste blik op een slapende Nikolai loop ik op mijn tenen de kamer uit. Zoals ik had gehoopt, is er niemand in de buurt, het huis is helemaal stil terwijl ik naar mijn slaapkamer loop. Ik schaam me niet echt voor wat er is gebeurd - vroeg of laat zal iedereen weten dat we aan het daten zijn - maar Nikolai en ik moeten er eerst over praten, net als over al het andere.

Ik vind het nog steeds verschrikkelijk dat ik hem en zijn familie in gevaar heb gebracht, en het is alleen de wetenschap dat ze al die bewakers en veiligheidsmaatregelen hebben die me ervan weerhouden om in mijn auto te springen en toch te vluchten. Dat en het feit dat ik mijn autosleutels nog steeds niet heb.

Ik ga er serieus op aandringen dat ze hier zo snel mogelijk een slotenmaker naar toe laten komen.

Ik stap mijn kamer binnen, sluit de deur achter me en sta op het punt om de badjas uit te doen als ik het figuur op mijn bed zie zitten.

Mijn hart springt in mijn keel, ook al herken ik wie het is.

"Hebben jij en Kolya lekker geneukt?" vraagt Alina terwijl ze opstaat - en terwijl ze onvast naar me toe komt, blootsvoets en alleen in een doorschijnende peignoir gekleed, zie ik de te heldere schittering van haar ogen en besef ik dat ze iets heeft ingenomen.

Iets veel sterkers dan wiet.

47

CHLOE

"WAT DOE JE HIER?" VRAAG IK, TERWIJL MIJN HARTSLAG omhooggaat terwijl ze heen en weer slingerend voor me stopt. Als ik twijfels over haar toestand had, dan verdwijnen ze als ik haar enorme zwarte pupillen in me op neem en de ziekelijk zoete geur van haar adem ruik. Voor het eerst sinds ik Nikolais zus ken, draagt ze geen make-up, en haar mooie gezicht is bleek en gezwollen, haar groene ogen zijn rood omrand en door schaduwen omringd.

"Ik was op jou aan het wachten." Haar mooie lippen zijn bleek terwijl ze zich tot een ongelijke glimlach uitstrekken. "Mijn broer wilde dat je gisteren om 12.00 uur voor de eerste week uitbetaald zou worden, maar ik voelde me niet goed genoeg en kwam pas later op de avond uit bed, dus toen kwam ik langs om dat af te geven." Ze wuift achteloos naar de dikke envelop die op het nachtkastje ligt.

"Ben je hier de *hele nacht* geweest?"

Ze lacht, een te helder snerpend geluid. "Doe niet zo gek. Ik heb de envelop neergelegd en ben vertrokken. Maar ik kon niet slapen, dus ben ik vanmorgen weer hierheen gekomen om bij je te kijken - en toen was je er nog steeds niet. Dus..." Haar blik valt op mijn badjas. "Heb je ervan genoten om mijn broer te neuken? Het gerucht gaat dat hij waanzinnige vaardigheden heeft."

Warmte trekt langs mijn gezicht omhoog. "Ik denk dat je beter weg kunt gaan."

"Dat zal ik doen. Vertel me alleen, Chloe... Ben je al voor hem gevallen? Heeft dat knappe gezicht van hem je voor de gek gehouden door te denken dat hij toch je prins op het witte paard is?"

Ik haal diep adem. "Alina, luister... Ik weet niet wat voor ruzie je met je broer hebt, maar ik denk dat het het beste is als we met elkaar praten als je je beter voelt. Nikolai en ik *zijn* nu aan het daten, maar dat betekent niet-"

Ze komt slingerend naar me toe. "Arm kind. Hij heeft je voor de gek gehouden, nietwaar?"

"Uh-uh." Ik pak haar schouders vast en hou haar recht, dan draai ik haar om en marcheer met haar naar de deur. "We zullen het hier later over hebben."

Ze wringt zich uit mijn greep. "Je begrijpt het niet. Ik probeer je te helpen." Haar glazige ogen zijn groot, smekend. "Je moet naar me luisteren. Hij is net als *hij*."

Ik zou als ze in deze toestand is niet moeten

luisteren naar wat ze zegt, maar ik kan er niets aan doen. "Hij?"

"Onze vader. Kolya is in *alle* opzichten zijn kopie." Ze grijpt de kraag van mijn badjas vast. "Begrijp je me? Hij is een monster, een moordenaar. Hij-" Ze stopt en haar gezicht wordt nog bleker als ze beseft wat ze heeft gezegd.

Ze laat mijn badjas los en deinst achteruit terwijl ik naar haar staar, mijn maag draait zich om terwijl elke verdenking die ik ooit over de Molotovs heb gekoesterd als een vergiftigde kurk in een put naar boven komt. Alina is duidelijk haar verstand verloren, maar haar broer een moordenaar noemen?

Dat is geen beschuldiging die je er zomaar uitgooit, zelfs niet als je dronken of high bent.

Ze reikt al naar de deurklink als ik mijn door shock veroorzaakte verlamming van me afschudt en achter haar aan ren. "Waar heb je het over?" Ik pak haar arm en draai haar om zodat ze me aankijkt. "Waar heb je het verdomme over?"

Ze schudt haar hoofd en de tranen stromen uit haar ooghoeken. "Niets. Het is niets. Vergeet het maar. Ik wilde... gewoon niet dat je zoals haar zou eindigen."

"Haar?"

"Ga gewoon weg, Chloe. Ga voordat het te laat is."

Ik knars met mijn tanden. "Dat kan ik niet. Pavel is mijn autosleutels kwijt. Maar zelfs als ik ze had, dan zou ik nooit zomaar-"

"Ik heb ze gevonden. In de la van Kolya's nachtkastje."

Ik stap wankelend achteruit. "Wat? Wanneer?"

"Gisterochtend, toen ik naar Kolya's kamer was gegaan om het geld voor je te halen." Haar jadegroene ogen zien er spookachtig uit. "Toen wist ik het."

Een koude rilling trekt over mijn rug. "Wist je wat?"

Ze negeert mijn vraag, stapt om me heen en loopt onvast naar het bed, waar ze door de plooien van de deken begint te graven. "Hier." Ze houdt een paar sleutels aan een roze, pluizige sleutelhanger omhoog. "Dat is nog een reden waarom ik hierheen kwam - om dit aan je te geven."

Het draaiende gevoel in mijn maag wordt heviger. Ze liegt. Ze moet wel liegen. Ze had de sleutels overal kunnen vinden, waar Pavel ze ook was kwijtgeraakt. Want als ze niet liegt, als ze gisterochtend in Nikolais nachtkastje lagen, dan waren ze nooit kwijt. Dat of Nikolai had ze gevonden voordat hij op reis ging - voor ons videogesprek waarin hij beweerde dat Pavel ze niet kon vinden.

Alsof ze mijn gedachten leest, zegt Alina ongelijkmatig, "Pavel verliest trouwens geen dingen. Ik ken hem al mijn hele leven, en hij is nog niet eens een sok met gaten kwijtgeraakt - tenminste niet per ongeluk. Wat dat betreft is hij net mijn broer. Wat hij ook doet, het is gepland."

Mijn hart bonst als een hamer in mijn ribbenkast. "Geef me de sleutels." Ik stap naar haar toe, gris ze uit haar hand en stop ze in de zak van de badjas. Mijn hoofd gaat alle kanten op, mijn gedachten tuimelen als stukjes gekleurd glas in een caleidoscoop over elkaar heen. Ik weet niet wat ik moet denken, wat ik moet geloven.

Waarom zou Nikolai over mijn sleutels liegen?

Waarom zou Alina dat doen?

"Wat bedoelde je toen je je broer een moordenaar noemde?" vraag ik, in haar door drugs vertroebelde ogen starend. "Wie is die *haar*?"

Haar gezicht betrekt. "Dit wil je niet. Geloof me, dit wil je niet."

"Dat wil ik wel. Vertel het me."

Ze schudt haar hoofd en er stromen nog meer tranen uit haar ogen.

"Alina, alsjeblieft... Ik moet het weten. Ik moet het weten omdat - omdat je gelijk hebt. Ik-" Ik adem diep in, mijn borst spant zich samen terwijl de waarheid langzaam tot me doordringt. "Ik *begin* voor hem te vallen en snel."

Haar schouders trillen van stille snikken terwijl ze op de grond zakt, haar rug tegen het bed en haar lange haar dat naar voren valt om haar gezicht te verbergen terwijl ze haar knieën omhelst.

Wanhopig kniel ik voor haar neer. "Alsjeblieft, Alina. Ik moet het weten. Op welke manier is hij als je vader? Waarom is hij een monster? Wat is er gebeurd? Wie zou hij vermoord hebben?"

Een aantal lange momenten is er geen reactie. Ten slotte heft ze haar hoofd op en door de zwarte sluier van haar haar zie ik de schreeuwende pijn in haar ogen. "Onze vader." De woorden komen er in een gebroken, hese fluistering uit. "Hij heeft haar vermoord. En toen heeft Kolya hem vermoord. Hij sneed hem open, daar-" Haar stem breekt. "Recht voor mijn neus."

En terwijl ik naar haar staar, stil van afschuw, begraaft ze haar gezicht tegen haar knieën en huilt.

CHLOE

MIJN MAAG IS EEN PUT VAN IJS EN KOLKEND ZUUR, MIJN vingers zijn gevoelloos en onhandig terwijl ik mijn oude kleren in mijn koffer stop. Alina ligt buiten westen op mijn bed, de drugs en de slapeloze nacht hebben eindelijk hun tol geëist.

Ik weet niet waar ik heen ga of wat ik ga doen. Ik weet alleen dat ik moet vertrekken. Nu meteen. Voordat Nikolai wakker wordt. Waarheid of leugens, realiteit of waanzin, ik heb geen enkele mogelijkheid om het allemaal uit te zoeken terwijl ik hier ben, onder zijn dak en aan zijn genade overgeleverd, met die overweldigende chemie die tussen ons suddert en die me dieper onder zijn dodelijke betovering meesleept.

Ik weet niet zeker wat ik had gedacht dat ik van Alina zou horen. Een erkenning dat ze toch van de maffia zijn? En misschien zijn ze dat ook. Op dit moment zou niets me verbazen. Vanaf het begin hebben mijn instincten me voor Nikolai gewaarschuwd en ik had er acht op moeten slaan.

Ik had naar die stem in mijn hoofd moeten luisteren.

Je gaat niet weg.

Gisteren leek zijn vurig uitgesproken verklaring romantisch, zij het enigszins autocratisch, zijn bezitsdrang eerder opwindend dan reden voor alarm. Maar nu, met Alina's onthullingen die in mijn oren klinken en mijn niet meer verloren sleutels die door de zak van mijn spijkerbroek in mijn been steken, kan ik het niet helpen om zijn woorden in een ander, oneindig veel sinister licht te zien.

Zou hij me de sleutels nooit hebben teruggeven?

Ben ik feitelijk gezien al die tijd al een gevangene geweest?

In paniek gooi ik mijn laatste kleren in de koffer en rits hem dicht, trek dan mijn oude gymschoenen aan en pak de envelop met het geld van het nachtkastje en stop het in mijn zak. Mijn hart bonst zo hard dat ik er misselijk van word, of misschien ben ik gewoon diepbedroefd.

Ik wilde... gewoon niet dat je zoals haar zou eindigen.

Ik heb nog steeds geen idee naar wie Alina verwees. Na het gedeelte over het opensnijden werd ze onsamenhangend, zat ze te huilen tot ze van uitputting het bewustzijn verloor - en dat is geen wonder. Het klinkt alsof ze Nikolai hun vader heeft zien vermoorden, en misschien ook deze mysterieuze 'haar'.

Een ex-vriendin van hem? Of erger nog, hun moeder? Of verwees het gedeelte 'hij heeft haar vermoord' naar hun vader, die naar verluidt ook een monster is?

Ik zoek door mijn geheugen om me te herinneren hoe de ouders van Nikolai en Alina waren overleden, maar er stond niets in de Russische artikelen die ik tegen ben gekomen. Nikolai reageerde wel heftig toen ik die ene keer naar zijn ouders vroeg, maar ik had het aan verdriet toegeschreven. Maar wat als er meer aan de hand is? Wat als er schuld en woede zijn, de zelfhaat van een man die het onvergeeflijke heeft gedaan, de meest gruwelijke misdaden heeft begaan?

Ik weet niet of ik het van Nikolai geloof. Ik wil het niet geloven. Ondanks de duisternis die ik in hem voelde, ondanks zijn woeste honger naar mij, voelde ik me gisteravond veilig in zijn omhelzing. Zijn ruwheid was door tederheid getemperd, zijn kracht zorgvuldig in bedwang gehouden. En de manier waarop hij daarna voor me had gezorgd, me had gewassen, me had gevoed, me zo teder vast had gehouden...

Is een monster in staat om voor iemand te zorgen?

Kan een psychopaat zo goed emotie faken?

Misschien is niets van wat Alina zei waar. Misschien is het een truc om me te laten vertrekken, om een relatie te verbreken die ze vanaf het begin heeft afgekeurd. Misschien dat als ik met Nikolai praat, hij alles zal uitleggen, me bewijzen dat Alina gewoon ziek is, gek van al die drugs.

Het is een verleidelijke gedachte, zo verleidelijk dat

als ik mijn kamer uitstap, ik stop en verlangend door de gang kijk, waar de deur naar Nikolais slaapkamer nog steeds stevig gesloten is. Ik wil hem zo graag vertrouwen, en onder andere omstandigheden zou ik dat ook gedaan hebben. Als we een gewoon stel zouden zijn dat in een appartement in een stad zou samenwonen, dan zou ik door die gang marcheren en een verklaring eisen, zijn kant van het verhaal horen voordat ik zou besluiten wat ik moest doen. Maar ik kan dat risico niet nemen, niet als ik op dit afgelegen, zeer beveiligde landgoed zo volledig in zijn macht ben.

Niemand weet dat ik hier ben.

Niemand zal het weten of iets kunnen schelen als ik voorgoed verdwijn.

Het enige redelijke dat ik kan doen, is nu gaan, vertrekken en de situatie op afstand beoordelen. Als ik ergens in een motel ben, dan kan ik contact met Nikolai opnemen, hem laten weten wat er is gebeurd en waarom ik weg ben gegaan. We kunnen het via e-mail of aan de telefoon uitpraten en ik kan online wat meer graven, kijken of ik iets over de dood van zijn ouders te weten kan komen.

Dit hoeft niet voor altijd te zijn, alleen voor nu.

Tot ik de waarheid weet.

Toch voelt mijn hart pijnlijk zwaar aan als ik mijn koffer de trap af draag naar de ingang van de garage aan de achterkant. Ik zal niet alleen Slava missen, maar alleen al de mogelijkheid dat ik Nikolai nooit meer zal zien, vervult me met koude, holle angst. Dat geldt ook voor de wetenschap dat ik naar buiten ga, waar de moordenaars van mijn moeder nog steeds op me jagen. Maar ik heb ze eerder ontweken en ik moet geloven dat het me weer zal lukken, vooral met al dat geld bij de hand. Toen ik Boston ontvluchtte, had ik alleen maar een paar twintigjes in mijn portemonnee, plus de vijfhonderd die ik uit een geldautomaat had gehaald voordat ik me van mijn bankpas ontdeed, samen met al het andere dat gevolgd kon worden.

Het komt allemaal goed.

Ik zal het redden.

Ik moet dat geloven.

Ik slik de groeiende brok in mijn keel door, nader mijn auto en gooi mijn koffer in de kofferbak. Dan druk ik op de knop om de garagedeur te openen en kijk hoe hij geruisloos omhooggaat. Hier godzijdank geen trage, luidruchtige mechanismen. Zo stil als ik kan start ik de auto en rijd de garage uit, en stuur dan om het huis heen naar de oprit.

Het kost me heel veel moeite om kalm en rustig de berg af te rijden, alsof ik geen haast heb. Als de bewakers de weg in de gaten houden, wil ik niet dat ze achterdochtig worden. Zoals het is, druppelt ijskoud zweet over mijn rug en mijn knokkels worden witter op het stuur als ik naar het hoge metalen hek rij.

Wat als Nikolai ze instructies heeft gegeven om me er niet uit te laten?

Wat als ik hier echt een gevangene ben?

Maar het hek schuift bij mijn nadering uit elkaar en niemand houdt me tegen als ik erdoor rijd. Bevend van opluchting houd ik mijn langzame, constante snelheid nog zo'n dertig seconden aan, totdat ik uit het zicht ben, en dan geef ik gas en snel me weg van de veilige haven die misschien wel het hol van de duivel is.

Weg van de man naar wie ik met elke vezel van mijn hart verlang.

49

NIKOLAI

Ik WORD WAKKER MET MIJN LICHAAM ZOEMEND VAN tevredenheid en mijn geest met meer vrede gevuld dan ik ooit heb gekend. Gisteravond was alles wat ik had gedacht dat het zou zijn, en meer. Ik kan haar nog steeds voelen, ruiken, op mijn lippen proeven. Glimlachend draai ik me om en klop op de lakens, naar haar kleine, warme lichaam op zoek, en als mijn hand niets anders dan een opeengepropte deken tegenkomt, open ik mijn ogen en kijk de kamer rond.

Chloe is er niet, wat gezien het felle zonlicht teleurstellend, maar niet verrassend is. Ze heeft waarschijnlijk al ontbeten en is Slava les aan het geven, misschien zijn ze zelfs aan het wandelen. Normaal gesproken zou ik haar hebben horen opstaan - ik ben een lichte slaper - maar de meer dan dertig uur zonder slaap en de jetlag hebben me hard onderuit geschopt.

Mijn humeur wordt een fractie duisterder, mijn adrenalinepeil stijgt als ik aan de video denk die mijn gedachten tijdens de vlucht domineerde, waardoor ik en door al het andere dat Chloe me vertelde geen oog dicht kon doen. Het idee dat iemand daarbuiten haar pijn wil doen, haar wil vermoorden, vervult me met een gloeiende woede, een die alleen getemperd wordt door de wetenschap dat ze haar op mijn terrein niet te pakken kunnen krijgen.

De voorzorgsmaatregelen die mijn familie tegen onze vijanden beschermen, zullen Chloe tegen de hare beschermen terwijl ik uitzoek wie ze zijn.

Ik wil daar graag mee aan de slag, dus ik sta op en stuur een e-mail naar Konstantin, waarin ik alles uiteenzet wat ik gisteravond te weten ben gekomen. Dan spring ik onder de douche om me even snel af te spoelen, kleed me aan en ga op zoek naar Chloe.

Ik begin bij de kamer van mijn zoon. Er is niemand, dus ik ga naar beneden. De eetkamer is leeg, maar ik hoor stemmen uit de keuken komen en als ik binnenkom, ben ik verrast dat Lyudmila helemaal alleen ontbijt aan Slava geeft.

Hij glimlacht verlegen naar me en mijn borst vult zich met ongewone warmte als ik me herinner hoe hij me gisteravond begroette. Zelfs al was ik zo op het krijgen van antwoorden van Chloe gefocust, ik kon niet anders dan om op die kleine, lieve stem te reageren die me *papa* noemde.

Ik wist niet hoe erg ik ernaar verlangde om het te horen totdat het gebeurde.

Tot *zij* het liet gebeuren.

"Goedemorgen, Slavochka," mompel ik en ga op

mijn hurken voor zijn stoel zitten. Ik schakel over naar Russisch en vraag, "Heb je een goede nacht gehad?"

Hij knikt, zijn ogen groot en op hun hoede, en mijn ribbenkast verstrakt met een bekende knijpende pijn. Ik wil bij hem vandaan stappen, het gesprek beëindigen zodat ik van het ongemak af kom, maar in plaats daarvan laat ik het toe en laat mezelf het voelen terwijl ik vriendelijk naar mijn zoon glimlach.

Hij lijkt zoveel - te veel - op mij, maar misschien zal hij met Chloe in zijn leven niet in mijn voetsporen treden.

Misschien zal hij niet met een hekel aan mij opgroeien zoals ik mijn vader haatte.

"Waar is Chloe?" vraag ik, en mijn glimlach wordt breder als zijn ogen bij het noemen van haar naam oplichten.

"Ik weet het niet," zegt hij verlegen en kijkt op naar Lyudmila, die bessen in zijn kom met room van tarwe doet.

"Ik heb haar vanmorgen nog niet gezien," zegt ze. "Misschien slaapt ze nog?"

Mijn glimlach vervaagt, een onaangenaam gevoel roert zich diep in mijn buik. Ik heb nog niet in Chloe's kamer gekeken, maar ik had aangenomen dat ze mijn bed had verlaten om aan haar dag te beginnen, niet om in de hare te slapen. Ik sta op en zeg tegen Slava, "Ik ga je lerares zoeken. Je staat te popelen voor je Engelse lessen, nietwaar?"

Hij knikt heftig en ik grijns naar hem. In een opwelling strijk ik door zijn haar zoals ik Chloe het heb zien doen en negeer de verbaasde blik op Lyudmila's gezicht en ga terug naar boven.

De deur van Chloe's kamer is dicht, dus ik klop en wacht een paar seconden. Als er geen reactie komt, open ik hem en loop naar binnen.

De jaloezieën zijn nog steeds gesloten en blokkeren het meeste daglicht, maar ik zie een kleine heuvel op het bed onder de dekens liggen.

Ze *ligt* toch te slapen.

Een tedere glimlach trekt om mijn lippen als ik het bed nader en op de rand ga zitten. Ze ligt van me afgekeerd, de deken bedekt haar tot aan haar nek, alleen haar haar ligt uitgespreid op het kussen. Om de een of andere reden ziet het er in dit licht veel donkerder uit, de gouden strepen ontbreken.

Ik leun over haar heen en til mijn hand op om het haar voorzichtig van haar gezicht te vegen - om vervolgens mijn vingers terug te trekken terwijl mijn hart in een woedende galop schiet.

"Wat doe jij verdomme hier?" grom ik naar mijn zus terwijl ze zich op haar rug rolt en met haar ogen knippert. "Waar is Chloe?"

Ze knippert nog een paar keer en gaat dan langzaam overeind zitten. "Wat?" zegt ze hees, terwijl ze met een onvaste hand haar haar uit haar gezicht duwt. Ze ruikt naar een drugscocktail, realiseer ik me, en mijn woede groeit terwijl ze verdwaasd vraagt, "Wat doe je in mijn kamer?"

Ik spring overeind. "*Jouw* verdomde kamer?"

Ze staart naar me op. "Ik weet niet..." Haar ogen dwalen door de slaapkamer en de verwarring op haar gezicht verandert langzaam in geschokt begrip. "Oh shit. Chloe."

Mijn maag trekt zich samen met een vreselijk voorgevoel, en ik heb elk greintje terughoudendheid nodig die ik bezit om haar niet vast te grijpen en door elkaar te schudden. "Waar is ze verdomme? Wat heb je gedaan?"

Mijn zus recht haar rug, haar ogen vernauwen zich tot spleetjes naar me. "Ik? Wat doe *jij* in haar slaapkamer?"

"Alina," waarschuw ik met opeengeklemde tanden, en wat ze ook op mijn gezicht ziet, overtuigt haar ervan dat ze nu niet met me kan klooien.

"Luister, misschien heb ik..." Ze bevochtigd haar lippen. "Ik heb haar misschien wat dingen verteld."

"Welke dingen?"

"Over jou en... en onze vader."

Fuck. "Wat heb je haar precies verteld?"

"Waarschijnlijk meer dan ik had moeten doen," geeft Alina toe, ook al gaat haar kin uitdagend omhoog. "Maar ze verdient het om te weten waar ze aan begint, vind je ook niet?"

Mijn handen ballen zich tot vuisten langs mijn zij, woede pulseert door elke cel in mijn lichaam. Als het iemand anders dan mijn zus was, dan zouden ze al doodbloeden. "Dus je hebt haar... wat verteld? Dat ik hem heb vermoord? Hem als een verdomde vis heb opengereten?"

Ze wordt bleek, maar kijkt niet weg. "Ik weet het niet meer precies."

Natuurlijk weet ze dat niet. Ze was verdomme high - is ze waarschijnlijk nog steeds.

Ik leun over het bed heen en trek de deken van haar af. Het is mijn schuld dat ik haar heb betutteld, haar in haar zwakheid heb laten wentelen. "Sta op en kleed je aan," snauw ik terwijl ze met wijd opengesperde ogen achteruitkrabbelt. "We gaan deze plek van top tot teen doorzoeken, en als we haar vinden, vertel je haar dat je het allemaal verzonnen hebt. Tot het laatste woord, begrepen?"

"Kolya..." Er is een vreemde toon in haar stem. "Heb je al in de garage gekeken?"

Mijn bloed bevriest. "Wat?"

"Ik heb de sleutels in je nachtkastje gevonden," zegt ze uitdagend. "En ik heb ze aan haar teruggegeven. Ze is een persoon, geen ding, en als ze weg wil, dan heb je niet het recht om-"

"Jij verdomde idioot," fluister ik, zo door woede en angst overmand dat ik nauwelijks kan praten. "Ze heeft moordenaars achter zich aan zitten. Als ze hier weg is gegaan en ze haar te pakken krijgen..."

En terwijl mijn zus blancheert, draai ik me op mijn hielen om en sprint naar de garage.

En ja hoor, de Toyota is weg, de garagedeur staat omhoog.

Hevig vloekend ren ik het huis weer in - en maai bijna Lyudmila neer, die uit de keuken is gekomen om te zien wat er aan de hand is.

"Zeg tegen Pavel dat ik hem nodig heb. Nu," blaf ik in haar geschrokken gezicht en ren naar boven naar mijn kantoor.

Ik pak mijn computer, pak de beelden van de camera's van de poort en spoel de opname terug tot ik Chloe's auto door de poort zie rijden. Het tijdstip is 07:05 uur - ruim twee uur geleden.

Ze kan nu overal zijn.

Ze zou al dood kunnen zijn.

De gedachte is zo ondraaglijk, zo verlammend, dat ik even ophoud met ademen. Dan slaat de logica toe.

Tenzij Chloe's vijanden net buiten mijn kamp aan het kamperen waren, zouden ze haar nooit zo snel gevonden kunnen hebben. En met onze infrarood drones die in het gebied patrouilleren, zouden mijn bewakers het geweten hebben als ze daar waren.

Het meest waarschijnlijke scenario is dat het goed gaat met Chloe, hoewel ze van Alina's onthullingen is geschrokken. Ik heb nog tijd om haar te vinden en haar naar hier terug te brengen, waar ze veilig is.

Een fractie rustiger, videobel ik Konstantin.

"Ik wil dat je de beelden van elke camera in een straal van driehonderd kilometer van mijn terrein scant om te zien of je Chloe's auto de afgelopen twee uur voorbij hebt zien komen," zeg ik zodra het gezicht van mijn broer mijn scherm vult. "Begin met de benzinestations - Pavel zei dat de auto bijna geen benzine meer had."

Konstantin stelt geen vragen. "Ik zal mijn mannen er meteen op zetten."

"Bel mijn telefoon als je hem hebt. Ik zal in de auto zitten."

Hij knikt en verbreekt de verbinding.

Vervolgens bel ik mijn bewakers. "Haal Kirilov en kom naar het huis," beveel ik als Arkash opneemt. "Volle uitrusting. We gaan een autoritje maken."

Ik verwacht niet dat ik problemen tegen zal komen om Chloe terug te halen, maar alleen een idioot bereidt zich niet op het ergste voor.

"Ben er binnen tien minuten," antwoordt Arkash.

Terwijl ik ophang, wordt er op mijn deur geklopt en komt Pavel binnen.

"Het meisje?" vraagt hij kortaf, en ik knik, al naar de muur achterin schrijdend.

Ik druk mijn handpalm tegen een verborgen paneel en een deel van de muur schuift weg en onthult een kleine kamer vol wapens en gevechtsuitrusting - het belangrijkste arsenaal in het huis.

"Maak je klaar," zeg ik tegen hem, terwijl ik mijn shirt uittrek. "We gaan haar terughalen."

Ik trek een kogelvrij vest aan en knoop mijn overhemd eroverheen om het niet op te laten vallen. Pavel doet hetzelfde en we maken elk verschillende wapens vast.

Als we in de problemen komen, dan zijn we er klaar voor.

Kirilov en Arkash rijden al in een gepantserde SUV naar het huis als we naar buiten stappen. Pavel en ik springen op de achterbank en we scheuren de oprit af en laten grind in het rond vliegen. Ik heb geen concrete bestemming in gedachten, maar er is maar één weg die de berg af leidt, en waar Chloe ook is tegen de tijd dat Konstantin me belt, zullen we dichter bij haar zijn dan wanneer we hier blijven en wachten. Trouwens, we kunnen ook met de nabijgelegen benzinestations beginnen, kijken of iemand Chloe bij een van hen heeft gezien.

"Wat is er gebeurd?" vraagt Pavel zachtjes als we door de poort rijden. "Waarom is ze weggegaan?"

Mijn bovenlip krult zich omhoog. "Alina."

"Ah." Dan zwijgt hij en staart uit het raam, en ik doe hetzelfde, terwijl ik probeer het zware bonzen in mijn borst te negeren - en de groeiende pijn van het verraad dat zich erdoor verspreidt.

Mijn zaychik is er vandoor gegaan.

Ze heeft me verlaten.

Zomaar, zonder ook maar afscheid te nemen.

Het is onredelijk om me zo te voelen, ik weet het. Ik *ben* het soort man dat ze moet vrezen en verachten. Wat mijn zus haar ook in haar gedrogeerde toestand heeft verteld, moet me in het slechtst mogelijke licht hebben gezet, maar dat betekent niet dat Alina's verhaal niet waar is.

Ik heb in het bijzijn van haar onze vader vermoord.

Toch doet het pijn dat Chloe me heeft verlaten. Ze heeft zichzelf aan mij gegeven. Ze is gewillig in mijn armen gekomen. Gisteravond was zoveel meer dan seks, onze verbinding zo diep dat ik het in mijn botten voel. Maar dat geldt dan niet voor haar. Want als ze dat wel had gedaan, dan zou ze geweten hebben dat ik haar nooit iets aan zou doen. Ze zou me hebben vertrouwd om haar te beschermen. Het feit dat ze liever daarbuiten is, in levensgevaar te verkeren, spreekt boekdelen over haar mening over mij.

Ze is bang voor me.

Ze denkt dat ik een monster ben.

Mijn kaak verstrakt zich, een duistere vastberadenheid vestigt zich als de auto sneller gaat rijden. Ik had die sleutels in een kluis moeten bewaren, niet in mijn nachtkastje - en ik had de bewakers beslist moeten waarschuwen het hek niet voor haar auto te openen. Het was niet bij me opgekomen dat ze er na gisteravond vandoor zou gaan, maar dat had wel gemoeten - en die fout zal ik niet nog een keer maken.

Als ik haar terug heb, dan gaat ze niet meer weg.

Ik zal haar niet laten gaan.

Ik zal doen wat nodig is om haar te beschermen.

Het eerste tankstation waar we stoppen wordt door een bleke, puistige twintiger met een klein bierbuikje bemand.

"Nee, ik heb haar niet gezien," zegt hij nadat hij naar

Chloe's foto heeft gekeken. "Leuke meid, dat wel. Wat is ze? Is ze gedeeltelijk Aziatisch? Latina?"

"Hoe zit het met een blauwe Toyota Corolla van eind jaren negentig?" vraag ik zacht, en wat de man ook op mijn gezicht ziet, zorgt ervoor dat hij het beetje kleur dat hij bezit verliest. "Is er zo'n auto langsgekomen?"

"Nee, sorry, kerel." Hij slikt. "Ik zou het gezien hebben. Ik heb vandaag nog maar twee andere klanten gehad."

Ik werp een blik op Pavel en hij trekt met zijn kin naar de uitgang.

Net als ik denkt hij niet dat de man liegt.

Het volgende dichtstbijzijnde tankstation is dat bij de stad. Een witharige caissière kijkt op van een krant als Pavel en ik binnenkomen, haar reumatische blik wordt scherper terwijl ze ons uiterlijk in zich opneemt.

Ik loop naar de balie en haal Chloe's foto tevoorschijn. "Heb je dit meisje gezien? Of een blauwe Corolla van eind jaren negentig?"

De oude vrouw zet een bril op en bekijkt de foto aandachtig voordat ze naar me opkijkt. "Zijn jullie twee agenten of zoiets?" vraagt ze met een krakende stem.

Met moeite bedwing ik mijn ongeduld. "Of zoiets. Heb je haar vanmorgen wel of niet gezien?"

"Niet vanmorgen, nee." Ze kijkt me door haar bril aan. "Kijk toch eens naar dat mooie gezichtje... net als die op een van die tijdschriften. En zo mooi gekleed ook. Ben jij haar vriendje, lieverd?"

Mijn hand verstrakt zich op de rand van de toonbank. "Wanneer heb je haar gezien?

"Oh, ongeveer een week geleden. Ze was gestopt om te tanken en ze vroeg naar een vacature die in de krant stond. Ik heb haar sindsdien niet meer gezien en dat heb ik hen ook verteld."

IJs vult mijn borst. "Hen?"

"Twee mannen, van ongeveer jouw lengte. Kwamen gisteren laat op de dag binnen. Hebben me haar foto laten zien en zo. Ik heb ze verteld dat ik haar alleen die ene keer heb gezien, en ik heb geen idee waar ze heen is gegaan-"

"Hoe zagen ze er precies uit?" Pavel komt tussenbeide terwijl ik verstijfd ben, terwijl mijn geest op volle toeren draait.

Ze zijn hier.

Ze weten dat ze hier is geweest.

Erger nog, ze weten dat ze naar mijn vacature heeft gekeken.

"De twee mannen? Nou, lang, zoals ik al zei. De een had donker haar, iets lichter dan het zijne" - ze zwaait naar mij - "de ander leek meer op jou. Je weet wel, zout en peper, alleen een soort van kalend."

Pavels kaak verstrakt. "Leeftijd? Ras? Lichaamsbouw?"

"Blank. De oudere rond de dertig - veertig. Nogal groot en gespierd." Ze bekijkt me van top tot teen. "Niet zo knap als hij, dat is zeker."

"Is er nog iets anders?" zegt Pavel dwingend. "Tatoeages, littekens? Wat hadden ze aan?"

"Jeans, denk ik. Of kakibroeken? Ik weet het niet zeker meer. Zwarte of grijze shirts, misschien marineblauw. Iets donkers. Geen littekens, denk ik. Oh, maar" - ze fleurt op - "de oudste had een tatoeage aan de binnenkant van zijn pols. Ik zag de rand ervan onder zijn mouw."

"Hebben ze naar de vacature gevraagd?" vraag ik met kalme stem, ondanks de woede en angst die door me heen razen.

Ik moet weten hoe erg de situatie is, hoe dichtbij ze zijn om haar te vinden.

De vrouw knikt. "Dat hebben ze zeker. Wilde er alles over weten, wie en wat en waar. Ik heb ze verteld dat ik het niet zeker weet, maar het was waarschijnlijk dat oude Jamieson-terrein in de bergen, dat door die rijke Rus is gekocht. Zeg" - ze kijkt naar Pavel - "waar komt dat accent van jou vandaan? Jullie zijn toevallig toch niet afkomstig van-"

"Dank je," zeg ik kort en pak mijn telefoon om Konstantin te bellen terwijl we ons naar de auto terug haasten.

Zodra mijn broer opneemt, ratel ik de beschrijving op die we hebben gekregen en eis een update over de zoektocht.

Het is oneindig veel dringender dat we Chloe nu vinden, voordat de moordenaars dat doen.

"Nog niets," zegt Konstantin. "In feite- Wacht even. Ik bel je terug. Ik denk dat we iets gevonden hebben."

Ik stond op het punt om in de SUV te springen,

maar nu ben ik ervoor aan het ijsberen, mijn adrenaline stijgt met elke seconde die voorbijgaat.

Misschien zijn we al te laat.

Ze weten van mijn terrein en Chloe's interesse erin.

Ze stonden misschien niet bij het hek gekampeerd toen ze wegreed, maar ze waren vast niet ver uit de buurt.

Ik draai me om en tik op het raam naast Pavel. "Laat een medisch team naar het complex komen," zeg ik kort tegen hem. "Misschien hebben we het nodig."

Mijn telefoon trilt in mijn zak en ik pak hem op. "Ja?"

"Geen waarnemingen, maar we hebben een gedeeltelijk gewiste band," meldt Konstantin. "Dezelfde digitale handtekening als de anderen. Twee uur zijn gewist - en het lijkt erop dat het ongeveer een half uur geleden is gedaan. Als ik moest raden, dan zou ik zeggen dat ze haar geur hebben opgevangen en dat ze niet willen dat iemand het weet."

Ik ben al halverwege de auto. "Waar is de band van?"

"Een tankstation zo'n vijfenzestig kilometer ten westen van je. Ik stuur je de coördinaten."

Ik hang op en beveel Kirilov om gas te geven.

50

CHLOE

DE WEG VERVAAGT VOOR DE ZOVEELSTE KEER VOOR MIJN
ogen en ik veeg schokkerig het vocht op mijn wangen
weg. Ik weet niet waarom ik de tranen niet tegen kan
houden, waarom mijn borst pijn doet alsof ik mama
net weer helemaal opnieuw ben kwijtgeraakt. De
banaan die ik bij een benzinestation heb gekocht, ligt
half opgegeten op de passagiersstoel, en hoewel het het
enige eten is dat ik vandaag heb gehad, krijg ik bij de
gedachte aan nog een hap te eten kotsneigingen.

Ik begin weer blindelings te rijden, op weg naar
nergens. Ik moet de eerste paar uur in shock zijn
geweest, want ik kan me nauwelijks herinneren hoe ik
hier ben gekomen. Ik weet dat ik de auto ergens heb
getankt, want de brandstofmeter geeft aan dat de tank
vol is, maar ik heb slechts een vage herinnering dat ik
een groezelige winkel binnen ben gelopen en
afrekende. Ik weet zeker dat de banaan daar vandaan is
gekomen - ik heb hem op de automatische piloot

gepakt - maar ik kan me niet herinneren ervan gegeten te hebben, hoewel ik dat wel gedaan moet hebben.

Ik ben er vrij zeker van dat ze geen half opgegeten fruit verkopen, zelfs niet bij de smerigste benzinestations.

De weg voor me loopt omhoog en maakt scherpe bochten en ik dwing mezelf om me te concentreren. Het laatste wat ik nodig heb, is om van een klif af te rijden. Zoals het is, heb ik met elke kilometer afstand die ik tussen mezelf en Nikolai leg al het gevoel dat ik dat min of meer doe.

Ik heb het juiste gedaan, het verstandige.

Dat zeg ik steeds tegen mezelf, maar het helpt niet, het neemt niet het gevoel weg dat ik een vreselijke fout heb gemaakt. Het is nog maar een paar uur geleden dat ik weg ben gegaan, maar ik mis hem zo intens dat het lijkt alsof we al maanden uit elkaar zijn. Toen hij op zakenreis was, wist ik dat ik hem weer zou zien, ik wist dat we elkaar elke avond zouden spreken, maar die zekerheid is er nu niet meer.

Hij zou als ik hem bel kunnen weigeren om met me te praten.

Hij is misschien zo boos dat ik weg ben gegaan dat hij niet wil dat ik terugkom.

Nu ik hier buiten ben, weg van het complex, lijken Alina's onthullingen nog meer op het gebrabbel van een zieke, gedrogeerde geest, en hoewel ik ze niet helemaal kan negeren, huiver ik bij de gedachte om Nikolai te confronteren en te vragen of hij inderdaad zijn vader heeft vermoord.

Welke onschuldige man zou door die vraag niet beledigd zijn?

Welk vriendje zou niet woedend zijn dat zijn vriendin zulke monsterlijke leugens gelooft?

Ik had moeten blijven. Verdomme, ik had moeten blijven. Zelfs als het op dat moment riskant aanvoelde, had ik Nikolai eerlijk aan moeten horen. De sleutels bewijzen niets. Alina zou ze al die tijd gehad kunnen hebben, ze had ze zelfs van Pavel kunnen stelen. Als Nikolai me van mijn vrijheid wilde beroven, dan had hij allerlei andere acties kunnen ondernemen, zoals tegen de bewakers zeggen dat ze me er niet uit mochten laten.

En dat is het, realiseer ik me ineens. Daarom voelt wat tijdens het inpakken zo rationeel leek nu als een vreselijke fout. Het is omdat op het moment dat ik door de poort reed, ik het bewijs kreeg dat ik *kon* vertrekken, dat Nikolai niet van plan was om me daar met sinistere bedoelingen te houden. In het begin was ik te paniekerig geweest om het te beseffen, maar hoe verder ik reed, hoe dieper die kennis tot me doordrong, de gevolgen van mijn impulsieve acties die met elke kilometer meer op me drukken.

Ik had uren geleden al terug moeten gaan.

Eigenlijk had ik het al op het moment moeten doen dat ik door de poort ging.

Ik kijk verwoed om me heen. Overal bomen en kliffen. Ik zit weer diep in de bergen, de weg voor me is zo smal dat het amper twee rijstroken zijn. Ik kan hier geen U-bocht maken, het zou zelfmoord zijn om het te proberen.

Terwijl ik het stuur steviger vasthoud, blijf ik rijden - en eindelijk zie ik het.

Een beetje extra ruimte links van waar de weg een bocht maakt.

Ik kijk in de spiegel, dan recht vooruit en achteruit.

Niets. Geen auto's. Ik ben helemaal alleen.

Hard remmend, maak ik een illegale U-bocht en ga terug.

Ik ben twintig minuten bezig met mijn terugreis en probeer me wanhopig te herinneren of ik bij het komende kruispunt rechts of links af moet slaan als een zwarte pick-up de weg opdraait en op me afkomt.

Een koude rilling trekt over mijn rug en de fijne haartjes in mijn nek komen omhoog.

Het kan mijn paranoia zijn die weer overuren maakt, maar die getinte ramen komen me bekend voor.

Er is geen tijd om aan mezelf te twijfelen; over nog eens dertig seconden passeren we naast elkaar. Met een scherpe ruk aan het stuur slinger ik de auto op een kleine onverharde weg die naar rechts de berg op leidt, geef gas en negeer het klagende gejank van de oude motor van de Corolla.

Als zij het niet zijn, dan zullen ze me niet volgen.

Ik zal me een idioot voelen, maar beter dat dan dood.

Mijn hart bonst hevig tegen mijn ribbenkast, elke seconde wordt door een half dozijn slagen gekenmerkt terwijl mijn blik tussen de achteruitkijkspiegel en de steile, met kuilen gevulde weg voor me flitst. *Alsjeblieft, laat zij het niet zijn. Laat het alsjeblieft niet-*

De pick-up truck verschijnt in de spiegel, zijn donkere vorm komt snel op me af.

Ik duw het gaspedaal tot de grond in, mijn adem komt met scherpe haperingen naar buiten terwijl mijn auto over een reeks kuilen stuitert. Adrenaline klotst in mijn aderen, mijn hartslag versnelt tot ik alleen het gebulder in mijn oren kan horen.

Pop!

Mijn rechterzijspiegel explodeert en mijn angst verdubbelt als ik een man in het oog krijg die met een pistool in zijn hand uit het raam aan de passagierszijde van de wagen leunt. Instinctief ruk ik het stuur naar links en de volgende kogel verbrijzelt de achterruit en slaat een gat in de voorruit, amper dertig centimeter van mijn hoofd vandaan.

De derde kogel giert langs mijn schouder en ik kan de dood proeven. Ik voel zijn ijzige, schilferige vingers. Het is alles wat ongedaan wordt gelaten, onuitgesproken, alle dingen die niet zullen gebeuren. Het is Nikolai die in mijn oor fluistert hoe erg hij me wil, hoeveel hij van me houdt, en Slava die giechelt terwijl hij me stevig omhelst. Het is de bittere wetenschap dat deze mannen hiermee weg zullen komen, zoals ze met de moord op mama weg zijn gekomen en ik betreur het dat niemand ooit zal weten hoe ik om het leven ben gekomen.

Een vierde kogel doorboort de stoel op een centimeter van mijn rechterkant, en ik ruk opnieuw aan het stuur, wanhopig om het onvermijdelijke te vermijden, om minstens een seconde langer te leven. De pick-up bevindt zich nu vlak achter me en doemt als een zwarte berg boven mijn Corolla op, en terwijl ik probeer uit te wijken van het pad van de volgende kogel, ramt zijn bumper hard tegen de mijne, waardoor mijn hoofd naar voren schiet.

Pop!

Vuur slaat door mijn bovenarm, het gevoel zo scherp en plotseling dat het in het begin geen pijn doet. In plaats daarvan voel ik iets heets en nats langs mijn arm naar beneden glijden terwijl de wagen weer tegen mijn auto botst, waardoor hij van de enorme schok heen en weer schudt. De pijn komt nu bij me binnen, een misselijkmakende golf ervan, en met de wanhoop van een stervend dier, trek ik mijn veiligheidsgordel los en duw mijn deur open.

Pop!

Wat er van de voorruit overblijft, versplintert terwijl ik zo hard tegen de grond sla, dat de lucht uit mijn longen sijpelt. Verbijsterd rol ik twee keer om voordat ik op mijn rug terechtkom en met versuft afgrijzen toekijk hoe de pick-up nog een laatste keer tegen mijn Corolla ramt, hem van de weg afduwt en hem tegen een dikke boom verpletterd. Met een oorverdovend gekrijs van metaal dat metaal verplettert, zakt de oude auto in elkaar en vat dan, net als in de films, vlam. De pick-up rijdt onmiddellijk achteruit en een restje kracht stuwt me overeind.

Rennen, Chloe.

Met een piepende ademhaling sleep ik me naar de bomen op benen die als gebroken lucifers aanvoelen, waarbij mijn knieën bij elke stap die ik zet dreigen door te knikken. Mijn voet blijft achter een wortel steken en de pijn schiet door mijn linkerenkel - dezelfde enkel die ik heb verdraaid toen ik me in mama's kast verstopte - maar ik klem mijn tanden op elkaar en dwing mijn passen om langer te worden, het hete bloed dat langs mijn arm druipt en de duizeligheid wassen in golven over me heen. Ik kan niet opgeven, niet als ik wil leven, dus ik blijf doorgaan, blijf op een zombie-achtige, half joggen, half rennen manier vooruit hinken.

Een mannenstem schreeuwt iets achter me, en ik dwing mezelf om de snelheid op te voeren, moeizame snikken die tussen mijn lippen doorkomen terwijl een andere kogel langs mijn oor suist en een tak voor me versplintert.

"Verdomde teef!"

Een of ander zesde zintuig doet me wegduiken, en een kogel knalt in een boom in plaats van in mij terwijl ik zijwaarts slinger.

Rennen, Chloe.

Mama's stem is helderder dan ooit, en met een golf van kracht waarvan ik niet wist dat ik die bezat, begin ik aan een volledige run. Mijn enkel schreeuwt het uit elke keer dat mijn voet de grond raakt, mijn zicht wazig door de misselijkheid en golven van pijn, maar ik ren met alles wat ik in me heb.

Alleen is het niet genoeg.

Lang niet genoeg.

Een vrachtwagen-achtige kracht ramt tegen me aan, slaat me van mijn voeten, en een enorm gewicht verplettert me in de met bladeren bezaaide aarde. Ik kan niet eens een piepend geluid maken als mijn ribbenkast plat wordt gedrukt - en dan, op wonderbaarlijke wijze, is het gewicht weg en word ik op mijn rug gelegd.

Als mijn zicht weer helder wordt, zie ik een enorme donkerharige man schrijlings op me zitten, het pistool op mijn gezicht gericht en de mond in een triomfantelijke grijns gedraaid.

"Hebbes, kleine teef," zegt hij hijgend. "En omdat je ons ervoor hebt laten werken, ben je ons wat plezier verschuldigd."

51

CHLOE

Lucht stroomt mijn zuurstofarme longen binnen en ik haal blind met mijn vuist uit, op dat zelfvoldane gezicht gericht. Hij onderschept het met gemak, meedogenloze vingers grijpen mijn pols en drukken hem op de grond terwijl hij de loop van het pistool onder mijn kin zet.

"Beweeg nog een keer en ik schiet je verdomde kop eraf," gromt hij, en ik geloof hem.

Ik zie mijn dood in zijn vlakke, donkere ogen.

"Wat de fuck, Arnold?" roept een tweede stem en er verschijnt een andere man boven ons. Ook met een pistool gewapend, en hij lijkt zo'n tien jaar ouder dan mijn gijzelnemer te zijn, met terugwijkend peper-en-zoutkleurig haar en een rossige huid die rood is van de inspanning van het rennen. Zwaar ademend beveelt hij, "Schiet er een kogel in en klaar ermee."

"Nog niet," mompelt Arnold, met zijn ogen op mijn

mond gericht. "Ze is mooi. Is je dat wel eens opgevallen?"

De stem van de andere man wordt nors. "Zo doen wij de dingen niet."

"Wie geeft er een fuck om? Ze gaat sowieso dood. Wat maakt het uit of we er even van proeven voordat we het begraven?"

Mijn maag draait zich om met een nieuwe golf van misselijkheid, en alleen het koude wapen dat onder mijn kin is geklemd, weerhoudt me ervan om de ogen van de klootzak eruit te klauwen als hij mijn pols loslaat en een dikke, smerige duim op mijn stevig dichtgeklemde lippen drukt.

"Maak die verdomde klus nu maar af."

De toon van de oudere man is scherper, ongeduldiger, en even ben ik half bang, half hoopvol dat Arnold zal gehoorzamen. Maar hij leunt gewoon naar voren en gaat als een hond met een natte, schokkerige tong over mijn wang - en terwijl een onwillekeurige kreet van walging uit mijn keel ontsnapt, stopt hij zijn duim in mijn mond en duwt hem er zo ver in dat ik kokhals.

"Dat is lekker, teef," fluistert hij, zijn ogen glinsteren van lust en wilde opwinding. "Dat is echt-"

Een scherpe *knal* verbreekt de stilte en hij trekt zijn hand terug. Een milliseconde later staat hij op zijn voeten boven me, zijn wapen komt omhoog terwijl hij zich razendsnel omdraait - maar nog steeds niet snel genoeg.

De tweede kogel knalt in de boom achter me, en terwijl ik op mijn handen en kont achteruit klauter, zie ik de oudere man al op de grond liggen, zijn mond slap en zijn schedel open geblazen, zijn hersenen vallen er als beschimmelde kwark uit.

52

NIKOLAI

IK BEWEEG VOORDAT HET GELUID VAN MIJN LAATSTE schot wegsterft en spring achter de dekking van de bomen vandaan om de afstand tussen mij en Chloe te verkleinen. Haar blik schiet van de dode man naast haar omhoog, haar gezicht vol vuil en bloed, haar bruine ogen niet begrijpend terwijl ze achteruitdeinst, haar mond is als ik nader in een stille schreeuw geopend.

"Sst, het is oké. Ik ben het." Ik laat me op mijn knieën vallen, trek haar tegen me aan en voel het krampachtige trillen van haar lichaam - en van het mijne. Ik beef van opluchting en woede en de nasleep van ijzingwekkend angst, de vreselijke angst dat we te laat waren.

We waren bijna bij het tankstation toen Konstantin me weer belde met het nieuws dat zijn team de bijna onmogelijke prestatie van het hacken van een NSA-satelliet had volbracht en dat hij de exacte locatie van

Chloe's auto en de zwarte pick-up had kunnen lokaliseren die minder dan een half uur achter haar was.

Om te zeggen dat we elke bestaande snelheidslimiet hebben overschreden, zou een understatement zijn. Arkash is nog steeds aan het bijkomen van de zes keer dat we bijna van een klif vlogen. En we hadden het alsnog bijna niet gehaald. De angst die me overviel toen ik haar auto in een verkreukelde, brandende hoop zag liggen... Als de lege pick-up er niet naast had gestaan en het geluid van schoten in de buurt niet had geklonken, dan zou ik gek zijn geworden.

Eigenlijk draaide ik ook door toen ik haar met de donkerharige moordenaar met verwrongen lust op zijn gezicht schrijlings op haar op de grond zag liggen.

De klootzak was van plan om haar te verkrachten voordat hij haar vermoordde.

Het was de enige reden dat ze nog niet dood was.

Mijn armen spannen zich reflexmatig om haar heen en ze maakt een zwak geluid van nood.

Ik trek me meteen terug. "Ben je gewond, zaychik? Op wat voor manier dan ook gewond?"

Ze antwoordt niet, staart me alleen maar met grote, lege ogen aan, haar pupillen zijn zo groot dat haar irissen zwart lijken. Ze is in shock, en geen wonder. Zelfs een getrainde soldaat zou getraumatiseerd zijn. Voorzichtig leg ik haar neer en begin haar op verwondingen te inspecteren en begin met haar ribben en buik. Ik ben opgelucht dat ik alleen maar schrammen en blauwe plekken op haar romp vindt, maar terwijl mijn hand over haar rechterarm strijkt, schokt ze met een pijnlijke kreet, haar gezicht wordt grijs. Ik trek mijn hand terug, mijn hartslag verdubbelt zich bij het zien van de rode vlek op mijn vingers terwijl ze haar ogen dichtknijpt, haar ademhaling pijnlijk oppervlakkig.

Fuck. Ze *is* gewond.

Mijn handen stabiliserend scheur ik haar mouw open.

"Schotwond?" vraagt Pavel in het Russisch, terwijl hij naast me verschijnt en ik knik grimmig, terwijl ik een stuk van mijn hemd afscheur om een geïmproviseerd verband te maken.

"Het lijkt erop dat het er doorheen is gegaan, maar ze verliest een behoorlijke hoeveelheid bloed."

"Hij ook," zegt Pavel, en ik trek mijn blik van Chloe af om naar haar aanvaller te kijken. Hij zit op een paar meter afstand onderuitgezakt tegen een boomstam, terwijl Kirilov druk op zijn borstwond uitoefent en Arkash de wacht over hen houdt.

"Ik denk niet dat hij het lang genoeg volhoudt om hem terug naar het kamp te krijgen," zegt Pavel terwijl ik snel het vastbinden van het verband afhandel en mijn inspectie van Chloe hervat. Haar kleur is iets beter, maar haar ogen zijn nog steeds gesloten en haar ademhaling is naar mijn smaak te oppervlakkig. "Als je hem wilt ondervragen, dan moet je het nu doen."

Fuck. Ik heb opzettelijk geprobeerd om de klootzak alleen te verwonden zodat we hem konden ondervragen. Als hij sterft, dan geldt dat ook voor onze kans om antwoorden te krijgen.

Ik voltooi snel mijn onderzoek van Chloe en spring overeind. Hoe graag ik mijn zaychik ook meteen naar een dokter wil brengen, haar verwondingen zijn niet levensbedreigend - maar niet weten wie haar vijanden zijn, zou dat wel kunnen zijn.

Deze mannen zijn profs, wat betekent dat iemand ze heeft ingehuurd, iemand die machtig is en ik moet weten wie het is.

"Let op haar," zeg ik tegen Pavel en stap naar onze gevangene toe.

Hij haalt schokkerig adem, zijn gezicht is bleek en de hele voorkant van zijn lichaam is met bloed doordrenkt.

Pavel heeft gelijk. Hij heeft niet lang meer. Ik wilde hem in zijn schouder schieten, maar hij draaide zich te snel om, hij was door de kogel die ik door de schedel van zijn collega moest schieten op mijn aanwezigheid geattendeerd. Aangezien Pavel en de rest van het team mijn door angst aangejaagde sprint niet bij konden houden, had ik geen andere keus gehad dan beide moordenaars snel uit te schakelen, voordat ze Chloe iets aan konden doen.

Achteraf gezien had ik ze allebei moeten verwonden.

Terwijl ik voor de stervende man hurk, gaan zijn oogleden open, waardoor onheilspellende donkere ogen zichtbaar worden.

"Wie zijn jullie verdomme?" raspt hij, om

vervolgens uitgeput door de inspanning zijn ogen te sluiten.

"Maak je daar maar geen zorgen over." Ondanks de vulkanische woede die in mijn aderen kookt, is mijn stem dodelijk kalm, beheerst. "Wie heeft je ingehuurd? Waarom zit je achter haar aan?"

Zijn bovenlip krult zich in een grijns. "Fuck you."

"Je gaat dood, weet je. Ik kan je in vrede laten gaan of" - ik haal mijn mes tevoorschijn en klap het open - "Ik kan je in stukjes snijden en je elke snee laten voelen."

Zijn ogen gaan moeizaam open. "Sodemieter op."

Ik werp een snelle blik over mijn schouder. Chloe ligt doodstil, haar ogen zijn gesloten. Hopelijk is ze flauwgevallen, of is ze in ieder geval zo diep in shock dat ze dit volgende deel niet zal registreren.

Er is hoe dan ook geen keuze.

Ik moet snel antwoorden krijgen.

Ik kijk Arkash aan. "Doe het."

De bewaker haalt een injectiespuit tevoorschijn en steekt de stervende moordenaar in zijn nek en injecteert hem met het gepatenteerde medicijn van onze farmaceutische afdeling - het medicijn waarvoor het Russische leger miljoenen betaalt.

De man reageert in eerste instantie nauwelijks en slaat alleen met een zwakke hand op de plaats van de injectie. Even later worden zijn ogen echter groot en gaat hij rechtop zitten, zijn ademhaling versnelt terwijl de kleur zijn bleke wangen binnenstroomt.

"Adrenaline met een paar andere leuke stofjes

vermengd," zeg ik wreed tegen hem. "Het houd je klaarwakker tot het moment dat je het loodje legt. Dat zal vanaf nu ofwel een paar neutrale of een paar verschrikkelijke minuten zijn. Jouw keuze."

Hij hijgt nu, het zweet loopt over zijn gezicht. "Wie *ben* je verdomme?"

"Als je niet begint te praten, de man die je laatste momenten tot een hel zal maken." Ik knik naar Arkash en Kirilov, en ze grijpen de armen van de man vast en tillen ze ondanks zijn worsteling met gemak boven zijn hoofd.

"Laatste kans," zeg ik, maar de klootzak staart me alleen maar aan.

Ik glimlach duister. Ik had al gehoopt dat hij moeilijk zou gaan doen. Hoe graag ik het ook aardig speel, dit is de enige keer dat ik ernaar uitkijk om de vaardigheden die Pavel me heeft geleerd toe te passen.

Met de snelheid van een aanvallende ratelslang steek ik mijn mes in de nier van de man en draai het mes.

De schreeuw die uit zijn keel komt, is nauwelijks menselijk. Het medicijn houdt hem niet alleen bij bewustzijn, het versterkt alle sensaties en vergroot de pijn duizendvoudig.

Voordat hij zich kan herstellen, ruk ik het mes eruit en snij ik twee keer in zijn buik, waarbij ik door huid, vet en spieren een grote X snijdt.

Zijn ogen puilen uit, een andere onmenselijke schreeuw ontsnapt aan zijn keel terwijl ik de driehoekige flappen van het vlees weghaal en zijn ingewanden blootleg.

"Heb je je ooit afgevraagd hoe het voelt om je darmen er zonder verdoving uit te laten snijden?" vraag ik op converserende toon. "Nee? Je staat namelijk op het punt om daar achter te komen. Trouwens, wacht even - ik denk dat je daar misschien te snel aan doodgaat. We zullen wat lager beginnen." Met nog een snelle beweging snij ik het gebied van zijn kruis uit zijn spijkerbroek, waardoor zijn slappe pik en ballen zichtbaar worden.

"Wacht!" Zijn ogen staan wild als mijn mes weer naar beneden gaat. "Ik zal - ik zal het je vertellen."

Ik stop een centimeter van zijn verschrompelde lul. "Ga je gang."

"Ik weet niet waarom, oké? Dat heeft hij ons nooit verteld." Hij hoest en spuugt bloed op. "Hij zei alleen dat we ze uit moesten schakelen."

"Ze?"

"De vrouw en... het meisje."

Fuck. "Had je ze op die dag allebei moeten vermoorden?"

"Ja." Zijn gezicht wordt met elk moment bleker. "Het meisje was alleen te laat. En toen heeft ze ons op de een of andere manier gezien en..." Hij hoest weer, zwakjes, en ik weet dat het medicijn de strijd tegen zijn stervende lichaam aan het verliezen is.

"Wie was het?" vraag ik dringend terwijl zijn oogleden naar beneden zakken. "Wie heeft je ingehuurd?" Ik druk de scherpe punt van het mes tegen zijn ballen. "Geef me een verdomde naam!"

Zijn ogen gaan wazig open en hij zegt moeizaam drie lettergrepen - een naam waardoor ik bijna mijn mes laat vallen. Mijn verbijsterde blik ontmoet die van Arkash en Kirilov. Op hun gezichten staat dezelfde blik van ongeloof geschreven.

"Zei je net-" begin ik, terwijl ik mijn aandacht weer op de moordenaar richt, maar ik zwijg gefrustreerd.

Zijn ogen zijn leeg, zijn borstkas onbeweeglijk terwijl zijn hoofd alsof het geen botten heeft naar één kant hangt.

Het is voorbij. De klootzak is dood.

Ik spring overeind, terwijl mijn geest woedend verwerkt wat ik weet.

De man die hij noemde zou zeker de middelen hebben om dit te doen, maar wat is de motivatie? De connectie? Hoe zouden zijn en Chloe's paden elkaar hebben gekruist?

Tenzij... ze dat niet hebben gedaan.

Chloe was niet de enige persoon die op zijn hitlijst stond, haar moeder stond er ook op.

En dan, als een lawine, komt het bij me binnen.

Californië. Jonge moeder, nog minderjarig ten tijde van Chloe's geboorte. Een vader die ze nooit heeft gekend. Een volledige studiebeurs die uit het niets kwam.

Een andere man, een met een normaal, liefdevol gezin, zou nooit zo'n verwrongen, duistere conclusie trekken. Maar ik ben een Molotov, en ik weet dat gedeeld bloed geen loyaliteit of veiligheid koopt.

Ik weet dat liefde gewelddadiger kan zijn dan haat.

Met een bonzend hart draai ik me om en kijk naar Chloe.

Als ik gelijk heb, dan is haar bestaan alleen al een schandaal dat een carrière kan beëindigen en een andere zogenaamde vader verdient mijn mes.

53

CHLOE

Ik ben in de hel. Dat of ik zit in een nachtmerrie gevangen. Mijn arm staat in brand, mijn ingewanden kolken en elke keer dat het donkere waas in mijn geest optrekt en ik mijn oogleden opendoe, zie ik Nikolai iets nog ergers doen terwijl zijn diepe, zachte stem dreigementen uitspreekt die gal in mijn keel laten lopen. En het geschreeuw dat daarop volgt... Mijn maag draait zich om en het kost me heel veel moeite om me niet om te draaien en over te geven.

Dit is niet echt.

Dat kan niet.

Het donkere waas dreigt me weer te overspoelen en ik concentreer me om voorzichtig, oppervlakkig te ademen en mijn ogen dicht te houden. Het moet een droom zijn, een afschuwelijke, grafische droom, of een hallucinatie die door extreme terreur is veroorzaakt. Hoe zou Nikolai hier anders kunnen zijn? Hoe zou hij me gevonden hebben?

Maar aan de andere kant, hoe is het de moordenaars van mijn moeder gelukt?

Ik moet weer buiten bewustzijn zijn geraakt, want als ik vervolgens mijn ogen opendoe, zit ik op de achterbank van een rijdende SUV, comfortabel op de schoot van een man genesteld. Nikolais schoot - ik zou die geur van ceder en bergamot overal herkennen. Zijn krachtige armen zijn om me heen geslagen en houden me stevig vast, en mijn hartslag springt van vreugdevolle opluchting omhoog als ik me realiseer dat dit geen droom is.

Nikolai is hier.

Hij is me komen halen.

Ik moet een of ander geluid hebben gemaakt, want hij trekt zich terug, zijn ogen zijn fel goudgeel in zijn strakke gezicht. "We zijn er bijna," belooft hij, met een stem die ruwer is dan ik ooit heb gehoord. "De dokter staat al te wachten."

Terwijl hij spreekt, word ik me van een kloppende pijn in mijn rechterarm bewust en van een licht gevoel in het hoofd en extreme zwakte, samen met het gevoel dat ik overal met een knuppel ben geslagen. Dat laatste moet zijn gekomen doordat ik uit de auto ben gesprongen - en ook doordat ik door de jongere moordenaar tegen de grond was geslagen. Mijn hartslag verdrievoudigt als ik me zijn gezicht boven me herinner, de verwrongen honger in die vlakke, donkere ogen.

Hoe ben ik van daar hier terechtgekomen?

Hoe komt het dat Nikolai—

Plotseling wordt mijn geest helder en stromen de herinneringen binnen, de ene nog misselijkmakender dan de andere. De oudere man met zijn schedel die eraf is geschoten... Nikolai die naar me toe springt, een pistool dat als een verlengstuk van zijn hand wordt vastgehouden... Zijn ondervraging van de man die van plan was om me te verkrachten. De bedreigingen die Nikolai maakte en de genadeloze, bekwame manier waarop hij dat mes hanteerde... En de kreten, die rauwe, bloedstollende kreten...

Ik begin te beven terwijl mijn blik door de auto dwaalt en Pavels stoïcijnse gezicht naast ons en de twee gevaarlijk uitziende mannen voorin in me opneem. Ik heb ze nog nooit eerder gezien, maar het moeten bewakers van het complex zijn. Mijn ogen gaan terug naar Nikolais gezicht, dat perfect gevormde gezicht dat er afwisselend woest en teder uit kan zien, en ik zie een roodbruine streep op een van zijn jukbeenderen.

Bloed. Opgedroogd bloed.

Mijn getril wordt heviger. Nikolai interpreteert de oorzaak verkeerd en streelt mijn kaak, zijn felle uitdrukking verzacht. "Het is oké, zaychik, je bent veilig. Ze kunnen je geen pijn meer doen."

Maar *hij* kan het wel. Ik ben me er pijnlijk van bewust dat ik aan deze mooie, angstaanjagende man overgeleverd ben. Op zijn schoot worden gehouden, benadrukt alleen maar de verschillen in grootte en kracht tussen ons. Zijn grote, krachtige lichaam omringt me volledig, de gespierde band van zijn arm op mijn rug zo onontkoombaar als een ijzeren ketting. Niet dat ik had kunnen ontsnappen - niet met zijn mannen hier, niet terwijl de SUV op volle snelheid rijdt.

Ik kan het beter niet weten, maar ik kan de vraag niet voor me houden. "Jij was het, nietwaar?" Mijn stem klinkt als een gespannen fluistering. "Jij hebt hem door zijn hoofd geschoten."

Het is alsof er een sluier over Nikolais gezicht valt, elke hint van een uitdrukking verdwijnt. "Ik had geen keus. Als ik hem alleen maar had verwond, dan had hij jou kunnen vermoorden terwijl ik met zijn partner afrekende. Aangezien ze met zijn tweeën waren, moest ik er snel één uitschakelen."

"En de andere man..." Ik slik bij de herinnering aan het geschreeuw een golf van misselijkheid weg. "Is hij...?"

"Dood door zijn verwondingen, ja." Er is geen berouw in Nikolais stem, geen teken van schuld in zijn vlakke blik en er vormen zich scherven van ijs in mijn aderen als ik me realiseer dat hij dit eerder heeft gedaan.

Hij heeft anderen vermoord en gemarteld.

Waaronder waarschijnlijk zijn eigen vader.

"Stop de auto!" De woorden vliegen uit mijn mond voordat ik hun wijsheid kan overwegen. Ik negeer de duizelingwekkende pijn in mijn arm, klem mijn handen tussen ons in en duw tegen zijn borst - die om de een of andere reden aanvoelt alsof hij met staal is bedekt. Wanhopig begin ik te smeken. "Alsjeblieft,

Nikolai, laat me eruit. Ik moet... Ik heb even een minuutje nodig."

Hij geeft geen krimp, en geen van zijn mannen doet dat terwijl hij zachtjes zegt, "We zijn bijna thuis, zaychik. Nog een paar minuten geduld."

Thuis? Mijn paniekerige blik springt naar het raam en angst knijpt in mijn borst als ik de weg herken die naar het complex leidt, de steile bochten waarover ik vanmorgen navigeerde toen ik voor de man die me vasthoudt op de vlucht ging... de man van wie ik niet echt geloofde dat hij een moordenaar was.

"Maak je geen zorgen. Ik heb de dokter en zijn team hierheen laten komen," zegt Nikolai, op een vraag ingaand die zich net in mijn hoofd begint te vormen. "Ze hebben alles meegenomen wat ze nodig hebben om je te behandelen."

Ik neem zijn onverbiddelijke uitdrukking in me op, mijn angst groeit met elke seconde die voorbijgaat. "Ik ga liever naar een ziekenhuis. Alsjeblieft, Nikolai... breng me gewoon naar een ziekenhuis."

"Dat kan ik niet." Zijn gebeeldhouwde gelaatstrekken hadden net zo goed van graniet kunnen zijn. "Het is niet veilig."

"Veilig? Maar-"

"Die twee waren gewoon huurmoordenaars. Waar zij vandaan komen, zijn er nog veel meer."

Mijn keel wordt droog. In mijn paniek vergat ik bijna het mysterie van de motivaties van de moordenaars. "Is dat wat hij je heeft verteld? De man die je... ondervroeg?" Klopt mijn theorie uiteindelijk toch? Was mijn moeder getuige van iets wat ze niet had moeten zien?

"Ja, en Chloe..." Hij omlijst mijn wang met zijn grote, warme handpalm, waarbij het tedere gebaar de harde gelaatstrekken tegenspreekt. "Ze waren daar om jullie allebei te vermoorden."

"Wat?" Ik trek me terug. "Nee, dat is niet mo-"

"Dat is wat de moordenaar zei. Als je niet te laat thuis was gekomen..." Hij laat zijn hand zakken, een spier in zijn kaak spant zich hevig aan.

"Maar dat slaat..." Ik zwijg als fragmenten van het gesprek dat ik die dag heb gehoord in mijn gedachten opduiken.

Zou hier moeten zijn... Misschien is het druk in het verkeer...

Ik heb de moordenaars dat horen zeggen, maar om de een of andere reden heb ik één en één niet bij elkaar opgeteld, ik had me niet gerealiseerd dat ze het over *mij* hadden en op *mij* stonden te wachten.

"Ik begrijp het niet." Ik beef weer, tril van een kilte die niets met de airco in de auto te maken heeft. "Waarom zou iemand me dood willen hebben? Ik heb niets gedaan, ik ken niemand, ik ben gewoon - gewoon ik."

Nikolais gezichtsuitdrukking verandert, er komt een vreemd soort medelijden in zijn ogen. "Nee, zaychik, ik denk niet dat je dat bent."

"Wat?" Ik duw opnieuw tegen zijn bizar harde borst - en val bijna flauw van de nieuwe explosie van pijn in mijn arm. Zijn gezicht zwemt voor mijn ogen, en ik vecht nog steeds om niet flauw te vallen wanneer een opzienbarend besef tot me doordringt.

Die hardheid is een kogelvrij vest.

Maar het volgende moment vergeet ik het allemaal omdat Nikolai vraagt, "Zegt de naam *Tom Bransford* je iets?"

De lettergrepen kloppen in eerste instantie niet. "Je bedoelt... de presidentskandidaat?" Zodra de vraag mijn lippen verlaat, besef ik hoe absurd het is. Hij kan het onmogelijk over de Californische senator hebben die tegenwoordig overal in het nieuws is, degene die ze met JFK vergelijken. Ik moet het verkeerd hebben gehoord of-

"Die bedoel ik." Zijn ogen glanzen als antiek goud. "Tenzij er nog een Tom Bransford is met de middelen om professionele huurmoordenaars in te huren, beveiligingstapes te wissen en politiegegevens te wijzigen."

"Politiegegevens? Wat-"

"Ik heb alle dossiers met betrekking tot je zaak doorgenomen," zegt hij vriendelijk, "en er staat niets over de gemaskerde mannen in het appartement van je moeder, noch over de zwarte pick-up die je bijna omver gereden heeft. Volgens het officiële verslag was het zelfs een buurman die je moeder heeft ontdekt, je bent niet eens op komen dagen om het lichaam te identificeren."

"Dat is niet waar! Ik ben naar het bureau gegaan en-"

"Ik weet het." Zijn blik wordt donker. "En er is

meer. Je e-mails aan de journalisten hebben nooit hun bestemming bereikt. Iemand met heel specifieke vaardigheden heeft ervoor gezorgd dat ze werden geblokkeerd of als spam werden gemarkeerd - en ze hebben ook alle bewijzen laten verdwijnen die er van je verhaal waren, zoals opnamen van verkeerscamera's - opnamen en beveiligingstapes die zouden hebben aangetoond dat je werd aangevallen."

Het voelt alsof er een zinkgat onder me opengaat. "Hoe weet je dit allemaal?" Mijn stem trilt, mijn gedachten draaien als takjes in een tornado rond. Ik weet niet wat ik moet denken, wat ik moet geloven, en de kloppende pijn in mijn arm helpt ook niet mee. "Hoe wist je-"

"Omdat ik ook middelen heb. Waaronder een aantal die Bransford niet heeft."

Natuurlijk. Dat is hoe hij me vandaag zo snel heeft gevonden - en waarom ik helemaal de klos ben als hij van plan is om me kwaad te doen. Mijn hart bonst pijnlijk, koud zweet doordrenkt mijn shirt terwijl een nieuwe golf van duizeligheid me overvalt, waardoor zwarte stippen in de hoeken van mijn zicht dansen. Bloedverlies, realiseer ik me vaag, dat moet de oorzaak zijn. Wanhopig zuig ik lucht naar binnen, maar het helpt maar een beetje en mijn stem klinkt alsof hij van ver komt, terwijl ik bevend vraag, "Waarom ben je vandaag achter me aangekomen? Waarom-" ik haal nog een keer adem. "Waarom breng je me terug?"

Zijn ogen keren terug naar hun heldere, woeste tijgerkleur. "Waarom zou ik dat niet doen?"

Omdat ik er vandoor ben gegaan, denk ik suf. *Omdat je hoogstwaarschijnlijk een psychopaat bent die niet tot echte gevoelens in staat is. Omdat niets van dit alles, vooral jij en ik, ergens op slaat.*

Uiteindelijk geef ik de enige reden die ik kan, een die het zwaarst op me weegt. "Want als je gelijk hebt over Bransford, dan lopen jij en je familie nog meer gevaar." Mijn stem wankelt als een nieuwe golf van duizeligheid op me afkomt. Toch zet ik door. "Je moet me laten gaan. Nu. Voordat het te laat is."

Een duistere welving raakt zijn sensuele lippen, een sprankje wrange amusement ontsteekt in zijn blik terwijl hij zachtjes mijn wang vasthoudt. "Ik weet niet of je het doorhebt, zaychik," zegt hij zacht, "maar mijn familie en ik zijn niet bepaald vreemd aan gevaar. Sterker nog, we kennen het heel goed."

Hij kust me dan, eerst zacht, dan met toenemende urgentie, en ondanks alles, vonkt er een vertrouwde warmte laag in mijn kern. Hij verdiept de kus, zijn tong parend met de mijne in een oerdans die geen rekening met ons gebrek aan privacy houdt, en mijn hoofd tolt, mijn duizeligheid neemt toe totdat hij het enige solide anker in mijn wereld is. Overweldigd klamp ik me aan hem vast, terwijl ik handenvol van zijn shirt vasthoud, en terwijl mijn gedachten onder de duistere trek van verlangen oplossen, maakt het niet uit dat ik hem vandaag twee levens heb zien nemen, dat hij misschien de definitie van een monster is.

Niets is belangrijk, behalve wij tweeën, en tegen de

tijd dat hij me loslaat om op adem te komen, zijn we al voorbij de poort, terug in zijn domein.

"Maak je geen zorgen, zaychik," mompelt hij, met zijn duim over mijn onderlip strelend terwijl een rilling door mijn gehavende lichaam trekt. "We zullen dit tot op de bodem uitzoeken, dat beloof ik. Ik zal je beschermen." En in zijn ogen lees ik het onuitgesproken:

Ook als je bezwaar maakt.

Het verhaal van Nikolai en Chloe gaat verder in *De kooi van de engel*. Als je Hol van de duivel leuk vond, overweeg dan om een recensie achter te laten.

Meld je aan voor mijn nieuwsbrief op www.annazaires.com/book-series/nederlands/ om van mijn toekomstige boeken op de hoogte te blijven, inclusief meer verhalen over de Molotov-familie.

Verlang je naar meer duistere, spannende romantiek? Bekijk mijn bestverkochte *Mijn Kwelling*-serie, het spannende verhaal van een Russische huurmoordenaar die uit is op wraak en de vrouw door wie hij geobsedeerd raakt.

Hou je van hilarische romantische comedy? Mijn man en ik schrijven samen vunzige, nerderige romcoms onder het pseudoniem Misha Bell. Onze debuutroman *Moeilijke code* gaat over Fanny, de wereldvreemde codespecialist die de taak in haar maag gesplitst krijgt om seksspeeltjes te testen, en haar mysterieuze Russische baas die zo grootmoedig is om haar te helpen.

Sla nu de pagina om om fragmenten uit *Mijn Kwelling* en *Moeilijke code* te lezen.

FRAGMENT UIT MIJN KWELLING

Hij kwam me 's nachts halen, een wrede, aantrekkelijke vreemdeling uit een van Ruslands gevaarlijkste gebieden. Hij martelde me, vernietigde me en verwoestte mijn wereld tijdens zijn zucht naar wraak.

Nu is hij terug, maar het zijn niet mijn geheimen die hij wil.

De man uit mijn nachtmerries wil *mij*.

Met een krijtwit gezicht wankelt ze achteruit. Ik pak haar andere arm om te voorkomen dat ze in elkaar zakt. Het is duidelijk dat ze me heeft herkend. 'Ga nou niet gillen,' zeg ik. 'Ik ben hier niet om je pijn te doen.'

Haar bruine ogen hebben een wilde blik in zich en

het is duidelijk dat mijn woorden niet aankomen. Het enige wat zij ziet, is een bedreiging voor haar leven, en daar reageert ze op. Over een paar seconden valt ze flauw of zet ze het op een schreeuwen. Geen van die dingen is een goed idee. 'Sara.' Mijn stem klinkt scherp. 'Ik ben hier niet om iemand iets aan te doen, maar als het moet, dan doe ik het. Begrepen? Als je de aandacht trekt, dan zullen er mensen sterven.'

De herseloze paniek in haar blik zwakt iets af en wordt vervangen door een rationelere angst, al is die even intens. Ik begin tot haar door te dringen. Dat ik niet bluf, draagt daar waarschijnlijk ook aan bij.

'Wat wil je?' Onder de lipgloss zijn haar bevende lippen bleek. 'Waarom ben je hier?'

'Ik wilde je zien,' zeg ik. Ik trek haar met me mee de menigte door, weg bij de camera's die rond de bar hangen. Sara's blote arm spant zich. Haar huid voelt koud aan, maar zoals ik al verwacht had, zet ze het niet op een schreeuwen. Inmiddels ken ik haar goed genoeg om te weten dat ze liever zou sterven dan een stel vreemden in gevaar te brengen.

'Dans met me,' herhaal ik als ik haar heb waar ik haar hebben wil: naast een muur in een donker hoekje, waar de menigte ons tegen andere blikken beschermt. Om het haar makkelijker te maken, laat ik haar armen los en leg mijn handen om haar middel, zacht en vriendelijk.

Haar lichaam is zo stijf als een stuk ijs, maar de mensen om ons heen zien gewoon een stel dat samen op de muziek danst. Als ze haar handen tegen mijn borst legt, versterkt dat die illusie alleen maar. Ze probeert me weg te duwen, maar is ze te geschokt om echt kracht te kunnen zetten. Niet dat het enig verschil zou maken als ze dat wel deed. Ik kan de meeste mannen met weinig moeite de baas, dus laat staan een tengere vrouw als zij. 'Wees niet bang,' prevel ik als ze mijn blik vangt.

Zelfs op een volle dansvloer kan ik haar delicate, bloemige geur ruiken. Mijn lichaam reageert op haar nabijheid en mijn penis wordt stijf nu ik haar slanke middel tussen mijn handen houd. Ik wil haar tegen me aan trekken en haar hele lichaam tegen het mijne voelen, maar ik dwing mezelf iets van ruimte tussen ons te laten. Ik wil niet dat de intensiteit van mijn verlangen haar bang maakt. Sara ziet er al uit als een klein diertje in een val, een en al blinde angst en wanhoop. Het liefst zou ik haar dicht tegen me aan houden en knuffelen, maar dat zou haar nog banger maken. Alles wat ik doe, maakt haar bang; al zou ik haar uitnodigen voor een potje karaoke, dan zou ze nog een paniekaanval krijgen.

'Wat wil je van me?' Haar ademhaling is snel en oppervlakkig. 'Ik weet niets...'

'Dat weet ik.' Ik houd mijn stem vriendelijk. 'Maak je geen zorgen, Sara. Dat is voorbij.'

Verwarring verdrijft iets van de doodsangst uit haar blik. 'Maar waarom...'

'Waarom ik hier ben?'

Ze knikt voorzichtig.

'Dat weet ik niet precies,' zeg ik. Dat is de waarheid. De afgelopen vijfenhalf jaar heeft mijn leven in het teken van wraak gestaan. Alles wat ik deed, was voor dat ene doel. Maar nu mijn lijst bijna leeg is, ziet de toekomst er bleek en leeg uit. Het pad dat voor me ligt, is in een schimmige mist gehuld. Zodra ik de laatste persoon die verantwoordelijk was voor de dood van mijn gezin omgebracht heb, heb ik geen doel meer. Mijn reden van bestaan is er niet meer.

Tenminste, dat dacht ik... tot ik haar ontmoette en de pijn in haar reebruine ogen zag. Nu beheerst zij mijn dromen en kwelt me als ik wakker ben. Als ik aan Sara denk, zie ik eindelijk niet het kapotte lichaam van mijn zoontje of Tamila's bebloede gezicht voor me. Ik zie alleen haar.

'Ga je me doden?'

Ze probeert haar stem kalm te houden, maar dat lukt niet. Toch bewonder ik haar poging om beheerst over te komen. Ik heb haar in een openbare locatie benaderd om haar zich veiliger te laten voelen, maar ze is te intelligent om daarin te trappen. Als ze haar iets over mijn achtergrond verteld hebben, dan weet ze dat ik haar nek sneller kan breken dan dat zij om hulp kan schreeuwen. 'Nee,' antwoord ik. Ik leun naar haar toe als de muziek weer aanzwelt. 'Ik ga je niet doden.'

'Wat wil je dan van me?'

Ze beeft en dat intrigeert me, hoewel ik het tegelijkertijd niet fijn vind. Ik wil niet dat ze me vreest, maar tegelijkertijd vind ik het fijn als ze aan me overgeleverd is. Haar angst bevalt het roofdier in mij wel en wakkert een duister verlangen in me aan. Ze is een gevangen prooi: zacht, zoet en de mijne om te verscheuren. Ik verberg mijn neus in haar lekker ruikende haren en fluister in haar oor: 'Kom morgen om 12.00 uur naar de Starbucks die het dichtst bij jouw huis zit, dan praten we daar. Ik zal je vertellen wat je maar wilt weten.'

Ik kijk weer op en haar ogen staan groot in haar hartvormige gezicht als ze me aanstaart. Ik weet wat ze denkt, dus buig ik me nogmaals naar haar toe. 'Als je contact opneemt met de FBI, zullen ze proberen je voor me te verbergen, net zoals ze geprobeerd hebben je man en de anderen op mijn lijst voor me te verbergen. Ze zullen je dwingen te verhuizen, weg van je ouders en je werk... en het zal allemaal voor niets zijn. Waar je ook bent, ik zal je vinden, Sara.... wat ze ook doen om jou voor mij te verbergen.' Als mijn lippen het randje van haar oorschelp raken, stokt haar adem. 'Ze zouden je ook als lokaas kunnen gebruiken. Als dat zo is, als ze een val zetten, dan zal ik het weten. En dan praten we niet onder het genot van een kopje koffie.' Ze rilt en ik haal diep adem om haar delicate geur nog even op te snuiven voor ik haar loslaat.

Dan stap ik achteruit en verdwijn in de menigte. Intussen laat ik Anton weten dat hij het team in positie moet brengen. Ik wil dat ze veilig thuiskomt; niemand zal haar iets aandoen, alleen ik.

Mijn Kwelling is nu verkrijgbaar. Ga naar mijn website
www.annazaires.com/book-series/nederlands/ voor
meer informatie en om je in te schrijven voor mijn
releasemailing.

FRAGMENT UIT MOEILIJKE CODE

Mijn nieuwe opdracht op het werk: speeltjes uitproberen. Yep, dat soort speeltjes.

Nou, eigenlijk is het om de app te testen die het speeltje op afstand bestuurt.

Het probleem? De danseres die de hardware moet testen (dus de eigenlijke speeltjes) gaat zich bij een nonnenklooster aansluiten.

Een ander probleem? Dit project is belangrijk voor mijn Russische baas, de zwaarmoedige, overheerlijk sexy Vlad, ook bekend als de Spietser.

Er is maar één oplossing: zowel de software als de hardware zelf testen... met zijn hulp.

OPMERKING: dit is een op zichzelf staande, ordinaire, slow

burn romantische komedie met een eigenzinnige, nerdachtige
heldin, haar hete, mysterieuze Russische baas en twee cavia's
die wel of niet met elkaar op kunnen schieten. Als een van de
bovenstaande dingen niet jouw ding is, loop er dan nu van
weg. Zet je anders schrap voor een hele grappige
feel-good rit.

'Heb je een hoertje ingehuurd om wat seksspeeltjes te testen?'

'Praat zachter!' sis ik naar Ava. Mijn gezicht gloeit terwijl ik naar de andere klanten kijk die bij de Starbucks in de rij staan. De meeste hebben oordopjes in hun oren zitten en gaan helemaal in hun telefoon op, maar toch. Wat als iemand het had gehoord?

Ze grijnst ondeugend en laat haar stem tot een zo zacht mogelijk gefluister zakken. 'Alleen als je alle smerige details vertelt.'

'Goed dan. Ten eerste is Dominika *geen* hoer. Ze is een danseres.'

'Wacht.' Ava's amberkleurige ogen glinsteren ondeugend. 'Is dit de "danseres" van de stripclub waar Voldemort je in Praag mee naartoe had gesleept? Degene die op het podium de nonnen heeft aangerand?'

'Ze speelde de rol van een succubus. Het waren geen echte nonnen.'

Haar herinnering aan Hij-die-niet-genoemd-mag-worden - oftewel mijn ex - maakt mijn ongemak alleen maar groter. Ik was naar die club gegaan om Bob te bewijzen dat ik niet preuts ben, maar hij had het toch uitgemaakt.

Ava kent me goed en daarom doet ze iets wat me gegarandeerd af zal leiden. Ze verheft haar stem een octaaf en zegt: 'Het verbaast me dat The Rockettes met Kerstmis niet zo'n show geven. Een van hen zou een nep-non met een voorbinddildo kunnen penetreren, een ander met een vuist...'

'Stil!' Mijn wangen zijn heet genoeg om er een omelet op te bakken. 'Ik had iemand nodig die er ervaring mee had om seksspeeltjes te gebruiken, dus heb ik haar ingehuurd, oké?'

'Uh-huh.' Ava stapt naar voren als de rij beweegt. 'Voor je nieuwe QA-project.'

Ik kijk nog eens heimelijk om ons heen. 'Zoals ik al zei, ik test een app voor een bedrijf in teledildonics.'

'Teledildonics', herhaalt ze, van het woord genietend. 'Het voorvoegsel *tele* verwijst naar lange afstand, het achtervoegsel *onics* betekent betrekking hebben op en de basis is *dildo*... zoals het ding waarvan ik je steeds probeer te overtuigen om het te proberen.' Haar stem wordt luider. 'Hebben we het hier over dildo's voor lange afstanden?'

Terwijl ik ineenkrimp, leg ik een mentale gelofte af: ik zal haar hiervoor terugpakken. Ze zal deze dag berouwen.

'Precies.' Ik ben er trots op hoe gelijkmatig mijn stem is. 'Met de app die ik ga testen, kan de ene gebruiker een apparaat besturen dat door een andere gebruiker via internet wordt gebruikt.'

'Tuurlijk. Tuurlijk.' Ze zorgt ervoor dat haar gezicht er serieus uitziet. 'Om dat in lekentaal te zeggen: in Praag gaat er bij Dominika een dildo naar binnen en je gaat haar met de app vanuit New York klaar laten komen.'

Op dit moment zijn niet alleen mijn verraderlijke wangen rood, maar ook mijn oren. 'Het wordt end-to-end testen genoemd. Het moet zo dicht mogelijk aansluiten bij de manier waarop het product in de echte wereld gebruikt zal worden.'

'Of testen aan the end: de achterkant.' Ze beweegt suggestief met haar wenkbrauwen. Als ik haar nadrukkelijk de rug toekeer, lacht ze en zegt: 'Heb je dan in feite geen seks met Dominika? Nadat je haar betaald hebt? Hoe kan ze dan geen hoer zijn? '

De realiteit is eigenlijk nog erger. Dominika en *haar vriend* zullen aan het testen meedoen, maar dat ga ik Ava nu niet vertellen. Of misschien wel nooit. 'Goed dan. Ze is niet alleen een danseres. Ben je nu tevreden?'

'Hé.' Ze laat eindelijk haar stem zakken. 'Ik heb niets tegen het oudste beroep ter wereld. Als ik niet al die jaren aan een medische opleiding had verspild en als alle hoerenlopers lekker waren en er geen soa's bestonden, dan zou ik me aanmelden. Tenminste als het goed zou betalen en ik met niemand aan het daten was. Vooral als ik net zo weinig orgasmes als jij zou hebben. Nu ik erover nadenk-'

Gelukkig is het nu onze beurt om te bestellen. Ze

haalt genoeg cafeïne om een neushoorn te laten stuiteren en ik vraag om een venti-kamillethee in de hoop mijn zenuwen te kalmeren voor de afspraak waar ik tegenop zie.

We gaan aan de zijkant staan om op onze drankjes te wachten en Ava grijnst als de Grinch. 'Dus, terug naar teledildonics.'

Voordat ik haar weer tot zwijgen kan brengen, komt *hij* binnen.

Ik ben vergeten wat ik wilde zeggen. Ik vergeet om te *ademen*.

Gebeeldhouwde gelaatstrekken die me net zo veel aan Griekse goden als aan engelen doen denken, ogen in de diepblauwe tint van een lapis lazuli-steen, worden door een stijlvolle bril met hoornen montuur omlijst. Lippen die smeken om gekust te worden. Shaggy gitzwart haar, met een losse lok die in het midden van zijn gezicht valt en die me smeekt om erheen te lopen en het op zijn plek te strijken - waarvoor ik hoog zou moet reiken, omdat hij minstens dertig centimeter langer is dan ik. Ondanks het warme weer is hij in een zwarte trenchcoat gekleed met daaronder een zwart overhemd, een outfit die de krachtige breedte van zijn schouders accentueert en—

'Aarde aan Fanny.' Ava's stem dringt tot in mijn oxytocine-verslaafde brein door.

Ik draai me om voordat ze beseft dat ik dat lekkere ding aan het bekijken was. Haar kennende zou ze me naar hem toe duwen of gaan zeuren om een gesprek met hem te beginnen of ze zou een miljoen andere dingen doen die me zo erg in verlegenheid zouden brengen dat ik een paniekaanval zou krijgen.

Iemand zoals ik en een lekkere man gaan niet samen.

Voordat ze binnen gehoorsafstand van het lekkere ding door kan gaan met me lastigvallen over teledildonics, stop ik preventief mijn hand in mijn zak en haal er een van mijn meest dierbare bezittingen uit: mijn telefoon, oftewel Precious. 'Je moet de app zien die ik heb gemaakt,' zeg ik tegen Ava en ik kijk even achter me.

Gingen de wenkbrauwen van meneer lekker nou omhoog toen ik een app noemde?

Nee. Ook al lijkt het nu alsof hij naar mij kijkt. Hij bestudeert waarschijnlijk het menubord wat zich direct achter me bevindt.

'Oké...' Ava klinkt net zo enthousiast als ik ben als ze een vreselijk smerig verhaal over haar opleiding op de spoedeisende hulp vertelt. 'Je kunt er jezelf mee tekenen, toch?'

'Nee.' Ik haal de app naar voren en staar trots naar de scherpe gebruikersinterface waar ik maandenlang op gezwoegd heb. 'Het vertelt je op welk stripfiguur je het meest lijkt.'

'Het is bijna hetzelfde. Maar ik hap wel. Op wie lijk *ik*?'

Ik voel me een beetje ondeugend, positioneer haar precies goed en maak met de app een foto. Alleen richt ik de camera op meneer lekker ding in plaats van op

Ava - en de app brengt meteen een stripfiguur naar voren: Clark Kent van *Superman*, de animatieserie.

Ik zie het wel. Die lok haar, de bril en de gebeeldhouwde gelaatstrekken komen overeen. De kwaadaardige genius van deze zet is dat de app ook de originele foto opslaat, zodat ik, als ik dat zou willen, vanuit de afbeelding een omgekeerde zoekopdracht naar bijvoorbeeld zijn profiel op social media zou kunnen doen.

Ervan uitgaande dat ik een stalker zou willen worden.

Moeilijke code is nu verkrijgbaar. Ga naar www.mishabell.com/nl/ voor meer informatie en om je in te schrijven voor Misha's releasemailing.

Anna Zaires is verslaafd aan boeken sinds ze op vijfjarige leeftijd van haar grootmoeder leerde lezen. Haar eerste korte verhaal schreef ze niet lang daarna. Sindsdien leeft ze gedeeltelijk in een fantasiewereld waarin alleen haar eigen verbeelding de grenzen bepaalt. Momenteel woont Anna in Florida. Ze is gelukkig getrouwd met Dima Zales (een auteur van science fiction- en fantasyboeken). Al hun boeken komen door nauwe samenwerking tot stand.

Voor meer informatie, zie www.annazaires.com/book-series/nederlands/.